대전 스토리, 겨울

방민호 新 풍/속/소/설

도모북스

차례

1부 이후의 장

II부 보영의 장

III부 숙현과 보영과 이후의 장

#1. 프롤로그 - 한겨울 밤의 은갈치 여인

2014년, 음력설이 이틀 앞으로 다가온 대전이라는 도시의 밤.

낮은 겨울인데도 제법 따사로웠건만 밤이 되자 이 대전도 제법 쌀쌀해졌다.

대전은 분지 도시다. 한반도 남쪽의 한가운데 있는 평화로운 분지. 아니 평화롭게 보이는 분지. 크다거나 높다고 할 수 없는 산들에 에워싸인.

대전은 지난 수십 년 동안 홍수도 가뭄도 겪지 않았다. 살을 에는 추위도, 타는 듯한 더위도 없었다. 덕분에 이 도시의 사람들은 더위에도, 추위에도 익숙하지 못하다. 더위는 더 타고 추위도 더 탄다.

- 춥네.

- 추워.

영하 7도의 날씨다. 한겨울치고 특별히 춥다 할 것도 없는 날씨건만 이후의 친구들은 추위를 탔다.

대전은 대전 사람들이 춥다고 말해도 말하는 만큼은 춥지 않을 수 있다. 대전의 겨울은 서울보다 늘 따뜻하다. 더 남쪽에 있는 대구보다도 따뜻하다.

- 가자.

- 어디로?

- 좋은 데 있어.

고시 공부를 하고 있는 기태는 친구들을 선화동 더 깊은 곳으로 이끌었다. 그 어딘가에 단골로 가는 카페가 있었다.

선화동은 대전이 유성과 합쳐지기 전에는 한복판 동네였다. 도청, 시청도 가깝고 법원도 가까웠다. 지금 도청은 멀리 홍성, 예산 쪽으로 이사 갔다. 이름하여 내포 신도시다. 시청은 신시가지 둔산동 쪽으로 옮겨갔다. 이제 선화동은 밤이면 텅 빈 것 같은 적막감이 돌았다.

이후와 기태와 순수와 차현, 이 넷은 방금 전까지 광천식당에 앉아 있었다. 그들은 모처럼 만날 때는 늘 이곳에서 만난다. 광천식당은 대전의 명물인 두부 두루치기로 이름난 곳이다. 생긴 지 사십 년도 더 되었다. 메뉴라야 두부 두루치기, 오징어 두루치기, 삶은 돼지고기와 칼국수 등속이 고작이건만 대전 사람들은 꾸준히 이곳을 찾는다. 값도 싸고 양도 많고 무엇보다 매운맛이 일품이다.

젊은 친구들에게도, 적당히 허름한 이곳은 안심하고 한담을 나눌 수 있는 곳이다. 조금 전까지 두부 두루치기와 수육을 안주 삼아 원막걸리를 몇 병씩 비운 이후의 친구들, 덕분에 기분들이 한껏 좋아졌다. 서울의 장수막걸리보다 걸쭉한 편인 원막걸리는 한 잔만 마셔도 몸에 술기운이 팽 도는 효과가 난다.

물론 이 친구들의 유쾌함은 이들이 각자 자신의 쓰린 속을 감추고 그럴듯한 포즈들로 치장하고 있기 때문일 수도 있다. 이후와 그의 동창생들은 차현만 빼고는 모두 우울해야 마땅한 작자들이다. 그러니까 그들은 어느 시구에 나오는 벌레 먹은 사과처럼 상한 생각들을 품고 있는, 세상에 적응 못 한 족속들이다. 박사 논문을 쓰고 있는 이후나 사법 고시 준비생 기태, 공황 장애로 직장을 그만둔 순수는 요 몇 년 동안 겉은 웃어도 속은 쓰린 나날들을 보내고 있었다. 차현만은 운 좋게 하나은행에 다닌다. 충청은행과 합병한 탓에 대전에서는 하나은행이 인기가 좋다.

- 춥다. 진짜 한겨울이네.

순수는 유난히 추위를 탔다. 말투로 보나 뭐로 보나 누구보다 대전스러운 친구다.

- 오늘도 내가 사냐?

지하 계단을 내려가며 차현이 볼멘소리를 했다.

썩 괜찮은 마담이 있다고, 기태가 바람을 넣자 제일 먼저 귀가 솔깃해진 차현이었다.

- 시험만 붙으면 내가 쏴.

기태는 이번에 사법 고시 2차에서 아깝게 떨어져 속을 끓였다.

- 로또만 붙어봐. 삼백육십오 일 하루도 안 빼놓고 내가 살 겨.

이후와 각별히 친한 순수는 돈만 생기면 복권을 샀다.

기태는 차현을 바짝 뒤따라 들어가며, 홀 안을 재빠르게 훑었다.

음력설을 코앞에 둔 카페는 손님 하나 없이 썰렁했다. 출입문에 매달린 방울이 유난히 요란하게 흔들렸다.

- 어머, 기태 씨. 한 달씩이나 코빼기도 안 보이더니.

저쪽 커튼 안에서 여자가 반가운 목소리로 달려 나왔다.

- 혜련이 있어?

- 그럼요.

- 설인데 집에 안 가고?

- 경기도 안 좋은데 집이 뭐야. 한 푼이라도 벌어야지.

이제 경기는 영영 좋아지지 않을 것 같다. 기태와 마담이 잠깐 수작을 부리는 사이, 커튼 안에서 여자애 둘이 서둘러 모습을 나타낸다.

- 오빠구나.

- 어, 혜련!

혜련이라 불린 여자애는 몸에 착 달라붙는 검은색 짧은 원피스 차림이다. 뒤따라 나온 여자애는 상대적으로 몸피가 풍성하다.

- 둘 밖에 없어? 그럼, 도합 셋. 하나 부족한데.

역시 숫자에는 밝군.

이후는 수학에 빠른 순수가 사회치나 다름없음을 늘 속으로 한탄한다.

- 이후는 여자에는 관심 없어.

차현이 동의를 구하듯 이후 쪽을 본다. 일종의 유머다.

- 야. 우리가 언제 짝 맞춰 앉았다구. 대충 섞여 앉아.

순수는 개의치 않는 눈치다.

기태는 마담이 안내하는 쪽으로 일행을 끈다. 자리에 앉고 보니, 네모난 테이블 안쪽에 기태와 혜련이 나란히 앉게 됐다. 그 오른쪽 옆으로 차현과 마담이, 왼쪽 옆으로 순수가 초희를 끌어안듯 한다. 이후는 혼자 바깥쪽 자리에 앉았다.

- 술은?

마담이 기태의 눈치를 본다. 기태는,

- 글쎄?

하고, 차현 쪽을 본다.

- 뭘?

차현은 짐짓 딴청을 부리다 마담을 돌아보며,

- 시바스 리갈 있어?

한다.

- 십팔 년산요?

- 십이 년산.

- 너무 어리다.

마담은 실망스러운 표정을 감추지 않았다.

카페는 어느 도시에나 있을 법한 흔한 술집이다. 가운데에 테이블이 두 개, 커튼을 친 간이 룸이 또 두 개, 이후의 일행이 그중 하나를 차지했다.

- 안주는, 과일?

마담과 차현이 마저 흥정을 하는 사이에 순수는 옆에 앉은 여자에게 수작을 붙였다.

- 아가씨는 이름이 뭐랬더라?

- 초희여. 잊지 마세요. 이 집 막내니까.

- 이 집 여자들은 왜 이렇게 이름들이 어려워. 혜련이, 초희, 거기다 마담은 남지.

기태가 투덜거리는 사이에 초희가 자리를 뜬다.

- 얼래? 왜 얘가 일어나? 이 집에선 막내를 부려먹나?

순수가 깜짝 놀라는 시늉을 한다.

- 맥주도 몇 병 가져오고.

차현이 초희의 뒤에 대고 주문을 덧붙인다.

- 뭘로여?

- 카스로 하지.

초희에 이어 혜련까지 주방으로 들어가 쟁반에 양주, 맥주 세트와 과일 접시를 내왔다.

이제 본격적으로 마실 차례다. 친구들은 여자들이 따라주는 폭탄주를 받고 여자들에게도 술을 따라 주었다.

- 술 버리지 마라.

기태가 짐짓 으름장을 놓는다.

- 걱정 마세여. 다른 손님 거 다 버려도 오빠 술은 안 버려.

손님을 다루는데 능숙한 듯한 혜련이다. 이런 술집에서는 손님들이 정신없다 싶으면 테이블 아래 쓰레기통이나 테이블 위 얼음통에 양주를 붓기 일쑤다.

- 은행에 다녀, 유성 집에 땅 있겠다, 동생 사업 번창하겠다, 차현아, 니가 진짜 갑이다.

순수가 변함없이 오늘도 물주인 차현을 아낌없이 추켜올렸다.

- 오빠, 정말 갑이야?

마담이 아까부터 팔짱을 끼고 있던 차현의 팔을 잡아당기며 은근히 자못 큰 가슴을 그에게 붙여갔다.

- 어떻게, 한 잔 더할까?

양주도, 몇 병 더 가져온 맥주도 다 바닥이 났다.

- 허지.

- 좋아.

- 앗싸!

순수와 기태가 환영의 뜻을 밝히자 초희와 혜련이 튕겨 오르듯 자리에서 일어섰다.

그때, 방울 소리가 들렸다.

- 손님인가?

기태의 목소리에 실망감이 묻어났다. 홀을 독차지한 달콤한 시간이 끝나버린 신호일 수도 있다.

- 여잔데?

순수가 문 쪽을 내다보며 큰 소리로 말했다. 네 친구의 시선이 일제히 바깥쪽을 향했다.

과연, 남자가 아니라 여자다. 이후의 시선이 미친 곳에 희미한 조명 아래 은빛으로 빛나는 원피스를 늘어뜨린 여인이 서 있다.

원피스 여자는 이쪽을 힐끗 쳐다보고는 곧장 배튼 쪽으로 모습을 감추었다.

- 누구야?

차현이 마담에게 묻자 남지는 한번 생끗 웃고는,

- 아는 언니예요.

한다.

- 언니? 못 본 것 같은데?

이 집 단골인 기태의 반문이다.

- 설이라고 놀러 온댔어요. 아까 낮에.

- 그려? 불러 봐. 그렇잖아도 이후 옆이 비었잖여?

- 그러자. 짝을 채워야지.

- 에이. 언닌 이런 데서 안 놀아요.

- 여기가 어때서. 우린 뭐 이런 데서 놀 사람들이고?

차현이 볼멘소리를 냈다. 이후도 마치 발 없는 여인처럼 배튼 뒤로 스르륵 사라진 여인의 정체가 궁금했다.

강남지는 이후 쪽을 바라보다 체념한 듯 일어섰다.

- 말은 해볼게요. 아마, 어려울 거예요.

여자들이 한꺼번에 배튼 뒤로 사라지자 남자들은 예기치 않은 여자의 등장에 제각기 호기심을 발동시켰다.

- 괜찮아 보이는데?

- 마담하고 언니 동생 하는 사이면 그렇고 그렇지 뭐.

- 오늘 이후 복 터지는 거 아냐?

- 세상 여자는 다 같지.

이후는 코웃음을 치면서도 여자에게 은근히 신경이 쓰인다. 초희와 혜련이 술을 더 내오고 나서도 마담과 여자는 모습을 나타내지 않았다. 이쪽 사정은 볼 것 없다는 듯 간간이 웃음소리가 흘러나오기도 했다.

- 난 니가 진짜 좋다. 우리, 한 번 사귀어보자.

기태는 혜련의 까무잡잡한 손을 잡고 수작을 부렸다.

- 오빠, 진심이야?

- 너만 좋다면 아예 살림 차린다니까.

- 피이. 그러다 고시 붙으면 줄행랑치려구?

- 일편단심 민들레, 몰라?

- 내가 이 동네 고시생들한테 한두 번 당한 줄 알아요? 어림 없어요.

- 기탠 다르다. 개, 순진혀.

순수가 말참견을 했다.

- 오빠가 더 순진해 뵈는데?

초희가 놀리자 순수는 을러대는 시늉을 한다.

- 얘 좀 봐라. 니가 이 오라버니한테 한 번 실컷 당해 봐야 정신을 차리시겄다, 이거지?

- 오빠나 저한테 금니 뽑히고 울지나 마시고여.

초희와 혜련이 같이 킥킥 웃어댔다.

그때다.

- 나온다.

차현이 고갯짓으로 배튼 쪽을 가리켰다. 이후는 여자 쪽을 바라보며 천천히 술잔을 들었다.

#2. 웃는 낯빛으로 이야기를 나누다

여자는 물속을 헤엄치는 물고기처럼 스르륵 다가섰다. 이후는 그녀의 몸에서 은은한 빛을 느꼈다.

- 처음 뵙겠어요.

은갈치 원피스의 여인은 이후에게 고개를 까딱해 보였다. 이후도 이 까만 숏 커트 머리 여인을 올려다보며 눈인사를 건넸다. 여자는 이후 옆에 앉기는 했지만 처음에는 그를 보는 듯 마는 듯했다. 호기심 어린 눈빛으로 탁자에 팔을 괴고 앉아 고등학교 동창들 얘기에 귀를 기울일 뿐이었다.

여자는 조금씩 좌중의 분위기에 적응해갔다. 이따금 이후 쪽으로 고개를 돌리고 술잔을 가볍게 부딪치기도 했다. 술자리는 새로운 여인의 출현으로 더 흥겨워졌다. 친구들은 새로 온 여자에게 질문들을 퍼부었지만 곧 자기 옆의 여자들에 정성을 쏟았다.

- 왜 그렇게 얼굴이 희죠?

- 심장이 잘 안 뛰어서 그런가, 훗. 그쪽은 뭐하는 사람예요?

여자가 이후를 웃으며 쳐다봤다.

- 공부.

- 무슨 공부?

- 전쟁을 겪은 후의 문학에 관한.

- 박사?

- 쓰고 있는 중.

- 늙은 학생이구나!

여자가 가지런히 빛나는 하얀 이를 드러내고 웃었다.

- 어울려요.

- 뭐가?

- 댁의 그 우울한 표정하고 하신다는 공부하고,

- 왜?

- 퇴폐적이잖아요. 전쟁과 우울.

여자가 이후 쪽을 쳐다보고 씽긋 웃었다. 이후는 여자의 웃음이 맑아 보인다고 생각했다.

이후는 그 무렵 일본으로 사라진 어느 작가에 관한 논문을 쓰고 있는 중이었다. 이후는 이 작가를 전후 문단에서 가장 별난 작가라고 생각했다. 전쟁의 참상을 겪으며, 사람들이 서로 눈 아프도록 그리워할 때, 그는 모습을 잘 나타내지 않았다. 서울 동작동 한강가 어딘가에 숨어 살며, 출판사나 잡지사에 원고를 넘길 때도 마치 스파이 접선처럼 다방에 맡기고 사라졌다. 덕분에 그를 아는 사람은 그때나 지금이나 극히 드물다. 그는 마치 소통을 거절하는 사람처럼 어딘가에 숨어 살며 소설을 썼고 끝내 일본으로 건너가 생애를 마쳤다.

분명 그는 여느 한국 소설가들과는 다른 존재였다. 이후는 그에 관해, 그의 고독에 관해 쓰고 싶지만, 이를 위해서는 힘든 논리 싸움이 필요했다. 마치 그는 살아서 이후를 멀리서 응시하고 있는 것 같았다. 이후도 자기만큼 고독해져야 한다는 듯. 그래야만 자기를 해석할 수 있으리라는 듯.

- 전쟁은 퇴폐적이지.

- 겪어본 사람같이 말하네요. 이후라고 했죠, 이름이?

- 그쪽은?

- 보영. 평범해요. 사람도 그렇구.

- 무슨 일 하시는데?

이후의 물음에 보영은 소리 없이 웃었다. 이후가 재차 묻는 눈빛을 보이자 여자의 얼굴에 장난기가 어렸다.

- 맞춰 봐요.

- 글쎄.

이후는 보영을 아래위로 훑어보았다.

- 어머, 응큼해. 왜 사람 몸을 봐요?

- 맞춰 보라면서.

- 그렇게 샅샅이 훑어 봐야 알아요?

따져 물으면서도 보영의 눈은 웃고 있다.

- 여기 살아요?

이후는 보영이 어쩐지 대전 사람 같지 않았다. 냄새가 달랐다. 그리운 체취 같은 대전 냄새가 이 여자한테서는 나지 않는 것 같았다.

- 서울요. 여긴 아빠가 사셔요.

- 싱글?

여자는 이후 자신보다 확실히 어려 보였지만, 어딘지 모르게 성숙해 보이기도 했다.

- 훗. 별걸 다 물으셔. 갔다 왔어요.

초희의 허벅지를 주무르던 순수가 두 사람 사이에 끼어들었다.

- 돌싱이네. 좋다.

- 좋지요.

여자의 긍정은 어딘가 비어 있다.

- 애도 없구?

순수의 물음에 보영은 고개를 가로저었다.

- 애 아빠가 키워요.

- 얼래? 어떻게 엄마가 안 키우고?

- 나쁜 엄만가 보죠.

보영이 쓰게 웃었다.

- 허긴 엄마만 애를 키우라는 법은 없지. 아들여, 딸여?

순수는 금방 태도를 바꾸어 보영의 편이 된다.

- 딸요.

- 이쁘겄다. 몇 살이나 됐어?

- 초등학생. 제 얘기는 그만 묻고, 순수 씨는 뭐 하는 사람?

- 나? 난, 천천히 알려줄 겨.

보영의 물음에 순수는 대충 얼버무리고는 서둘러 초희 쪽으로 고개를 돌렸다. 이후는 여자가 한 아이의 엄마라는 게 믿어지지 않았다. 흐린 불빛 아래 앉아 있는 보영은 은빛 물고기처럼 매끈했다.

그즈음 이후는 바다 속에 잠겨 있는 것 같은 막막한 느낌에 사로잡혀 있었다. 물의 하중을 받아 무겁고 느리게 흘러가는 세상, 그 속에서 사람들은 물고기처럼 아가미를 헐떡거리며 숨 가빠 했다. 그런 이후에게 여자는 마치 선홍빛으로 빛나는 아가미를 숨기고 있는 듯 선명해 보였다.

물속 세상에서 너무나 자연스럽게 호흡하고 있는 것 같은 여자. 이후는 여자에게 이끌리는 자기를 느꼈다. 이 물고기 여자와 좀 더 긴 이야기를 나누고 싶다. 하지만 좌중은 커플끼리 노는 때를 지나 다시 한데 어울렸다. 술잔을 몇 번씩 비운 탓에 이야기는 자연히 동창들 쪽으로 흘렀다.

- 세경이가 그렇게 돈을 많이 벌어?

차현의 물음에 기태는 천천히 고개를 끄덕였다.

- 엠앤에인가 한댔지?

- 그렇지.

- 그게 뭐냐?

순수는 늘 무식함을 자처했다. 말주변이 적은 그는 아는 것도 모르는 것처럼 행세했다.

- 몰라? 망하는 회사를 사다 적당히 주물러서 남한테 떠넘기는 거.

대학에서 경영을 공부한 차현은 세상살이에 밝다.

- 그걸 어떻게 배웠대?

- 걔가 원래 제2금융권에 들어갔잖아.

- 제2금융권?

순수가 또 묻자 차현은,

- 이자놀일 전문으로 하는 데지. 현대캐피탈이니 뭐니 하는 데들.

하고 간단히 설명한다.

- 법률적으로 보면, 은행을 제외한 금융 기관들이지. 보험회사다, 투자 신탁이다 하는 것들. 협동조합, 새마을금고까지 다.

기태가 혜련의 어깨에 팔을 걸쳐놓은 채 설명을 보탰다.

- 고시생이라 확실히 다르네. 그냥 돈놀이구먼.

순수가 기태의 설명을 간단히 일축했다. 순수는 공황증을 앓으면서도 간간이 사태의 본질을 꿰뚫어 보는 날카로움을 지녔다.

이후도 그 소식은 들었다. 세경은 같은 동창이다. 처음에는 이후와 같은 대학 사회학과에 다녔지만 이듬해에 서울대 법대로 옮겨간 친구다. 거기에서도 정작 고시에는 관심을 두지 않고 경제 돌아가는 일에 관심을 쏟았다. 최근에 직장에서 사귄 선배들과 함께 엠앤에이 회사를 차렸다는데, 창업하자마자 대단한 물건을 거머쥐었다는 소문이 돌았다.

- 사람을 잘 만나야 해.

기태가 술잔에 냉소를 따랐다. 세경의 회사 선배 중에 권력층에 줄을 댄 사람이 있다고 했다. 이후도 아는 얘기다. 대학 다닐 때부터 세경이 공을 들인, 특수층 자제들만 모이는 그룹

이 있다고 했다. 처음부터 목표가 분명했다고도 했다. 먼저 제2금융권에 들어가 돈 돌아가는 사정을 익힌 다음 권력에 줄을 댄 선배들과 큰일을 벌이겠다고 했다는 것이었다.

- 우리도 차현이가 있잖어. 유성 땅이 그게 다 얼마여. 만날 때마다 밥 사주고 술 사줘, 이런 친구가 어디 흔혀?

순수가 차현을 또 추켜 주었다.

- 하긴. 우리 같이 아무 이득도 없이 정을 나누는 사이도 없지.

기태는 늘 돈이 끼어들지 않는 우정을 강조했다.

- 도대체 땅이 얼마나 되는데요?

차현이 분위기에 밀려 술잔을 비우자마자 마담이 그의 잔에 또 술을 따랐다.

강남지는 마담이라 해도 젊었다. 서른 남짓 되었을까 했다.

- 얘네 집 땅이 다 온천여. 그러고 궁동 알지? 유성 바닥에서 제일 시끄러운 동네가 다 차현이네 땅여. 재네 집은 우물에서도 뜨듯한 물이 나와.

- 말도 안 되는 소리.

그러면서도 차현은 불룩 튀어나온 배를 어루만지며 느긋해 했다. 좌중이 돈이며 땅 얘기로 흐트러진 사이에 이후는 자신을 바라보는 보영의 시선을 의식했다. 아까부터 보영은 테이블 아래로 이후의 그레이 캐시미어 오버코트 소매를 살며시 잡고 있다.

- 옷감이 나쁘지 않네요.

보영이 낮은 숨소리로 품평을 했다. 이후의 오버코트는 살

때는 꽤 비싼 것이었지만 지금은 낡아버렸다. 이후는 오래된 것을 좋아했다. 옷뿐 아니라 이후가 가진 것들은 모두 빛이 바랬다. 만년필도, 지갑도, 손수건도, 모두 장만한 지 몇 년씩 지난 것들이었다. 그는 낡은 것들 속에서 살아가는 게 좋았다.

- 옷 만드는 사람?

이후가 나지막이 묻자 보영이 소리 없이 웃었다.

- 비슷한 거요.

- 뭔데?

- 글쎄, 뭐라고 할까?

보영은 웃음기 가득한 얼굴로 이후를 놀렸다.

- 뭐냐니까?

- 훗. 성미 급하시네. 프로메사라고, 남대문에 있어요.

- 뭐하는 곳인데?

- 음. 옷 만드는 곳?

- 그럼 디자이너신가?

보영은 그렇다고도, 그렇지 않다고도 하지 않는다. 그러나 여자는 정말 디자이너 같다. 옷매무새며 머리 모양이며 액세서리가 보통 여자들 차림은 아니다.

- 둘이 진짜 사귀어?

순수가 또 불쑥 끼어드는 바람에 두 사람은 다시 좌중의 이야기 속으로 끌려들어 갔다.

이후는 테이블 아래로 여자의 손을 가만히 쥐었다. 가늘고도 부드러운 손이었다. 순간, 이후는 숙현의 손을 떠올렸다. 숙현의 손도 이 여자의 손처럼 부드러웠다. 다른 것은 온도, 숙현

쪽이 한결 더 따뜻했다. 그 체온에는 어떤 동물적 기운이 담겨 있었다. 반면, 보영이라는 이 여자의 손은 따뜻하면서도 깨끗한 느낌을 주었다.

#3. 서울이라는 이름의 차가운 바다에서

이후의 아버지는 이후가 이번에는 나흘씩이나 집에 머문 것을 다행으로 여겼다. 하지만 그것은 이후의 작은 변덕일 따름이었다. 서울로 대학을 온 이래 이후는 대전 집에 일주일 이상 머물러본 적이 없다. 아버지를 향해 무슨 적의를 품었던 것도 아니지만, 본래의 소원한 관계가 밖으로 드러난 것이기는 했다.

밑에는 뜨거운 용액이 고여 있어도 이후의 마음의 표면에는 늘 차갑고 두터운 서리가 덮여 있었다. 자신이 왜 그렇게 되었는지 이후 자신도 알지 못한다. 그저 하나의 피조물로서 그런 성정을 타고났을 뿐이었다. 그러나 이 마음의 표면은 이후 자신이 벌여온 오랜 투쟁 탓에 더 단단하게 고착되어 버렸다. 서리 자욱이 내린 그의 마음밭은 시간이 흐르면서 얼음을 씌워 놓은 듯 더욱 차가워졌다.

대전에서 돌아온 이후에게 서울은 역시 춥고 음산했다. 음력 설을 갓 넘겼건만 서울은 여전히 음울한 기운에 짓눌려 있었다. 경제는 회복되기는커녕 연일 더 나빠진다고 했다. 정쟁으로 늘 시끄러운 서울은 음력설이 무색하리만큼 쓸쓸하고 우울했다. 이후는 이 어둠을 견뎌야 한다고 생각했다.

아이슬란드.

이후는 그 먼 섬나라를 그리워했다. 인구가 31만 명도 채 안 된다는 작은 나라. 이후는 작은 나라가 좋다. 이 나라는 또 몇 년 전에 파산해 버렸다고도 했다. 이후는 파멸을 겪은 곳은 어떻게 살아가는지 궁금했다.

박사 학위 논문을 쓰면서 이후는 자주 먼 곳을 꿈꾸었다. 서울에도, 이 나라에도 염증이 났고, 자기 자신을 향해서도 혐오를 품었다. 세상은 진실 대신에 힘이 지배하는 곳이었다. 이후는 그것을 알면서도 그런 세계에 편입되고 싶었다. 그는 말하자면 늙은 젊은이였다. 이후는 자신이 너무 빨리 늙어가고 있음을 알았다.

이후는 아이슬란드를, 그 섬의 오로라를 머릿속에 그렸다. 빙하가 끝나는 곳, 바람이 사납게 회오리치는 곳으로 가면 초록빛 오로라를 볼 수 있다고 했다. 옛날 소설에 나오는 인물처럼 지구 끝에 가닿고 싶었다. 자신이 살아 있음을 생생하게 실감할 수 있는 곳이라면 그 어디라도 찾아 떠나고 싶었다. 아이슬란드, 싸늘한 하늘에서 별 무리가 우박처럼 쏟아져 내리는 땅 끝에, 그는 지구별의 외로운 순례자로 서 있고 싶었다.

논문을 쓰면서도 이후는 마음이 안정되지 않았다. 대전에 다녀온 뒤, 이후는 그날 술집에서 본 여자의 환영에 사로잡혀 있었다. 보영이라고 했다. 보영의 매끄러운 모습이 숙현의 요염한 모습 위에 자꾸 겹쳐 떠올랐다. 한 번 스쳐 간 여자의 침습에 이후의 마음은 산란해져 있었다.

음력설 시즌을 넘기고 나자 숙현은 몇 번씩 전화를 걸어왔다. 명절 때는 가족들 때문에 꼼짝할 수 없다던 그녀였다. 이후는 숙현의 신호를 무시하고 논문에 매달리고 싶었다. 그러나 마냥 외면할 수도 없었다.

- 왜 전화 안 받는데?

휴대폰 속 숙현의 목소리는 가늘고도 날카로웠다.

- 또 왜? 왜 이렇게 속을 썩이는데?

숙현이 재차 다그쳐 오자 이후의 마음은 오히려 차갑게 가라앉았다.

- 뭐라고 말 좀 해. 불만 있으면 속 시원히 얘기해 줘야 알지.

- 바빴어. 논문도 잘 안 나가고.

- 나와. 생어거스틴에서 맛있는 거 사줄게. 뿌팟봉 카레에 커피 마시자. 어때?

순간, 이후는 어떻게 대답해야 할지 알 수 없다. 숙현과의 만남은 언젠가부터 늘 이런 식이었다.

- 어디서?

이후는 마지못해 숙현의 제안을 받아들였다.

- 훗. 진작 그럴 것이지. 강남 씨지브이 앞에서 다섯 시.

- 너무 일러. 낮에 도서관에서 자료 찾아야 해.

- 이르긴. 공부는 나중에 천천히 하시고. 일단 나와. 알았지?

숙현은 통통 튀는 목소리로 빠르게 다짐을 두었다.

- 봐서.

- 봐서가 뭐야. 다섯 시다?

숙현의 휴대폰이 저쪽에서 똑, 하고 끊겼다. 숙현은 아무리 작은 일이라도 자신이 원하는 건 어떻게든 얻어내야 하는 여자였다.

숙현을 만나기는 반년 전쯤, 그러니까 2013년 여름경으로 거슬러 올라간다. 그 무렵 이후는 도곡동으로 과외 아르바이트를 하러 갔다. 이후에게는 꽤 먼 동네였다. 지하철 2호선을 타고 서울을 빙 둘러가야 했다. 선릉역에서 분당선으로 갈아타고 두 정거장을 더 가면 도곡역이 나왔다.

월경.

압구정동이나 도곡동, 대치동 같은 이름을 가진 동네. 이후의 신촌과는 풍경이 다른 곳. 높고 화려하고 장려한 경관. 그러나 사막처럼 삭막한 느낌을 주는 곳.

이후는 그쪽으로 갈 때마다 어떤 경계선을 넘어가는 느낌에 사로잡히곤 했다.

산다는 건 어디나 같다.

이후는 종종 그렇게 생각했다. 부촌의 아파트 단지 거리를 걸어갈 때 자신의 생각은 더 굳건해졌다. 아파트가 줄줄이 늘어서 있는 풍경 앞에서 이후는 갑갑함을 느꼈다. 길가에 띄엄띄엄 서 있는 가로수들은 영양 결핍으로 메말라 있었다. 아파트 단지 안의 나무들은 너무 높은 건물 탓에 볼품없는 전시품에 불과해 보였다. 아파트 안으로 들어서면 그 내부는 차라리 초라하기까지 했다.

책도, 장식도 없는 낡은 벽면들, 오래되어 우중충하거나 벗겨진 칠들, 천박해 보이는 값싼 실내 장식들, 게다가 학생의 어머니들은 대부분 자녀 교육에 열이 오른 특성 없는 여자들이었다.

저녁이면 그네들은 과외 선생을 받거나 학원으로 아이를 보내고 한데 어울렸다. 파스쿠치나 엔젤리너스 같은 체인점에 모여 앉아 수다들을 떨었다. 이후는 공교롭게도 그런 곳에서 아르바이트 시간을 기다리는 때가 많았다. 그때마다 그는 물안개같이 피어오르는 실내의 소음에 시달려야 했다.

그곳에서 여자들은 평균적인 존재로 수평화 되어 있었다. 여자들의 머리 모양과 옷차림은 이웃집에 놀러 온 여자들처럼 허술했다. 화장기 없는 부석부석한 얼굴로 머리만 대충 매만지고 나온, 허리를 굽히고 다리를 외로 꼬고 앉은 여자들. 그네들의 발끝에서 흔들거리는 구겨진 샌들 짝은 이후로 하여금 그네들의 한없는 권태를 감지하도록 했다.

이윽고 이후는 서울에서 가장 비싼 아파트 앞에 다다랐다. 그를 기다리고 있는 것은 먼저 보안을 위한 삼엄한 통과 절차였다. 경비원에게 찾아온 용무를 밝히고 방문 대장에 이름과 전화번호를 적어 놓고야 엘리베이터 쪽으로 들어갈 수 있었다. 십구 층 엘리베이터 버튼을 누르며 이후는 서울의 신식 아파트들은 왜 이렇게 높아지기만 하는지 알 수 없었다.

- 어서 오세요.

현관 앞에서 초인종을 누를 때만 해도 이후는 이 동네 흔한 여자들의 하나가 문을 열어줄 것이라고 생각했다.

이번만큼은 그의 예상이 간단히 빗나갔다. 현관문이 열리며 모습을 드러낸 여자는 몸에 착 달라붙는 크림색 저지 원피스를 입고 있었다. 보통 어머니들의 차림이라 할 수 없는, 롤링펌 스타일의 웨이브 머리 아래로 이어진 얇고도 긴 원피스는 여자의 육감적인 몸매를 그대로 바깥으로 노출시켰다. 게다가 여자는 학부모라기에는 너무 젊었다.

현관문 앞에서 이후는 잠시 머뭇거렸다.

- 이후 씨? 실력 있으시다고 어찌나 칭찬하는지. 멋있게 생기셨다. 윤서, 인사드려.

여자는 가늘고도 빠른 목소리로 이후를 맞이했다. 윤서라 불린 여학생은 여자 뒤에 숨듯 서 있다 앞으로 나서 다소곳이 고개를 숙였다.

- 시골 아이가 돼나서 얌전하기만 해요. 방학이라고 공부하러 왔지 뭐예요. 잘해요, 이집 식구들.

여자는 속사포로 여자아이가 자신의 아이가 아님을 밝혔다. 여자가 이후를 거실로 안내하자 여학생은 다과를 준비해 오겠다며 주방 쪽으로 사라졌다. 여학생이 저쪽으로 건너간 사이에 여자는 이후를 향해 낮은 목소리로 속삭였다.

- 큰 시숙 댁 맏이예요. 방학 끝나면 케이티엑스로 오갈 거구요. 고생문이 활짝 열렸지 뭐예요.

여자는 한숨을 쉬었다. 하지만 그녀의 눈은 이후를 바라보며 웃었다.

- 네에.

이후는 건성으로 대답하며 실내를 천천히 둘러보았다. 베란다 쪽에 화분들이 열 지어 서 있었다. 당초무늬 빛으로 감아 올라간 보랏빛 로벨리아가 싱그러웠다. 덴드롱도 은방울꽃 모양으로 늘어진 꽃더미를 빨갛게 태워 올렸다. 여름은 모든 식물이, 꽃이 아니라도 싱그럽다. 화분의 풀꽃들은 저마다 싱싱한 생명력을 뽐내고 있었다.

- 꽃 좋아하시나 보다.

이후가 고개를 돌렸을 때, 거기에는 또 하나의 싱싱하고도 요염한 꽃송이가 활짝 피어나 독한 향기를 발산하고 있었다.

- 훗. 그렇게 요염해 보였다구? 내가? 첨부터?

나중에 숙현은 이후를 향해 첫날의 자기 인상을 세세히 캐묻곤 했다. 그녀는 자신에 관한 이야기를, 특히 칭찬을 즐겼다.

숙현은 이후에게 몇 가지 주문을 했다. 일주일에 두 번씩, 가급적 낮에 가르쳐 달라고 했다. 남편이 일찍 돌아올 때가 있어 저녁은 곤란하다고 했다. 여자가 말하는 동안 이후는 그녀의 지나치게 붉어 보이는 입술을 의식해야 했다.

여학생이 돌아오면서 두 사람 사이에 빠르게 형성된 묘한 분위기에 작은 틈이 생겼다. 이후는 여학생을 따라 공부방으로 들어가며 자기의 뒷모습을 바라보는 여자의 시선을 다시 의식했다.

그로부터 이틀 후다.

아침부터 이후는 자못 들떠 있었다. 한 신문의 아카이브 속에서 논문을 쓰는 데 필요한 새 자료들을 발견한 것이다.

논문을 전개시킬 논리가 막힌 나머지 혹시나 하고 들어가

본 것인데, 뜻밖에도 좋은 자료들이 그 안에 숨어 있었다.

기쁨 속에서 이후는 신문 아카이브에서 피디에프 자료들을 다운 받고, 그럴 수 없는 자료들은 일일이 아래아 한글로 타이핑해 컴퓨터로 옮겼다. 논문의 새 길이 열린 것 같았다.

그때 이후의 휴대폰이 울렸다.

- 이후 씨?

휴대폰 속의 여자 목소리는 다짜고짜 자신의 이름을 호명하고 있었다.

- 네에?

- 나, 누군지 알아요?

- 네?

저편 목소리의 주인공을 이후는 알지 못했다.

- 섭하다.

여자가 투정을 부리듯 말꼬리를 길게 빼고 나서야 그는 그녀가 이틀 전에 도곡동에서 만난 여자임을 깨달았다.

- 아, 무슨 일이시죠?

윤서에게 무슨 사정이 생겼는지도 몰랐다. 과외 시간을 바꾸는 일은 늘 있지만 귀찮았다.

- 후훗. 무슨 일이 뭐예요. 오늘 윤서한테 오시는 날이죠? 우리 아파트 앞에 파스쿠치, 거기로 한 시간만 일찍 나와 주세요.

- 아, 네.

숙현은 자신이 가르치는 학생의 보호자였다. 상의할 일이 무엇이든 있을 수 있었다.

- 그럼, 이따 봐요.

이후가 뭐라고 대답도 하기 전에 전화가 뚝, 하고 끊겼다. 잠깐 사이에 벌어진 일이 무엇을 의미하는지 헤아려볼 틈을 주지 않았다. 그럼에도 일하던 자료들로 시선을 돌리면서도 이후는 어쩔 수 없이 여자의 고혹적인 눈매와 붉은 입술을 떠올려야했다.

그날, 오후의 파스쿠치는 대낮의 소음으로 가득 차 있었다.

여자들의 자글거리는 소리들 속으로 이후는 숙현을 찾아 들어갔다. 넓은 홀을 천천히 둘러보는 이후의 시선에 한쪽 모퉁이가 환하게 빛나는 듯한 착각이 일었다.

고개를 숙이고 무엇인가를 들여다보는 여자, 분명 숙현이었다.

이후는 여자의 아름다움을 새삼스레 의식하며 테이블 사이를 비집고 다가갔다. 숙현은 테이블 위에 무슨 팸플릿인가를 펼쳐 놓았다. 며칠 전의 환하고 명랑한 표정은 어디로 사라진 것일까. 그녀의 얼굴에는 알 듯 모를 듯 수심이 어렸다. 고개를 숙인 여자의 목덜미가 유난히 희게 느껴졌다.

- 뭘 그렇게 보세요?

- 오셨어요? 어떻게 이렇게 슬그머니.

고개를 드는 숙현의 표정이 한순간에 밝아졌다. 이후가 무척 반가운 듯했다.

이후는 숙현의 앞자리에 가 조용히 앉았다.

- 라 트라비아타? 공연 팸플릿이네요.

- 맞아요.

- 타락한 여인.

- 타락한 여인?

- 라 트라비아타. 타락한 여자, 길 잘못 든 여자란 뜻이죠.

- 호오. 그래요? 유식하시다. 참, 뭐 드실래요?

진심으로 감탄한 것일까, 아니면 자기를 놀리고 싶은 것일까. 숙현의 목소리는 분간하기 어려웠다.

- 덥네요.

이후는 걸어오느라 옷에 땀이 찼다.

- 아이스 아메리카노?

숙현은 이후의 대답을 기다리지 않고 일어났다. 카운터 쪽으로 걸어가는 여자의 뒷모습을 쳐다보며 이후는 숙현이 놓고 간 팸플릿을 집어 들었다.

팸플릿에는 '베르디 탄생 200주년 기념'이라는 글귀가 크게 박혀 있다. 이후는 팸플렛을 천천히 넘겼다.

뒤마의 소설 『춘희』에 깊은 인상을 받은 베르디는 소설 속 여주인공 마르그리트를 비올레타로 바꾸어 오페라 무대에 올렸다. 원작에서 마르그리트의 사랑을 받는 젊은 남자 아르망은 오페라에서 제르망이라는 이름을 가졌다. 비올레타는 제르망을 사랑하지만 그의 아버지의 반대로 좌절하고 만다. 그녀는 지금 식으로 말하면 고급 콜걸 같은 여자였다. 우여곡절 끝에 사랑하는 두 사람은 다시 만나게 되지만 비올레타는 폐결핵으로 결국 세상을 떠난다.

이후는 대화가 유난히 길게 느껴지던 원작 소설의 장면들을 떠올렸다.

- 옆모습, 멋있으신데요?

숙현이 어느새 다가와 있었다. 그녀가 자리에 앉자 이후는 용건을 물었다.

- 윤서가 뭐라고 하던가요?

- 뭐라기는요. 잘 가르쳐 주신다고, 좋아해요.

- 그럼?

- 흠, 실은.

여자는 이후에게서 팸플릿을 빼앗듯 가져갔다.

- 표가 생겼어요. 두 장. 오페라단 후원 회장님이 보내주신 건데, 같이 갈 사람이 없지 뭐예요. 남편은 바쁘고. 여자들끼리 가기는 싫고. 어때요? 오페라 보고, 또 칵테일 한잔 하시는 거?

숙현은 숨도 쉬지 않고 용건을 밝힌 다음 얼음이 가득 담긴 아이스 아메리카노 컵을 들었다. 유리컵에 숙현의 빨간 루즈가 묻어났다.

- 좋습니다. 저도 한번 보고 싶어요.

이후가 제안을 순순히 받아들이자 숙현은 만족스러운 듯 웃었다.

- 이 티켓, 제가 직접 부탁한 거예요.

- 오페라 자주 보시나 보죠?

- 뮤지컬이나 가끔. 누가 그러대요. 도대체 오페라를 이해할 수 없다고. 하지만 라 트라비아타는 왠지 보고 싶어. 다음 주 금요일 저녁 일곱 시. 한 시간 일찍 나와서 저녁 간단히

먹죠. 어때요?

- 예술의 전당이네요.

- 근처에 애니초초라고, 좋은 카페가 있어요. 파니니에 진저 티 한 잔, 그리고 오페라 보러 가죠.

이미 모든 것을 결정해 놓은 숙현이었다. 자기 뜻대로 안 되는 게 없고, 고생이라고는 한 번도 겪어 본 적이 없는 것 같은 여자였다. 과외를 소개시켜 주면서 이후의 선배는, 검사 댁이라고, 여자가 여간내기가 아니라고 했다. 무슨 뜻인지 알 것 같았다. 아들이 고등학교 일학년이라 했으니 나이가 적잖을 텐데, 생김새나 차림은 이후 또래로 보였다.

- 아드님은 캐나다 갔다구요?

- 네. 어학연수. 방학이니까요.

- 기숙 학교 다닌다죠?

- 다 아시네. 외고. 용인에 있어요. 덕분에 전 이렇게 편하구. 효자죠.

숙현은 아들이 자랑스러운 눈치였다.

- 나중에 선생님한테 배우게 할까 봐. 국어는요.

이후는 자신이 이제야 비로소 선생님으로 불렸음을 깨닫는다. 하지만 숙현은 곧 호칭을 바꾸었다.

- 바쁘신 검사님 덕분에 이후 씨랑 데이트라. 나쁘지 않네, 훗.

숙현의 눈빛은 그 순간 몹시 기대에 차 있었다.

#4. 날은 어둡고 밤은 깊어

이후를 태운 숙현의 흰색 아우디는 예술의 전당 주차장을 빠져나오자 오른쪽으로 핸들을 꺾었다. 언제나 붐비는 남부순환로도 오늘 밤만큼은 덜 붐볐다. 이후는 말없이 생각에 잠겼다.

위선 다음에는 교활, 그다음은 야만. 그렇다면 나는 지금 위선을 넘어 교활의 단계를 통과하는 중인가?

이것은 숙현을 만나고 있는 이후가 자기 자신에게 던지는 질문이었다. 그는 자신이 통과해 온 시대들을 그렇게 규정하고 있었고, 그 시대의 본질들에 그 자신도 그대로 물들어 왔다고 생각했다. 만약 그 자신이 지금 교활해졌다면 그 다음엔 야만스러워져야 했다

이후와는 다른 상념에 잠겨 있었던 듯,

- 죽음을 피할 수 없다면 세상은 근본적으로 무의미해.

숙현이 혼잣말을 했다. 숙현의 음성은 가늘고 높건만 오늘은

낮았다. 이후는 숙현의 음성을 의미보다 빛깔로 들었다.

- 사랑도, 결혼도 부질없는 짓이에요.

깊은 허무감에 젖은 듯한 이 말은 이후를 유혹하는 달콤한 속삭임 같기도 했다. 잠시 두 사람 사이에 침묵이 흘렀다.

- 여자 친구 있어요?

이후는 숙현의 물음에 오래전에 잊은 한 여자의 얼굴을 떠올리며 고개를 가로저었다.

- 말하기 싫어하네요. 제르망은 잘도 말하던데.

- 어디로 가죠?

이후가 물었다. 숙현은,

- 릿츠칼튼.

이라고 짧게 끊어 대답했다.

릿츠칼튼이라면 역삼동 쪽, 숙현의 타워빌 단지에서 멀지 않은 곳이었다. 이후는 숙현에게서 행동반경이 작은 들짐승을 느꼈다. 야생의 기질을 타고났으되 숙명적으로 주어진 환경을 벗어나지 못하는 작은 동물 같은 기운을 숙현은 품고 있는 듯했다.

호텔 쪽으로 차를 모는 사이에 숙현은 충동적으로 작은 사건을 일으켰다. 빨간 신호등 앞에서 차들이 멈추어 섰을 때 옆에 앉은 이후에게 손을 내민 것이다.

- 잡아줘요.

숙현은 정면을 응시한 채 이후에게 속삭였다. 이후가 아무런 행동도 취하지 않자 숙현이 먼저 이후의 손을 잡았다. 의지만 있으면 이후는 얼마든지 자유로운 상태로 돌아갈 수 있었다.

하지만 이후는 그렇게 하지 않았다. 이후의 눈에 비친 숙현의 옆모습은 알 수 없는 열기에 휩싸여 있는 듯했다.

릿츠칼튼에 도착하자 숙현은 차를 발레파킹에 맡기고 이후를 호텔 안으로 이끌었다. 바는 호텔 2층이다. 보랏빛 조명 은은한, 아늑해 보이는 공간 속으로 숙현은 이후를 데리고 들어갔다. 숙현은 웨이터의 안내를 능숙하게 받아들여 홀의 안쪽 모퉁이 푹신한 소파에 몸을 실었다. 이후는 테이블 모서리를 사이에 두고 숙현 옆에 가 앉았다.

- 여기, 칵테일이 좋아요.

숙현이 메뉴 북조차 보지 않고 이후는 알지 못하는 것들을 웨이터에게 주문했다.

칵테일이 오자 숙현은 이후의 잔을 가볍게 부딪쳤다.

- 오페라, 나쁘지 않았어요.

칵테일 한 모금에 숙현은 금방 두 뺨이 발그레해졌다. 숙현은 알코올에 약한 여자였다. 하지만 숙현은 잠시 후 이후에게 다시 잔을 부딪쳐 왔다. 이후도 숙현의 잔을 가볍게 맞부딪쳤다.

- 누구 닮았어요.

- 누가요?

- 이후씨.

- 누구를?

이후는 자기도 모르게 숙현에게 말을 놓았다.

- 있어요. 옛날, 어떤 사람. 여자는 옷 잘 입는 남자한테 약해.

숙현은 이후를 바라보며 무슨 암시를 주듯 웃었다. 검정 니트에 스키니 진만으로도 숙현은 몹시 아름다웠다. 문득 이후는 자신의 옷차림이 초라하게 느껴졌다. 숙현은 웨이터를 불러 종류가 다른 칵테일을 추가로 주문했다.

- 이후 씨도, 감각이 없지는 않아.

숙현이 이후를 향해 눈웃음을 치자 이후는 갑자기 불쾌감에 사로잡혔다.

- 감각이 아니라 철학이죠.
- 옷에, 철학은 무슨?
- 옷은 사람의 영혼의 표현이었죠, 옛날에는. 자연을 신의 의상으로 생각한 것처럼. 오늘날엔 한갓 장식이자 치장일 뿐이죠. 아까 그 창녀가 꽂고 있던 동백꽃만큼도 가치가 없는.
- 현학적이에요. 옷은 그냥 옷일 뿐.
- 천만에요. 거짓이 진실을 가리는 의상 노릇을 하죠. 오늘날엔.

이런 식으로 말할 때 이후는 자신이 쓸데없는 자존심을 부리고 있음을 깨닫지 못했다.

- 비약하시기는. 감각 없는 사람, 싫어.
- 할 수 없죠.

굴욕감에 이후의 얼굴이 달아올랐다. 숙현은 마침 웨이터가 가져온 새로운 잔을 이후에게 권했다.

- 마셔요, 우리.
- 저 말고 다른 과외 선생들하고도 이런 식으로 지냈나요?

이후는 내친김에 마음에도 없는 말을 했다.

숙현은 이후를 외면한 채 쓰게 웃었다. 이후는 갑자기 더 공격적이 되고 싶어하는 자기를 느꼈다. 몰트위스키 베이스의 독한 칵테일 향에 벌써 취해버린 사람처럼.

- 전 이렇게 한가한 사람 아닙니다. 유한부인들 무료함이나 달래줄 만큼.

- 훗. 귀여운 데가 있어.

숙현이 코웃음을 치자 이후는 순간적으로 말문이 막혔다. 사실, 여자에게 그렇게까지 야유를 보내야 할 필요는 없었다.

- 이건, 무슨 칵테일이죠?

무안한 나머지 이후는 화제를 돌렸다.

- 러스티네일.

- 좋은데요.

- 영국 남자들이 좋아한대요.

쌉싸름하면서도 어딘지 모르게 달콤함이 숨어 있는 맛이다. 녹슨 못의 빛깔을 가진 칵테일 기운이 몸 안으로 퍼져가자 이후는 겨우 기분을 되돌렸다. 낯선 곳에 들어온 데서 오는 경계심이 풀리고 재즈 음률이 귀에 들어 왔다.

- 인생은 너무 길어.

숙현은 이후의 존재는 아랑곳하지 않고 마치 혼잣말을 하는 듯했다. 이후는 인생이 길다고는 한 번도 생각해 보지 않았다. 그러기에는 그는 지금 세상의 너무 많은 문제를 상대하고 있었다.

- 무엇에라도 매달리지 않으면 살 수 없을 것 같아요.

이것은 확실히 이후에게 건네는 말이었지만, 그에게는 아무 대답도 준비되어 있지 않았다.

때로는 침묵이 많은 말보다 낫다. 말없이 시간이 흐르면서 이후는 숙현의 존재가 선사하는 아늑함을 느꼈다.

- 이제 가요. 내, 태워다 드릴게.

- 괜찮은데요.

이후는 일단 사양했다. 하지만 이 밤에 지하철을 타고 돌아가기는 싫다. 숙현이 남은 칵테일을 가볍게 비우고 일어서자 이후도 숙현의 뒤를 따랐다. 출입문 통로를 빠져나오면서 이후는 발그레한 숙현의 얼굴에서 어떤 공허 같은 것을 읽었다.

호텔을 빠져나온 숙현의 아우디는 강남 교차로에서 오른쪽으로 방향을 틀어 북쪽으로 달렸다. 한남대교를 건너 강북강변도로로 접어들면서 다시 빨간 불빛의 차량 행렬이 줄을 지었다.

창밖을 바라보며 이후는 마음이 차분해졌다. 숙현은 클래식 음악을 낮게 틀어놓고 말없이 운전만 했다. 이후는 호텔 바에서 순간적으로 저지른 행동이 뉘우쳐졌다. 칵테일을 마신 숙현이 운전을 하는 것도 마음에 걸렸다.

생각해 보면 오늘은 다 좋았다. 숙현은 베르디를 기념하는 오페라 공연을 함께 볼 사람이 필요했고, 자신은 제안을 받아들였다. 그리고 오늘은 함께 차를 마시고 좋은 공연을 보고 뒤풀이까지 했다. 숙현은 만난 지 얼마 안 된 자신에게 호의를 베풀었고, 자신은 이를 기꺼이 향유한 하룻밤이었다.

- 미안해요.

- 아녜요. 내가 부담을 드렸나 봐요. 오늘 말고 또 이런 날이 있겠어요.

숙현의 목소리는 몹시 단정적이었다. 하지만 숙현의 손은 다시 이후의 손 위에 겹쳐졌다.

- 이렇게 멀리 가르치러 오시는 거예요?

- 지하철을 타요. 서울을 남쪽으로 빙 둘러 가죠.

- 재밌으시겠다.

- 여름이라 땀 냄새가 많이 나요. 붐비니까. 밤늦으면…….

이후는 잠깐 말을 끊었다.

- 늦으면?

- 돼지갈비 냄새에 소주 냄새. 끔찍해요. 요즘 나아졌죠.

- 어떻게?

- 워낙 불경기라 늦게까지 먹는 사람들이 줄었죠. 냉방이나 환기도 한결 나아졌고.

- 까다롭다, 이후 씨.

숙현이 웃자 이후는 정곡을 찔린 기분이었다. 그는 가끔 자신이 처한 상황을 참을 수 없을 때가 있다. 자신도 모르게 구토 같은 게 치밀어 오르는 때.

- 미안해요.

- 괜찮아요. 나도 그러니까. 어디서 빠지지?

숙현이 이후 쪽으로 잠깐 고개를 돌렸다. 이후의 눈에 비친 숙현은 한결 다정해 보인다.

- 다음요. 합정 로터리 방향.

상북강변노로를 빠져나온 숙현의 아우디가 합정 로터리를

건너자 대로는 차들로 북적였다.

- 차가 많네.

- 홍대 입구니까요. 금요일 밤이고.

- 맞다. 불금! 우리, 어디로 밤새우러 가야 하는 거 아네요?

- 나이를 생각하셔야죠.

- 흠. 내 나이가 어때서?

- 나이보단 확실히 어려 보이네요.

이후는 또 자기도 모르게 빈정거린 자신을 느꼈다.

- 땡큐. 그나저나 정말 붐비네요. 이제 홍대 사거리. 계속 가야 되나?

- 쭉 직진. 제가 말씀드릴 때까지.

- 넵! 오키나와 왕자님.

이후와 숙현이 함께 웃었다.

숙현의 아우디가 이제 동교동 로터리에 가까워졌다. 인천공항행 고속철도 환승역이 생긴 후에 이곳도 통행량이 꽤 많아졌다.

- 좌회전 신호 때 저쪽 언덕으로 올라가야 해요.

- 너무 가파르다.

- 험하죠? 이 동네 원룸들, 언덕 위에 많아요.

- 파란 신호다. 가볼까?

숙현의 차는 린나이 빌딩과 유시티라고 쓴 오피스텔 사이를 비집고 올라갔다. 이후는 언덕 위로 오르자마자 우회전을 명하고 또 곧 차를 멈추도록 한다.

- 여기에요.

- 빌딩이 제법 큰데.

- 음주 운전이라 힘드셨죠?

- 아니, 음. 실은 조금.

이후는 잠깐 머뭇거렸지만 곧 숙현 쪽으로 고개를 돌렸다.

- 코나커피 있어요, 제 룸에.

- 코나커피? 오, 하와이 거!

숙현의 표정이 환해졌다. 이후는 숙현의 차를 골목 가장자리에 세우게 했다. 이후는 카드키로 오피스텔 현관문을 열고 숙현을 안으로 들였다. 엘리베이터는 느릿느릿 두 사람을 6층으로 실어 날랐다. 복도는 조명이 흐렸다. 또 고요했다. 아직 아무도 입주하지 않은 건물처럼.

- 와.

오피스텔의 606호 이후의 거처에 들어서자마자 숙현은 감탄사를 발했다.

- 책이 이렇게 많아요?

- 덕분에 너무 좁죠?

- 아네요. 좋아.

숙현은 창가로 가 커튼을 열어젖혔다. 이후의 오피스텔은 언덕 위에 지어져 층수보다 훨씬 높아 보였다.

- 전망도 좋네요.

숙현은 고개를 숙여 창 아래를 내려 본다. 동교동 로터리를 오가는 자동차들, 사람들이 한눈에 들어온다. 하지만 다들 조그맣게 보인다. 숙현에게 이후의 방은 세상으로부터 멀리 떨어져 있는 것 같다. 창밖에서 소음이 올라올 뿐 오피스텔 어디에서도 소리는 들려오지 않는다.

- 오랜만에요.

- 뭐가요?

- 이 고요.

- 고요?

- 네. 고요. 옆방에서 섹스를 하면 다 들릴 것 같아.

숙현은 이 뒷말만은 이후가 듣지 못하게 했다. 숙현이 바깥세상 구경을 하는 사이에 이후는 핫플레이트에 물을 끓여 원두커피를 걸러냈다.

- 오세요.

이후가 식탁 겸 책상으로 쓰는 탁자로 숙현을 불렀다.

- 갖다 줘요. 이리로.

숙현은 창가에 붙어 서서 아래를 내려다보다 말고,

- 어머.

하고, 외마디 소리를 냈다.

- 왜요?

이후는 머그잔을 들고 서둘러 창가로 갔다. 창 아래 도로 쪽에 사람이 쓰러져 있고 주황색 택시가 차도에 그대로 멈춰서 있다. 쓰러진 사람은 꼼짝도 하지 않았다. 택시 운전사가 어딘가로 전화를 했다. 사고가 난 횡단보도 앞에 사람들이 몰려들고, 차량들이 밀렸다.

- 죽은 것 같아.

숙현이 무서워하는 얼굴로 이후 쪽에 몸을 기대려다 말고

멈칫했다. 정말 죽었는지도 몰랐다. 연희동 쪽에서 신호를 놓치지 않으려고 전속력으로 달려온 택시가 횡단보도를 성급히 건너려던 사람을 친 것이다.

- 구급차가 오겠지요.

이후는 숙현에게 커피를 건넸다. 숙현은 커피를 마시면서도 마음을 진정하지 못했다. 숙현은 어렸을 때 길 한복판에 넘어진 몸 위로 택시가 지나가버린 일이 있었다. 어린 숙현의 몸은 거짓말처럼 아무 데도 상한 데가 없었다.

택시 운전사는 서둘러 스프레이로 택시의 위치를 표시하고 쓰러진 사람 둘레에도 표시를 했다. 쓰러진 사람은 횡단보도를 약간 벗어난 곳에 나동그라져 있다. 사이렌 소리를 내며 달려온 앰블런스에서 구급대원이 나와 쓰러진 사람을 들것에 실었다. 패트롤카도 두 대나 왔다. 경찰들이 도로변에 차를 세워놓고 운전자와 함께 무엇인가 이야기를 했다. 큰 사고지만 상황이 신속히 마무리되었다.

이후는 숙현이 창밖을 더 내다보는 사이에 탁자 쪽으로 돌아왔다. 아침에 하다 만 일들이 떠오른 것이다. 탁자 위에는 컴퓨터와 모니터, 키보드, 마우스, 보면대가 놓여 있고 각종 책들과 복사물들이 그대로 펼쳐져 있다. 이후는 아침에 좋은 자료들을 발견했고, 논문이 잘 진척될 것 같은 예감을 얻었다. 하지만 자료를 정리하고 입력하는 작업은 쉽지 않다. 그는 오늘 밤에도 내내 눈을 뜨고 있어야 할지도 몰랐다.

- 장난감 같아요.

어느 틈엔가 숙현이 옆으로 다가와 있었다. 사고를 목격한 탓인지 숙현의 얼굴은 다소 창백해 보였다.

- 뭐가요?

- 컴퓨터며 책들.

- 내겐 심각한 것들인데.

이후는 자기 말이 우스워서 소리 없이 웃었다.

- 이런 것 안에 무슨 죽고 살 일이 있을라구요. 어디 보자.

숙현은 의자에서 일어나 벽 한쪽 책장에 빼곡히 들어서 있는 책들을 호기심 어린 눈으로 둘러봤다. 이후는 오래된 친구 집에 처음으로 놀러 온 것처럼 태연자약하게 구는 숙현을 그대로 두었다.

- 흠. 정치학이라. 아리스토텔레스. 가라타니 고진? 유머로서의 유물론? 그런 유머도 있나? 팔상록? 이건 오래됐네. 가만있자. 무샤노코지 사,네,아,쓰. 일본 사람이 썼고. 문? 나쓰메 소세키, 랑시에르? 슬, 라보예 지젝? 뭐야. 이후 씨 전공이 도대체 뭐죠? 국문학 아녜요?

숙현이 이후 쪽을 돌아보았다.

- 맞아요.

- 근데 책들이 왜 이래요? 꼭 헌책방에 온 것 같아.

- 가보시기는 하고요?

- 하긴. 헌책방은 어디 박혔는지도 모르지만. 훗, 이건 귀엽다.

숙현은 책장 위에 놓여 있는 스파이더맨을 엄지손가락, 집게손가락으로 집어 올렸다.

- 에계, 무슨 스파이더맨이 이렇게 가볍담. 재밌다. 이후 씨,

이거 나 줘요.

숙현은 장난기 어린 눈으로 스파이더맨을 내밀었다.

- 안 돼요.

- 왜요? 사연 있는 거야?

- 네.

- 피이, 아니지? 여자친구도 없다며. 내가 딴 거 사줄게. 이건 나 줘요. 응?

- 그냥 둬요.

- 에이. 그냥 가져간다?

숙현은 스파이더맨을 뒤로 감추고 투정을 부렸다. 그러자 이후는 책장에 기대듯 서 있는 숙현에게로 가 손에 쥔 것을 빼앗으려 들었다. 숙현이 뒤로 돌린 손에 힘을 주고 놓지 않으려 하자 이후는 단단히 오므려 쥔 숙현의 다섯 손가락을 하나하나 펴놓고 나서야 스파이더맨을 되찾았다.

- 아파요.

숙현이 빈손을 어루만지며 얼굴을 찡그렸다. 잠시나마 옥신각신 하는 사이에 숙현의 얼굴은 엷게 열이 올랐다.

- 이러기예요? 그럼 이후 씨가 내 스파이더맨이 돼 주든가.

순간, 이후는 숙현의 두 어깨를 다소 거칠게 자기 쪽으로 끌어당기고 자신의 입술을 숙현의 입술에 가져갔다. 듣기에 따라서는 얼마든지 농담으로 들을 수 있는 말이었다. 또 숙현은 실제로 눈에 장난기를 가득 담고 있었다.

이후는 숙현의 말에서 자신이 행동해야 할 이유를 찾아낸 것 같았다. 이후의 입술이 숙현의 입술에 가닿자 입술 사이로 작은 한숨이 흘러나왔다. 이후는 숙현의 얇고도 뾰족한 혀가 자기의 입술을 열고 있음을 느꼈다. 숙현은 이후의 품속에서 그의 허리를 그러안으며 몸을 실어왔다. 이후는 순간적으로 숙현을 밀쳐내려 했지만 이후를 끌어안은 숙현의 힘을 물리칠 수 없었다. 무엇보다 숙현의 입술과 혀가 이후를 세차게 빨아들이며 놓아주지 않았다. 숙현에게 압도당한 이후는 그녀의 한쪽 손이 자신의 몸 아래쪽을 어루만지는 것을 느꼈다.

- 안 돼요.

이후가 숙현을 떼어놓으려 했다.

- 뭐가.

숙현이 숨을 몰아쉬었다. 그녀의 손은 다급하게 이후의 허리띠를 풀어헤치려 했다.

- 괜찮아.

달래는 듯한 숙현의 목소리에 이후의 몸이 거세게 부풀어 올랐다. 숙현은 이후의 바지를 팬티와 함께 끌어내렸다. 숙현은 이후의 그것을 손으로 그러쥐고 자신의 입안 가득 받아들였다. 숙현이 이후를 올려다 보았다.

- 벗겨 줘.

이후는 명령에 따르듯 선 채로 숙현의 검정 니트를 벗겨 올렸다.

- 불.

이후는 숙현의 가슴을 감싸고 있는 것을 벗겨내고 불빛 아래 빛나는 흰 상체를 내려다 보았다.

- 꺼줘, 불.

숙현이 다시 한 번 부탁했다. 이후는 벽의 스위치를 눌러 형광등을 껐다. 어두워진 방안으로 창문 밖의 옅은 불빛들이 비쳐들었다. 숙현은 몸을 웅크리듯 일어나 허물을 벗듯이 자신의 스키니 진을 끌어내렸다.

- 저 위에 가서.

숙현은 바깥의 불빛을 받고 있는 창문 아래 좁은 침대 위로 이후를 데려가 눕혔다. 그 순간 이후는 숙현과 자신의 성이 뒤바뀐 것 같은 착각을 느꼈다. 그것은 릿츠칼튼의 바에서 느꼈던 굴욕감과도 흡사했다.

하지만 숙현을 뿌리칠 수도 없고, 그러고 싶지도 않다. 위에서 허리를 움직이고 있는 숙현의 리드미컬한 율동 속으로, 이후는 한없이 빨려 들어갔다.

#5. 긴 겨울을 넘어가는 갈증

벌써 겨울의 막바지였다.

이후는 새 학기가 시작되면 어떻게든 논문 프로포절을 제출해야겠다고 작정했다. 매일 혼자 일어나 커피를 마시며 숙현이 사준 신형 데스크톱 컴퓨터로 작업을 서둘렀다. 이후의 원룸은 지난여름에서 겨울로 오는 사이에 어느새 숙현이 준 물건들로 가득 차 버렸다.

지금 이후가 논문 출력 원고에 이것저것 메모를 할 때 쓰고 있는 몽블랑 볼펜도 숙현이 선물한 것이었다. 숙현은 이후가 쓰는 집기들에도 각별한 관심을 나타냈다. 그동안 이후가 써온 식기들을 밀어내고 싶기라도 한 듯 원룸에 올 때마다 무언가를 사왔다. 싸구려 식기는 우아하고 고급스러운 그릇들로 바뀌었다. 테팔 커피포트는 포트메리온의 보타닉가든으로 교체되었다. 이후가 즐기던 코나 커피도 에티오피아산으로 바뀌었다.

숙현은 남편과 함께 갔던 도쿄에서 에티오피아산 원두커피를 일 회분씩 낱개 포장으로 사다 주었다.

숙현이 무엇인가를 사올 때마다 두 사람 사이에는 작은 다툼이 일었다. 이후는 자기 혼자 쌓아올린 성채가 허물어지는 것 같았다. 그보다 숙현이 원룸에 가져오는 것들은 도곡동 타워빌에서 숙현이 매일 같이 쓰고 있는 것들이었다. 그런 숙현은 이후의 거처에 자기의 생활을 축소 복사해 놓으려 하는 것 같았다. 가을이 깊어 겨울로 넘어오면서 이후는 무엇인가 일이 잘못되어가고 있음을 깨달았다.

하지만 문제를 해결하기에는 그는 더 큰 과제 앞에 서 있었다. 논문 속의 작가가 갑자기 한국을 떠난 이유를 보다 근본적으로 설명할 수 있어야 했다.

숙현은 불현듯 한낮에 이후의 원룸으로 달려오곤 했다. 오피스텔 경비들의 따가운 눈초리는 안중에 없는 듯했다. 값비싼 주차비를 물고 아우디를 빌딩 안에 주차해 놓고 이후에게 달려들어 일을 벌이곤 했다.

- 이게, 참 맛있단 말야.

한낮의 섹스가 끝나고, 숙현은 알몸으로 이후의 성기를 쓰다듬으며 킥킥거렸다. 겨울이 다 가기 전에 논문의 논리를 완성하려던 이후의 계획은 벽에 부딪혔다.

숙현 말고도 대전에서 만났던 보영도 이후의 작업을 방해했다. 논문의 마지막 논리를 세우느라 고심하면서도 이후는 보영이라는 두 글자를 한숨처럼 떠올렸다. 숙현에게서 전화가 오거나 오피스텔로 찾아올 때면 이후는 보영이 더 생각났다.

숙현의 요구대로 몸을 움직이면서도 이후는 마치 보영이 은갈치처럼 미끄러운 몸체를 꿈틀거리고 있는 듯한 착각을 느꼈다.

프로메사라고 했던가.

남대문에 있다는 그 회사는 옷을 만드는 곳이라고 했다. 보영은 디자인 일을 한다고 했다. 보영의 말대로라면 그녀도 설을 보내고 서울에 올라왔어야 했다.

남대문이라면 이후의 오피스텔에서 전혀 멀지 않았다. 오피스텔에서 몇 분만 걸어 내려가면 홍대입구역 4번 출구, 거기서 시청역까지 2호선을 타고 가면 곧 남대문이었다. 이후는 보영을 아주 가까운 곳에 있는 것처럼 느꼈다. 이후 쪽에서 손만 뻗으면 보영이 금방이라도 손을 맞잡아 올 것 같았다.

어느 날 이후는 논문을 쓰다 말고 컴퓨터 창을 인터넷으로 돌렸다.

프로메사, 그것은 스페인 말이었다. 여성 명사. 약속. 예상, 징조, 조짐, 징후. 유망한 사람, 희망을 주는 사람. 여성 명사라는 말에서 이후는 숨을 내쉬었다. 희망을 주는 사람이라는 말에서 이후는 또 한 번 숨을 멈추었다.

정말 이후에게 보영은 희망이 될 수도 있을 것 같았다. 보영의 해맑게 웃는 얼굴이 아직도 이후의 머릿속에 또렷이 살아있었다.

이후는 프로메사라는 이름의 회사가 정말 있는지, 있다면 남대문 쪽 어디에 있는지 찾아보았다. 있다. 인터넷 다음 지도에 프로메사는 세 군데가 떴고 그중 하나가 남대문 근처에 있었다.

이후는 용감하게 전화를 걸었다.

- 프로메사입니다.

여성 안내원의 목소리였다.

- 혹시 임보영 씨라고 계신가요?

- 임보영 님요? 어느 부서신데요?

이후는 잠깐 망설였다.

- 디자인 부선데요.

- 아, 디자인 팀요? 잠시 기다려 주세요.

이후는 저쪽 편에서 자신이 원하는 사람을 찾아 주기를 기다렸다. 잠깐 시간이 흐른 후 저쪽 편에서 이후를 호출했다.

- 임보영 님은 안 계시구요. 마케팅 팀에 김보영이라고 계신데요. 연결해 드릴까요?

- 예.

이후는 잠깐 혼란을 느꼈다. 연결 신호음이 울리는 동안 이후는 마케팅 팀에 있다는 김보영이 자신이 찾고 있는 여자이기를 바랐다. 그녀가 무슨 일을 하든 상관이 없었다. 그렇게 해맑게, 장난스러운 웃음을 지을 수 있는 여자라면. 아니, 그것보다 자신을 숙현에게서 떼어 놓을 수 있는 여자라면 아무래도 좋았다.

- 김보영입니다.

저쪽 편에서 여자의 목소리가 들려왔다. 이후는 가벼운 동요를 느꼈다.

- 저, 이후라고, 대전에서 만났던.

- 네?

순간, 이후는 낙담하고 말았다. 여자는 그가 찾는 사람의 목소리가 아니었다.

- 죄송합니다. 제가 사람을 잘못 알았나 봅니다.

- 네? 네에.

- 실례했습니다.

이후는 저쪽에서 뭐라고 대답도 하기 전에 휴대폰 종료 버튼을 눌렀다.

임보영은 보기 좋게 자신을 속인 것이다. 하지만 남대문에 프로메사라는 회사가 있다는 건 어떻게 알았을까. 그 회사에 다닌 경력이 있었던가?

이후는 갑자기 서울 천지가 막막한 바다로 화해 버린 것 같았다. 서먹하고도 망망한 바다, 이것은 오랫동안 이후가 서울에 대해 간직해 온 이미지였다. 그 막막한 바다 위를 표류하며 고달픈 풍랑몽에 시달리는 사내, 그가 바로 이후 자신이었다.

이쯤에서 접어두어야 하나.

이후는 고개를 가로저었다. 만약 그녀가 숨으려고 한다면 자신은 찾아야 할 의무가 있다. 그것이 술래에게 주어진 역할이었다.

혼란 속에서 며칠 밤낮을 보내다 이후는 보영을 찾아 나서기로 했다. 그의 마음속에서 보영의 실체를 캐내야만 만족할 수 있을 것 같은 이상한 열정이 솟아났다. 궁리 끝에 이후는 순수에게 도움을 청했다. 어떻게든 보영에게로 통하는 다리를 놓아 달라고 했다. 순수는 그날 밤의 짝궁 초희를 통해 강남지에게 연락했다. 보영의 전화번호를 알려 달라 한 것이다.

순수는 의외로 쉽지 않았다 했다. 오히려 강남지가 두 사람 사이를 가로막고 나서더라는 것이었다. 그녀의 말에 따르면 보영은 그날 카페에 놀러 왔을 뿐이고, 술집에서 만난 남자를 다시 만날 뜻은 없었다. 순수는 하루걸러 세 번씩이나 통사정을 했다며 공치사를 했다.

이후는 영리하고도 계산성 있어 보이는 강남지의 얼굴을 떠올렸다. 서른 남짓에 비록 구시가지일망정 술집 하나를 경영하려면 풋내기 아가씨들을 뛰어넘는 수완을 갖추어야 했다.

어떻게 하면 다시 만날 수 있을까.

손에 넣을 수 없는 것은 더욱 탐나는 법이다. 일단 보영이 멀리 있는 것처럼 느껴지자 그녀를 향한 이후의 마음은 더욱 간절해졌다.

그러다 마침내 떠오른 아이디어, 그것은 한바탕 도박을 벌이자는 것이었다. 만약 보영을 그날처럼 합석하도록 해준다면 매상을 올려주겠다, 백만 원어치라도.

처음에는 이후 스스로도 실소를 금치 못했으니, 순수가 어이없어 한 것도 이상할 것 없었다.

- 어라. 너, 미쳤다? 지 학비도 감당 못 해 쩔쩔매는 놈이. 그 여자가 그렇게 좋아 뵈데?

- 살살 웃음을 흘리는 게, 보통 여시가 아녀. 조심혀. 여자 땜에 패가망신한 놈이 한둘이여?

순수는 타박하고 을러대면서도 이후의 뜻을 받아주었다. 강남지의 반응은 예상한 대로였다. 안 나오겠다는 보영을 설득

하느라 몹시 힘들었다는 너스레와 함께 이쪽에서 원하는 날짜를 물어왔다.

- 허유. 매상은 틀림없이 올려줘야 한다고 어찌나 다짐을 해대는지. 너, 진짜 돈은 있냐?

순수는 이후가 벌이려는 짓이 끝내 못 미더운 모양이었다. 이후는 돈쯤이야 어찌 되어도 좋다고 생각했다.

새로운 봄의 나날은 빠르게 흘러갔다. 이후는 대학원에 박사학위 논문 제안서를 내고 주제 발표 날짜를 받았다. 사월 십일이라면 하루하루 아껴 써도 준비가 빠듯했지만 개의치 않았다.

이후는 자신에 대해 턱없이 과대망상적인 데가 있었다. 여러 어려움에도 불구하고 요행히 박사 과정까지 올라올 수 있었던 행운을, 이후는 자신의 능력 탓으로 치부했다. 논문 준비로 분주하게 보내는 사이에도 날짜는 물처럼 흘러갔다. 보영을 만나기로 한 토요일이 사흘 앞으로 다가왔다.

- 뭐 해?

휴대폰 속 숙현의 목소리는 무슨 일인지 자못 들떠 있었다.

- 논문 써.

- 잘 돼가?

- 그럭저럭. 왜요?

이후는 일부러 건성건성 응답했다. 숙현이 다정하게 다가올수록 이후는 어쩐지 자신이 차가워지는 듯했다. 숙현의 굴곡진 몸이 선사하는 쾌락이며 쏟아 붓는 물질들을 그대로 받아들이면서도 그는 숙현을 멀리하고 싶었다.

- 전화 자주 못 해 미안. 건 글쿠. 이번 주 토요일 있지?

- 이번 주?

- 응. 좋은 생각이 났어.

- 무슨?

토요일은 보영을 만나기로 되어 있는 날이다.

- 김 검사가 부산 간대, 출장. 속은 모르겠지만. 우리, 대전 가자.

- 대전?

이후는 속이 뜨끔해지는 듯했다.

- 그래. 자기 나온 초등학교도 보구, 두부 두루치기에 막걸리도 마시구. 그거 맛있다며. 글구, 음.

숙현은 잠시 뜸을 들이며 자신이 생각해 낸 좋은 아이디어를 음미하는 듯했다.

- 그날은 안 되겠어.

- 왜?

이후는 갑자기 말문이 막혔다. 거기까지는 답을 준비해 놓지 못했다.

- 괜찮지? 내가 왕복으로 예약해 놓을게.

- 그날은…….

- 안 돼. 가야 돼.

이후는 대답하지 못했다. 그러나 무슨 일이 있어도 보영과의 약속을 미룰 수는 없다. 더구나 숙현 때문에는.

- 한 시 정각에 서울역 위층 파스쿠치에서 만나. 간단히 마시고 한 시 삼십 분 출발.

숙현은 평소처럼 일방적으로 정해주고는 전화를 끊었다.

마침내 토요일이 닥쳤다. 이후는 새벽에 눈이 떠졌지만 서두르지 않았다. 아침 식사는 늘 그렇듯 거르고 논문에 관해 잠시 궁리했다. 문득 그럴듯한 생각이 떠올랐다. 무언가 보영에게 기억될 만한 것을 선물해 주고 싶었다. 서둘러 외출 준비를 하고 원룸에서 가까운 백화점으로 향했다.

그에게 백화점은 아주 오랜만이었다. 오피스텔에서 신촌 쪽으로 오갈 때 늘 그냥 지나치기만 했다.

무얼 사야 할까.

백화점을 찾아가며 이후는 지난 겨울의 크리스마스이브를 생각했다. 숙현은 그날만은 남편과 보내야 한다고 했다. 사랑하는 사람을 위해 무엇인가를 해줄 수 없다는 것은 비참한 일이었다.

나중에 숙현은 가난한 이후가 주는 스카프를 기쁘게 받았다.

- 어머. 너무 예뻐. 고마워. 꼭 하고 다닐게.

숙현에게서 돌아온 보답은 컸다. 며칠 후 이후는 원룸으로 배달되어 온 신형 데스크톱 컴퓨터를 받았다. 숙현은 그날 밤 이후의 원룸을 방문했다.

- 맘에 안 들면 말해. 더한 것도 해줄 수 있어.

숙현은 고마움을 표시하는 이후에게 자신 있는 듯한 표정을 지었다.

백화점 현관 큰 유리문을 열고 이후는 곧장 스카프 코너로 향했다. 보영을 위한 물건을 고르면서 이후는 자신이 줄곧 숙현을 의식하고 있음을 깨달았다. 자기는 지금 숙현의 섬세한 목과 아름다운 쇄골 라인에 어울리는 스카프를 찾고 있는 것이었다. 이후는 숙현의 교태스러운 얼굴을 애써 밀어내며 시계 코너 쪽으로 걸음을 옮겼다. 보영의 숏 커트 머리에, 은빛으로 빛나는 원피스에 어울릴 시계를 찾고 싶었다.

시계들은 세련되고 앙증맞은 것일수록 값이 비쌌다. 까르띠에라는 상표가 표시된 분홍빛이 감도는 손목시계는 2천만 원이 넘는 가격표를 달고 있다. 시계판 옆에 자그맣게 반짝이는 것들은 분명 다이아몬드였다. 숙현이 바로 이 까르띠에 시계를 차고 있었다.

- 아다마스, 이 말은 정복할 수 없다는 뜻야.

까르띠에라는 말 앞에 관형사처럼 붙어있는 아다마스라는 말이 다이아몬드의 어원이라고, 숙현은 이후에게 알려주었다. 그때 숙현의 잘 다듬어진 얼굴은 보석처럼 반짝거리는 듯했다.

이것저것 살펴보며 고심한 끝에, 이후는 엠프리오 알마니 계열의 은빛으로 반짝이는 시계를 겨우 선택했다. 사각 모양의 시계판이며 가장자리에 반짝이는 장식을 넣은 것이, 어지간히 까르띠에를 닮은 것이었다.

진짜를 대신하는 가짜라.

그러나 어느 쪽이 정말 가짜일까. 숙현 쪽일까, 보영 쪽일까.

이후는 보영에 관해 생각했다. 서울에서 디자인 일을 한다고 했지만 거짓말이었다. 그녀는 프로메사에 있지 않았다. 서울에 산다는 말도 거짓일 수 있었다.

그러면 숙현 쪽은 진짜일까. 겨울, 크리스마스이브, 그날 이후는 숙현과 함께 저녁도 먹고 영화도 보고 싶었다. 숙현의 남편의 존재 따위는 아예 염두에 두지 않았다. 평소의 숙현은 남편에 대해 늘 경멸적으로 말해왔고, 또 늘 그는 바쁘다고 했다. 하지만 숙현은 그날만은 남편과 보내야 한다고 선언했다. 그날만은 아들까지 세 식구가 한자리에 모여 한 식구임을 확인한다고 했다.

이후가 보영을 위한 시계를 산 후 신촌역으로 향할 때쯤 휴대폰이 울렸다. 숙현이었다. 이후는 잠깐 머뭇거렸지만 받지 않았다.

시청역에서 1호선으로 갈아타 서울역으로 가는 사이에 이후는 숙현과 마주칠 것을 염려했다. 며칠 전 이후는 오후 한 시 오 분발 무궁화호를 예약해 두었다. 비록 여행객들로 붐비는 곳이지만 통로는 1호선 지하철역 쪽과 서부역 쪽 단 두 곳뿐이다. 숙현이 서부역 쪽으로 올 리는 없으므로 자칫 두 사람이 마주칠 수도 있다.

지하철에서 내려 서울역 쪽으로 올라가며 이후는 내내 숙현이 미리 와 있지 않기를 바랐다.

하지만 이후의 기대는 어긋났다.

서울역으로 통하는 에스컬레이터를 탄 이후는 롯데 아울렛 매장 옆 쪽에서 쇼윈도를 바라보고 있는 숙현을 발견했다. 늘 그렇듯 다른 여자들과 구별되는 세련된 옷차림의 숙현이었다. 순간적으로 이후는 인파속으로 몸을 숨겼다.

잠시 후 이후는 플랫폼에 당도했고 마침내 열차가 출발했다. 휴대폰을 끄고 나자 이후는 기분이 아주 홀가분해졌다. 서울을 떠나 대전으로 돌아가는 일은 늘 이후에게 새로운 기쁨을 주었다.

무궁화호가 대전역에 가까워지면서 엑스포 공원이 저편으로 보였다. 이후는 어렸을 때 열린 세계 박람회에 놀러 간 적이 있었다. 어린 이후는 거기서 홀로그램이라는 것을 처음으로 보았다. 홀로그램은 그때만 해도 최첨단 꿈의 기술이라 불렸다. 허공중에 떠 있는 삼차원의 입체 영상은 신기하고도 아름다웠다.

손에 잡히지 않는 환영, 무지개 같은 것이 이후는 좋았다. 이후는 어려서부터 그런 아이였다. 투명한 유리구슬 속에 박혀 있는 비췻빛을 좋아했다. 먼 곳을 향해 길게 뻗은 철길을 따라 걸어가 본 적도 있다. 더 어렸을 때로 거슬러 오르면 헬륨 공기를 가득 채운 풍선이 떠올랐다. 하늘 먼 곳으로 하염없이 날아가는 풍선.

이후가 창밖을 바라보며 생각에 잠긴 사이 기차는 대전역 플랫폼으로 미끄러져 들어갔다. 이후가 플랫폼을 빠져나오자 역사 출구 계단 쪽에 서 있던 순수가 손을 번쩍 쳐들었다.

이후는 잔뜩 흥분해 있는 순수와 함께 목척교 쪽으로 천천히 걸었다.

-점심 먹었어?

-아니.

-아니가 뭐여. 지금이 몇 신디. 저기 중앙시장 먹자골목에서 국수라도 한 그릇 허자.

이후가 고개를 끄덕이자 순수는 이후를 오른편 중앙시장 쪽으로 이끌었다.

먹자골목이라면 이후도 몇 번씩 가본 곳이었다. 그곳에는 유난히 고장 이름을 간판으로 내세운 가게가 많았다. 안영집, 함경도집, 강원도집, 전라도집, 골목 사거리를 하나 건너 뛰어 다시 전주집, 만경집, 옥천집, 백천순대…….

이후는 순수를 따라가며 줄지어 붙은 식당들의 이름을 외웠다. 이 많은 이름들은 대전이 피난민들의 도시이자 교통의 집산지임을 알려 주었다.

그러고 보면 이 근처에는 서울에서는 한 번도 볼 수 없었던 '대전순대'를 파는 골목도 있었다. 이 나라 다른 어디에서도 볼 수 없는 독특한 이 순대를 이 도시의 서민들은 즐겨 찾았다. 대전순대는 진짜 돼지 창자를 씻어 안에 야채 등속을 넣은 것으로, 그것 말고도 염통이며 간은 물론, 머릿고기며, 오소리감투며, 귓대기며, 코에, 혀까지 안 갖춰 놓은 부위가 없다시피 했다.

순수와 이후는 먹자골목을 거의 다 빠져나와 그 끄트머리 덕산집으로 들어갔다. 칼국수와 국수를 함께 파는 이곳에서 이후는 잔치국수를 시켰다. 시장기를 느끼지 못했던 이후에게도 국수는 좋은 요깃거리였다. 순수는 비빔국수를 시켜 썩썩 비벼 맛있게 먹었다.

잠시 후 두 사람이 먹자골목을 빠져나오자 길은 곧장 목척교 쪽으로 이어졌다.

- 많이 변했다.

목척교는 대전의 구시가지를 관통하며 흐르는 대전천 위에 세워진 다리다.

이후는 목척교 난간에 기대어 서서 한가롭게 흘러가는 냇물을 내려다보았다. 이후가 고등학교 다닐 때만 해도 이곳은 시멘트, 콘크리트로 뒤덮여 있었고, 양쪽으로 홍명상가와 중앙데파트 건물이 우람하게 서 있었다.

- 변했지, 많이.

순수도 이후와 똑같이 대전천을 바라보며 다리 난간에 몸을 기댔다.

- 옛날엔 이 목척 다리 대신에 징검다리가 있었댜.
- 징검다리?
- 그려. 새우젓 장수가 아침저녁으로 건너다니면서 꼭 다리 한가운데 지게 받쳐놓고 쉬었다 갔다는 겨.
- 그게 어느 때 얘기야?
- 이 다리가 아주 오래됐지? 아마 일제 때 생겼을 겨.
- 일제 때라.

이후는 그럴듯하게 여겼다.

지금의 대전은 오래전 경부선을 놓을 때 생겨났다. 그때만 해도 이 근방 중심지였던 공주로 통하려면 다리를 새로 놓아야 했다. 이후는 어렸을 때 어머니를 따라 홍명상가에 새 옷을 사러 왔던 일을 떠올렸다. 젊은 날의 어머니는 분명 어여뻤다.

- 가자. 이러다 늦겄다.

순수가 이후를 재촉했다. 흐르는 물에 어스름이 깔렸다.

이후와 순수는 중앙로역 쪽으로 걸음을 옮겼다.

- 이젠 마담이 우릴 되려 기다릴 겨.

순수는 무슨 까닭인지 싱글벙글거렸다. 중앙로역 사거리에서 신호등을 건너 오른쪽으로 꺾어들고 두 번째 골목을 따라 곧장 들어가면 강남지의 카페가 있었다.

보영이 과연 나올까. 이후는 보영이 오늘도 모습을 드러내지 않을 것 같다.

#6. 남자는 여자를 다시 만나다

- 안녕하셨어요?

낯익은 목소리에 이후는 고개를 들었다. 부드럽고도 명랑한, 틀림없는 보영의 목소리다. 베이지색 트렌치코트를 입은 보영이 분명 이후를 향해 씽긋 웃고 있다.

- 드디어 나타나셨네.

비위가 상한 기태가 야유를 보냈다. 약속 시간을 한 시간이나 넘기며 한참을 기다리게 하고서야 나타난 보영이다.

- 가게 봐줄 사람이 없어서요.

보영은 아무런 미안한 기색도 없다. 가게라니? 이후는 보영에 대해 새로운 의문을 품었다. 하지만 보영은 아무 일도 없다는 듯 이후 옆에 착 달라붙어 앉았다.

- 얼라.

순수가 어이없다는 듯 감탄사를 발했다. 보영이 나타남으로

써 좌중은 활기를 띠게 됐다. 이후는 순수에게 미리 지폐들을 맡겨 놓았고, 그가 밤사이에 그 돈을 남김없이 쓰기로 했다. 숙현은 몇 달 사이에 이후에게 과외비를 줄 때마다 올려주었다. 계좌 이체가 아니라 오만 원짜리 현금 다발로 건네주는 숙현의 돈을, 이후는 원룸의 탁자 옆 서류함에 넣어두고 그때그때 빼 쓰곤 했다. 오늘 이후는 그 돈들을 남김없이 가지고 내려왔다. 강남지가 차려놓은 술상은 전에 없이 풍성했다.

- 오빠. 정말 사장이야?

초희가 순수의 흰 와이셔츠에 빨간 루즈를 묻힐 듯 얼굴을 붙여왔다.

- 명함이 떨어져 입증헐 수도 없구, 참.

순수가 초희의 통통한 허리를 그러안았다. 기태와 혜련 사이에는 더 은근한 눈짓이 오갔다.

- 차현 씬 정말 못 와?

강남지가 기태에게 또 한 번 물었다.

- 과장이랑 밤늦게까지 있어야 할 일이 생겼댜.

순수가 마담과 기태 사이를 툭 끼어들었다.

- 기태, 니가 오늘은 둘 다 책임져야겄다.

기태는 양주잔을 막 비운 마담에게 술병을 기울였다. 이후도 보영에게 위스키를 따라 주었다. 트렌치코트를 벗은 보영의 얼굴은 잉크빛 블라우스 때문에 더 희게 느껴졌다.

- 왜 저를 찾았어요?

이후는 아무 말도 하지 않았다. 간단히는 설명할 수 없기 때문이다. 아니, 이후로서도 무엇 때문인지 알지 못한다.

- 암튼. 반가워요.

보영도 이후의 잔에 술을 따랐다.

- 러브 샷?

이후는 대답 대신 고개를 끄덕였다. 이후의 목을 감아오는 보영의 몸은 짙은 향수 내음을 풍겼다. 두 사람은 서로의 몸을 감싸 안고 천천히 술을 삼켰다.

- 맛있다.

술잔을 탁자에 내려놓고 보영이 빙긋이 웃었다.

- 많이 찾았어.

- 그래요?

- 프로메사. 그런 사람 없다더군.

보영이 이후를 외면하고 씽긋 웃었다.

- 미안해요. 허탕 치게 해서.

보영의 목소리에는 아무런 미안한 감정도 담겨 있지 않았다.

- 디자인을 한다며.

- 훗. 그걸 믿었어요? 지금은 알바 해요. 곧 접을 참이구여.

- 왜?

- 글쎄. 싫증이 났달까.

웃는 보영의 묘한 표정은 어디 한번 자기 정체를 알아내 보라는 투다.

- 아무래도 좋아.

- 정말?

보영이 또 웃었다.

- 제가 누구든 상관없다 이거죠? 다른 남자들처럼.

- 다른 남자들?

- 네. 클럽에서 만나는 남자들.

이후도 그런 여자들 얘기는 들어 보았다. 클럽 같은 데서 남자를 만나 하룻밤 즐기고 떠나간다는 여자들. 한 번 만난 남자는 두 번 다시 만나지 않는 게 그들의 불문율이라 했다.

- 마셔요.

보영이 또 술을 권했다. 그러고는 고개를 숙이고 낮은 목소리로 속삭인다.

- 나가요, 우리.

이후가 고개를 끄덕이자 보영은 트렌치코트를 집어 들고 남지를 향해,

- 우리, 데이트 좀 할게.

하고 선언했다. 보영이 서늘한 바람을 일으키며 일어나자 자극적인 향수 내음이 코끝을 찔렀다. 이후는 자기도 모르게 보영을 따라 일어났다.

- 얼래. 얘네들 왜 이러는 겨?

순수가 두 사람을 향해 눈을 치켜떴다. 하지만 적극적으로 제지할 뜻은 없다. 그의 곁에는 초희가 달라붙어 있다.

바깥은 쌀쌀했다. 삼월 말인데도 밤 기온은 영 도 가까이 내려갔다. 이후는 한결 기분이 좋아졌다. 보영이 가볍게 팔짱을 껴왔다.

- 우리, 커피 마시러 가요.

- 어디로?

- 좋은 데가 있어요.

보영은 이후를 인도하듯 어두운 골목길을 걸어 중앙로 쪽으로 나아갔다.

- 대전에서 컸어요?

- 그쪽은?

- 대흥초등학교. 글구, 청란여중.

- 촌 여자네.

- 피이. 그쪽은?

- 태평초등학교. 태평중학교.

- 나보다 더하시네.

파란 신호등이 깜박거리고 있는 횡단보도 앞에서 보영은 이후의 손을 휙, 잡아끌었다.

- 건너요, 우리.

이후와 보영은 뛰듯이 횡단보도를 건너 맞은편 골목 안으로 들어섰다.

- 어디 가는데?

- 좋은데.

- 좋은데, 어디?

- 있어요. 조금만 더 가면.

골목 안으로 들어가자 밖에서와는 달리 사람들로 북적였다. 이후가 너무나 잘 아는 거리였다.

- 상투스 알아?

- 없어졌어요.

- 상투스 전엔 뭐였는지 알아?

- 흠. 브라암스?

- 맞아. 지금 거기 가는 건가?

- 그러려면 과거로 가야 하게.

- 그럼?

- 다른 데가 있어요.

- 브라암스 같은 곳?

- 네.

- 정말?

- 속고만 사셨나?

- 맞아.

- 계속 반말. 나도 놓는다?

- 놔.

- 진짜죠?

- 놓으라니까.

- 좋아요.

- 왜 안 놔?

- 담에 또 보면.

- 또 볼 거야?

- 봐야 알죠.

- 봐. 지금.

- 다 왔다.

- 여기?

이후는 보영을 따라 걸음을 멈추고 불빛이 은은히 흘러나오는 카페를 바라보았다.

쌍리.

카페 현관에 물고기 문양이 그려져 있고 간판에는 한글로 크게 쌍리, 또 한자도 작게 붙어 있다. 한자를 보니 쌍쌍 자에 잉어 리자, 그러니까 두 마리 잉어, 두 마리 물고기라는 뜻이다. 현관은 투명한 유리문으로 무슨 음악회며 연극 포스터가 붙어 있다. 이후는 유리문 너머로 보이는 카페 안의 모습에서 고전적인 아름다움을 느꼈다. 그는 과거에 약한 사람이었다.

- 들어가자.

- 가요.

이후와 보영은 쌍리의 문을 열고 같이 안으로 들어섰다. 쌍리의 실내는 외국에서 수입해 들여온 원두커피 자루들에, 바야흐로 로스팅 중인 원두커피들까지, 진한 향내를 풍겼다. 커피 기계도 여러 대씩 놓여 있어 이집 주인의 취향을 가늠하게 했다. 전통적인 턴테이블에 고색창연한 LP 음반과 시디들, 나무 탁자에 나무 의자, 천정과 벽의 약간 어두운 아이보리 칠, 천장에 매달린 옛날 모양의 조명등까지 쌍리는 바깥 세계와는 완전히 다른 별세계다.

- 어서 오세요.

아르바이트생인 듯한 여성이 와서 두 사람을 안내했다. 실내에는 슈베르트의 현악 5중주인 듯한 음악이 흘렀다.

- 어떻게 이런 곳을 알았지?

이후가 알기로 대전에서 이런 커피숍은 이후가 서울로 대학 올 때쯤 해서 소멸되다시피 했다.

이후와 보영은 안쪽 구석 테이블에 나란히 앉았다.

- 흠. 뭘 마실까?

- 좋은 커피가 있어?

- 핸드드립 커피요. 콜롬비아산 블루마운틴?

- 마셔 볼게.

보영은 아르바이트생이 오자 주문을 했다.

- 첨에, 간판이 예뻐서 들어왔어요.

아르바이트생이 물러난 후 보영이 말했다.

- 물고기 두 마리?

- 그죠. 쌍리. 이야기가 있어요.

- 무슨 얘기?

- 옛날 옛적에, 인도에 오래된 나무가 있었대요.

- 나무?

- 생명의 나무죠. 그 나무 열매로 고치지 못하는 병이 없는.

- 정신병도?

- 옛날엔 미친 사람은 신성한 사람이었다죠.

- 그럼 나도 옛날엔 괜찮은 사람이었게?

- 그 나무는 바다 밑에 뿌리를 내리고 우뚝 솟아 있었고, 늘 잎과 열매를 무성하게 달고 있었대요.

보영은 이후에게 두 마리 물고기에 관한 이야기를 해주었다.

나쁜 신이 이 나무뿌리를 파내 버리려고 두꺼비를 바다 속으로 들여보냈다. 하지만 두꺼비는 제 일을 끝내 이루어낼 수 없었다. 물고기 두 마리가 이 나무를 지키고 있었기 때문이다. 덕분에 나무는 해마다 잎과 열매를 무성하게 맺고 사람들을 살려낼 수 있었다.

- 그럴 듯해. 우린 모두 바다에서 왔으니까.

- 그렇죠. 바다는 우리들의 뿌리, 우리는 바다의 잎과 열매.

드디어 주문한 커피가 주둥이가 긴 황금빛 주전자에 담겨 왔다. 보영은 커피를 자기 잔과 이후의 잔에 고루 나누어 따랐다. 커피는 쓰지도, 달리 자극적이지도 않다. 향은 짙은데 쓴맛은 없는, 뭐랄까, 순수한 커피라고 할 만한 맛이다.

- 왜 물고기가 한 마리가 아니고?

- 에이. 한 마리면 짝을 찾아 어디로 가버릴 테죠.

- 나는 안 가.

- 갈 걸요?

- 뭘 보고?

- 안 갈 것도 같구. 하지만.

- 하지만?

- 그럼 어디 가서 나를 찾죠?

- 여기 있는데 찾기는 왜?

- 내일은 다르겠죠.

- 안 돼.

- 뭐가요?

- 어디 못 가.

이후는 보영을 흘겨보며 다짐을 두었다.

- 방법이 있어요.

- 무슨?

- 제가 이후 씨 옆에 있을 방법.

- 말해 봐요.

이후는 그 순간 정말로 그 방법을 따라서 보영을 제 손아귀에 넣고 싶다.

- 무조건 나를 믿고, 나를 따르고.

- 그리고?

- 내가 하는 일을 간섭하지 말지어다.

보영이 엄숙한 목소리를 흉내냈다. 그러나 그것은 이후도 아는 소설 속에 나오는 말이다.

- 거짓을 말해도?

- 그건 제 자유죠. 싫으면 관두시구여.

- 제멋대로군. 좋아. 그 대신 그쪽도 내게 자유를 줘.

- 그건 안 돼요.

- 그런 법이 어딨어.

그러나 이후는 말은 어찌 되어도 좋을 것 같은 기분이다.

- 좋아. 협상 끝. 그럼 이제 우린 뭘 해야 하는 거지?

- 들어가세요.

- 어딜?

- 어디든요. 아침에 전화할게요.

- 내일 아침?

- 네.

오늘은 이것으로 끝이라니. 내일 전화하겠다니. 그것도 아침에. 이후로서는 알 수 없는 말이다.

- 자, 가요. 우리.

보영이 용무를 마친 사람처럼 일어섰다. 보영은 카운터 쪽으로 가 계산을 치렀다. 이후는 비로소 주머니 속에 든 시계가 생각났다. 바깥으로 나오자 거리는 시끄럽고 번잡했다.

- 자, 저는 이쪽으로. 이후 씨는 저쪽으로.

보영은 이후를 가볍게 포옹하며 등을 토닥였다.

- 됐죠?

보영은 이후를 보고 씽긋 웃어주고는 몸을 돌려 총총히 사라졌다. 보영이 번잡한 거리로 사라져 간 골목에는 이제 이후만 홀로 남았다. 이후는 갑자기 쓸쓸해졌다.

어디로 가야 하나.

아버지만 홀로 계신 집으로 들어가고 싶지는 않다.

잠깐 머뭇거리던 이후는 보영이 걸어간 쪽과 반대 방향을 택했다.

- 대전.

이후는 입속으로 대전,이라고 중얼거렸다. 이후의 삶 속에 들어 있는 대전은 결코 넓지 않다. 구시가지의 변두리 태평동에서 자란 그에게 대전은 대전역에서 옛날 도청 자리까지 곧게 뻗은 길로 상징되는 곳이다. 이후는 대전여중 길로 빠져나오며 옛날 도청에서 법원 사거리를 거쳐 호수돈여고 언덕길, 서대전 초등학교 내리막길을 지나 태평동으로 통하는 길을 머릿속에 그렸다.

서대전 초등학교에서 유성으로 통하는 큰길로 나가 그 어디쯤에서 오류동으로 꺾어 들고, 호남선 철길 밑 굴다리를 지나면 곧 이후의 집이 있는 태평동이다.

마치 새 둥지 같은 그곳에서 이후는 어머니와 함께 초식 동물의 소화 기관처럼 길고 좁다란 길을 따라 시내에 나갔다 오곤 했다. 이것이 바로 이후의 대전이었다. 그밖에, 이후가 서울에 올라간 사이에 개발된 둔산동 새 시청이 자리 잡은 신시가지며, 궁동 같은 대규모 유흥지들, 그 너머로 펼쳐진 신시가지들은 이후의 정든 대전이 아니었다.

눈 감고도 갈 수 있을 것 같은 길들을 머릿속으로 떠올리며 이후는 어둠침침한 대전여중 길을 걸어 내려갔다. 홀로 터벅터벅 밤길을 걸어가는 이후의 눈이 갑자기 밝아졌다. 어둠을 배경으로 환하게 서 있는 뾰족탑이 눈에 들어온다.

대흥동 성당이다. 고풍스러운 건물은 아니지만 이후에게는 추억이 남아 있는 곳이다. 이후가 좋아하던 여학생이 이 성당에 다녔다. 이후는 고등학교 때부터 잔뜩 바람이 들었다. 이학년 때 어머니가 돌아가시고 평정심을 잃어버린 것이다. 학교 공부를 작파하고 바깥으로 나돌았다. 소설책을 읽는다는 동아리에 들어가 한 학년 아래 여학생을 만났다. 백목련을 좋아한다는, 음악 선생님인 카리타스 수녀를 존경한다는, 채플 시간이 그렇게 좋을 수 없다던 여학생이었다. 정의와 진리와 사랑 중에 사랑이 으뜸이라 믿어 의심치 않았던 성모여고 이학년생.

희연의 손은 백목련 꽃송이처럼 눈부셨다. 이후는 눈부신 희연의 손을 잡지 못했다.

그날 밤엔 이슬비가 내렸다. 이후는 희연을 만나러 성모여고 앞으로 갔다. 대학 입학시험이 두 달밖에 남지 않았지만 희연을 만나는 일이 더 중요했다.

– 오빠.

이후는 학교 정문 건너편에 서 있었다. 희연이 이후에게 다가와 희미하게 웃었다. 희연은 자기 우산을 접고 이후의 우산 속으로 들어왔다. 이후의 우산 아래로 희연의 아름다운 체취가 스며들었다. 두 사람이 가로등 어두운 대전여중 길을 걸어 내려갈 때 갑자기 가로등이 일제히 꺼졌다. 정전이었다. 무슨 일인가로 사방이 한순간에 캄캄해졌다.

두 사람은 서로 약속이나 한 듯 멈추어 섰다. 이후는 희연의 가슴이 뛰고 있음을 느꼈다. 하지만 그날 밤 희연과 이후 사이에는 아무 일도 일어나지 않았다. 몇 초 사이의 어색함을 해결해 주려는 듯 거리에 다시 불이 들어왔다. 이후는 가로등 불빛에 드러난 빗방울들을 보았다.

어떻게 되었을까.

이후는 성당 문 앞에 서서 뾰족한 첨탑 위에 걸린 십자가를 올려 보았다. 이후가 서울에 올라온 후 어느 사이에 희연은 연락이 끊겼다. 서울로 올라오던 그해 겨울, 희연은 그에게 이별을 말했다.

- 잘 살아요. 저도 잘 지낼 거예요.

여학생의 말이라고는 생각하기 어려운 성숙한 이별의 통고였다.

희연은 이후의 떠남에서 두 사람 관계의 끝을 미리 보았는지도 몰랐다.

오늘 밤 이후는 이 흰빛의 성당이 너무 밝은 조명 아래 서 있는 것 같다.

어디로 가야 하나.

늦은 밤 자신을 받아줄 최후의 공간은 어디에 있을까.

이후는 휴대폰의 전원을 다시 켰다. 그러자 그 사이에 밀려

온 번호들이 바쁘게 떴다. 숙현에게서 걸려온 전화며 문자들은 일일이 헤아릴 수도 없을 지경이다. 보영과 만나는 사이에도 자신의 잠재의식 속에서는 숙현의 존재가 작동하고 있었음을 그는 안다. 순수와 기태한테서도 전화들이 걸려 와 있다. 지금이라도 전화를 하면 친구들과 합류할 수 있다.

이후는 이제 인적 드물어진 중앙로를 홀로 걸어갔다. 방향 없이 걷는 이후의 시야에 호텔 불빛이 보였다. 대림관광호텔이다. 그것은 이후가 순수나 기태를 만나러 광천식당에 갈 때면 늘 지나치는 곳에 있다. 호텔은 아주 오래전부터 그곳에 있었고, 앞으로도 그 자리에 그렇게 있을 것처럼 서 있다. 이후는 호텔 쪽으로 걸음을 옮겼다. 오늘 자신의 숙소는 오로지 그곳일 수밖에 없다는 듯.

호텔로 들어가는 골목 어귀 편의점에서 이후는 와인을 한 병 샀다. 호텔은 구시가지에 자리 잡은 호텔답게 한적했다. 이후는 호텔이라는 이름이 붙은 곳 치고는 무척 싼 방값을 지불했다.

4층으로 올라와 열쇠로 문을 따고 들어가자 더블베드 하나가 덩그러니 놓여 있을 뿐이다. 하지만 형광등 불빛에 비추인 벽은 화려한 붉은 꽃무늬 실크 벽지로 장식되어 있다.

이후는 간단히 씻고 침대에 걸터앉아 와인 병을 땄다. 와인이 잘 받지 않는 체질인데도 이후는 고집스럽게 와인을 따르고 마셨다. 마지막 잔을 비울 때는 이미 새벽이 가까웠다.

숙현에게서 더 이상의 전화는 없었다. 밤까지 전화를 한 걸 보면 화가 나도 단단히 나 있을 것이었다. 하지만 그녀는 멀리 있다. 어떻게든 달래주고 싶어도 그는 그녀에게 마음대로 전화조차 할 수 없다.

언제 어떻게 잠들었을까.

이후가 보영의 전화를 받은 때는 아직 날이 밝지 않은 것으로 보아 다섯 시나 여섯 시쯤이었을 것이다. 이후는 잠결에 보영의 목소리를 듣고 자신이 있는 곳을 말해주고 다시 잠에 떨어졌다. 얼마 후 이후는 방문을 두드리는 소리에 깨어 보영을 안으로 맞아들였다.

이후는 아침 아홉 시를 넘겨서야 겨우 눈을 떴다. 그때 보영은 이후의 곁에 알몸이 되어 있었다. 어렴풋이 잠결에 들어온 보영의 모습이 떠올랐다. 쉽게 몸을 가누지 못하는 듯했다. 그러면서도 조용히 방안으로 들어온 그녀는 옷을 모조리 벗고 이후의 침대 속으로 파고들었다.

- 추워요.

옷을 다 벗은 채로 그녀는 춥다고 했다. 그뿐이었다. 보영은 그대로 잠들어 버렸다. 차라리 의식을 잃어버린 것이라 해도 틀리지 않을 것이다.

이후는 흐릿한 눈빛으로 보영의 벗은 몸을 바라보았다. 마르고 가는 몸. 오로지 가슴만 볼륨을 가진 특이한 몸매다. 아랫배를 타고 내려간 그곳에 어린 중학생의 그것 같은 보영의 꽃잎이 비쳤다. 보영은 두 눈을 단정히 감고 있다.

고단해 보이면서도 그 때문에 더 정결해 보이는 얼굴.

이후는 보영의 얇은 어깨 위로 이불을 끌어올려 주었다. 이후가 덮어주는 이불을 잠결에 잡아당기며 보영이 눈을 반짝 떴다. 희미한 웃음을 얼굴에 띠우고는 도로 눈을 감았다.

#7. 두 여자와 한 남자의 실루엣

아침 늦게야 보영은 눈을 떠 제 벗은 몸을 보고 얼굴이 빨개졌다. 이후는 보영이 씻기를 기다려 바깥으로 함께 나갔다. 보영은 갑자기 모든 것이 부끄러워진 듯 조심스러워 했다. 어디 가서 뭐라도 먹어야 하지 않겠느냐는 이후의 권유에 보영은 마지못해 따랐다.

두 사람은 사람의 자취 적은 호텔 골목을 빠져나와 중앙로역 쪽으로 걸어갔다. 어느 사이에 보영이 이후를 안내했다. 열한 시 가까운 일요일 거리는 한적해 보였다. 아직 채 깨어나지 않은 거리로 보영은 이후를 이끌었다. 중앙로역에서 으능정이 거리 쪽으로 들어가 이리 틀고 저리 틀고 하면서 대전천 가까운 곳까지 데려갔다. 그곳은 밤이면 젊은이들이 넘실거리는 새로운 유흥가였다.

- 멀죠?

- 맛있는 곳?

골목들을 지나쳐 어느 깊숙한 곳으로 들어가 보영은 이후를 허름한 음식점으로 안내했다. 간판이 컸다.

- 소나무집이라.

- 소나무 요릴 팔아요.

- 정말?

이후가 놀라자 보영은,

- 뭘 그렇게 무서워하세요.

하고 이후를 놀렸다.

- 안 놀라, 그럼?

- 오징어 찌갤 해요, 이집.

- 오징어?

- 술 먹은 다음 날 좋죠.

- 시원해?

- 드셔 보세요.

이 나라 사람들은 날씨에도, 기분에도, 맛에도 시원하다는 말을 썼다. 이상하면서도 매력적인 어법이다.

이후는 자기보다 몇 살씩 어린 보영이 이렇게 오래된 오징어 찌개 집을 안다는 게 예사롭게 보이지 않았다. 주인 할아버지와 할머니가 두 사람을 말없이 맞았다. 두 사람은 손님이 두엇 앉아 있을 뿐 한가한 홀을 지나 방안으로 올라갔다.

아직 일러서일까, 긴 방안은 텅 비어 있다. 보영이 이후를 벽쪽에 앉게 하자 이후는 함께 나란히 앉도록 보영을 끌었다. 두 사람은 나란히, 누가 번저랄 것도 없이 같이 손을 잡고 벽에 기대어 앉았다. 주문을 하고 음식이 들어오기를 기다리는 사이에 두 사람은 말없이 손을 타고 전해오는 상대방의 체온을 읽었다.

- 여기, 삼 대째 이것만 팔아요.

- 대단하군.

이후는 광천식당이나 여기나 흔한 오징어에 두부를 파는 집들이 이렇게 오랫동안 명맥을 유지하고 있는 것이 신기할 정도였다. 싸고 소박하고, 피난 시절에나 어울릴 법한 곳들이 이렇게 오래 유지되고 있다면 대전도 이제 자기만의 방식으로 자기 역사를 만들어가는 셈이었다.

- 이집 할아버지, 이북에서 오신 거 있죠.

- 어디?

- 평안남도, 평원이라던가.

- 어떻게 그렇게 잘 알지?

- 건달들하고 몇 번 와 봤어요.

- 건달?

- 네.

보영은 아무렇지도 않은 듯 건달들이라고 했다. 이후가 아는 건달들이란 은행동이나 역전 같은 데 터를 잡고 하는 일도 없이 낮에는 당구 치고 밤에는 술집에 드나드는 축들이다. 이후는 보영의 생활이 간단치 않음을 다시 한 번 느꼈다.

오징어 찌개가 들어오고 국물을 떠먹고 국수를 말아 먹는 사이에 두 사람 사이에는 말이 별로 오가지 않았다. 한밤에서 새벽으로 오는 사이에 두 사람 사이에는 아무 일도 일어나지 않았다. 그런데도 이후는 보영을 아주 가깝게 느꼈다. 자주 만나지 않고 많은 말을 주고받지 않아도 늘 좋은 사이로 남아 있을 것 같은 여자, 그런 여자가 세상에는 있다.

- 좋은데.

- 얼큰하죠? 해장으로 딱이에여.

- 그렇군.

- 오늘은 제가 사요.

- 황송한데.

- 너무 황송해 하지 않으셔도. 아주 싸요.

- 얼마나?

- 찌개가 사천 원, 국수사리는 천 원.

- 진짜 싸네. 뭐가 남지?

- 장사니까 남긴 하겠죠.

보영은 주인 할머니를 이모라고 부르며 이것저것을 더 주문했다. 서로 대하는 품이 확실히 그전에도 와본 듯한 눈치였다.

늦은 아침 식사가 끝났다. 소나무집에서 나와 골목을 걸으면서 이후는 그 집이 대전천변에 아주 가까이 있음을 깨달았다. 두 사람은 냇가를 따라 천천히 목척교 쪽으로 걸음을 옮겼다.

- 서울로 올라가야죠?

- 아무려나.

이후는 보영과 함께 더 있고 싶었지만 더 이상 그럴듯한 핑계를 만들어낼 수 없다. 가구점들과 주방용품점들이 늘어선 곳을 지나치자 꽃집들이 나타났다. 이후는 문득 보영에게 꽃을 주고 싶다. 주머니 속에는 서울에서 가지고 내려온 시계가 있지만 지금 건넬 수는 없다. 이후는 작은 차도를 가로질러 꽃집으로 들어갔다. 보영이 가만히 뒤를 따랐다. 이후는 꽃집 주인아주머니와 간단한 흥정을 끝내고 노란 수선화 한 묶음을 안아 들었다.

- 예쁘지?

이후가 보영에게 방금 산 꽃을 건네자 보영의 얼굴에 한가득 웃음이 담겼다. 보영의 한쪽 볼에 보조개가 파였다.

- 고마워요.

이후는 보영의 인사말을 못 들은 체 먼저 천변 쪽으로 걸어갔다. 이제 두 사람은 목척교 앞에 다다랐다.

- 기차로 올라가요?

보영의 목소리에 아쉬움이 묻어났다.

- 아무래도.

- 역까지 바래다 드릴까?

- 아니. 그보다, 다시 만날 수 있지?

보영은 고개를 끄덕이면서도

- 저한테 너무 신경 쓰지 마세요.

라고, 이후를 타일렀다.

- 안 쓸게.

- 그럼, 더 만날 수 있어요.

이후는 보영의 담담한 눈빛을 바라보았다.

- 집은 어디?

- 목동.

- 목동 어디?

- 집요하시다. 오늘은 여기까지요.

대전에도 서울처럼 목동이라는 곳이 있다. 선화동에서 가까운 동네, 예술계열 학과로 이름난 목원대가 있었지만 지금은 시외로 옮겨가고 없다. 목동, 하고 말하면 이후는 목이 긴 초식동물이 고개를 돌리고 자기를 돌아볼 것 같다.

- 사월 둘째 주 토요일, 어때?

이후는 이번에는 기대를 담아 물었다. 그때쯤이면 그는 논문 발표를 마치고 한결 마음이 한가해질 것이다. 보영은,

- 좋아요. 별일 없으면.

하고, 선뜻 응낙했다.

- 그럼.

- 잘 가요.

- 잘 있어.

목척교 위에서 이후는 보영의 어깨를 가볍게 안았다. 보영은 꽃다발을 든 채 이후의 포옹을 가만히 받았다. 이후는 보영의 까만 숏 커트머리를 가만히 쓰다듬어 주었다.

이제 정말 헤어져야 했다. 보영이 먼저 돌아서자 이후도 대전역을 향해 걸음을 옮겼다. 그러나 곧 걸음을 멈추고 돌아서서 이안경원 쪽으로 멀어지는 보영의 뒷모습을 바라보았다. 이후에게 아무런 미련도 없는 듯 총총히 멀어지는 보영의 뒷모습에서 이후는 알 수 없는 슬픔을 느꼈다.

그날 오후 늦게야 이후는 서울로 올라왔다. 그런 이후를 기다리는 것은 현관문 틈에 꽂힌 작은 종이쪽지였다. 지친 몸으

로 침대에 몸을 눕히고 이후는 숙현의 목소리를 읽었다. 편지글에 담겨 있는 그녀의 음성은 뜻밖에 차분했다.

- 대체 어디 간 거예요? 서울역 앞에서 한 시간이나 기다렸어. 전화조차 끊어 놓고. 집에도 없고. 돌아오는 대로 연락해 줘. 밤에도 기다릴게요.

수첩을 찢어 써놓은 숙현의 글씨체는 몹시 단정했다.

이후는 밤에 숙현에게 전화를 걸었지만 통화가 되지 않았다. 남편과 함께 있는 모양이었다. 잠시 후 숙현에게서 전화가 왔지만 그때는 이후의 마음이 변했다. 이후가 전화를 받지 않자 숙현은 아침에 다시 연락하겠다는 문자를 보내왔다.

이제 논문을 써야 했다. 때마침 그에게 좋은 아이디어가 떠올랐다.

이후가 보기에 그가 연구하는 작가는 1960년대 한국 사회의 시민이 아니었다. 그는 시민적 권리와 의무의 바깥에 존재하는 이방인, 메토이코이 같은 존재였다.

그리스어로 메토이코이란 재류외인, 즉 폴리스 도시 국가의 외국인 체류자들을 의미했다. 그것은 시민과 함께 사는 자라는 뜻을 가졌다. 재류외인들은 시민과 마찬가지로 자유민이었다. 하지만 외국인들이기에 시민의 권리와 의무를 나누어 가질 수 없다. 아리스토텔레스의 『정치학』에 따르면 시민은 세 가지 역할을 했다. 비상시에 그들은 국가를 지키는 군인이 되었다. 또 그들은 폴리스의 종교 의식에 참여했다. 이것은 문화 전승을 책임진다는 뜻이었다. 마지막으로 그들은 아크로폴리스 같은 곳에 모여 정책 결정에 참여했다. 이 세 가지 일을 할 수 있고, 또 해야만 하는 자유민 남자들이 시민이었다.

그가 작품 활동을 벌이던 1960년대에 문단은 순수 문학파와 참여 문학파로 나뉘었다. 두 세력은 그리스 도시 국가의 시민들이 정책 결정을 둘러싸고 격론을 벌이듯 서로 대립하면서 치열한 다툼을 벌였다. 그들은 다수결 투표를 앞둔 사람들처럼 다투어 글을 발표하고 서로를 향해 비난을 퍼부었다. 가능하기라도 했다면 그들은 순수 문학이냐 참여 문학이냐를 놓고 실제로 투표를 벌였을지도 몰랐다.

그러나 그만은 예외였다. 그는 한국이라는 '도시 국가'의 내부가 아닌 외부에 있었다. 비록 한국 사회 안에 살고는 있으나 의식적으로는 외부에서 온 사람처럼 사유하고 쓰고 행동하는 자였다. 그는 단순히 한국 사회의 정치적 상태만을 따져 묻지 않았다. 이것이 그와 다른 참여 문학론자들의 근본적인 차이였다. 그는 한국 사회의 모든 악덕들, 그 한없는 물질 숭배, 독재체제, 부정부패, 패거리주의, 지역감정, 혈연주의 같은 것을 향해 비판적인 태도를 견지했다. 이 모든 악덕을 지극히 염오했다. 단시일 내에는 결코 치유될 수 없을 것 같은 한국적 질병에 절망을 품었다. 이것이 그가 1970년대 초에 한국을 떠난 이유였다. 하지만 일본에 가서도 그는 자기 삶의 방식을 버리지 않았다. 거기서도 그는 일본 사회에 섞여들지 않는 외부자로 남았다. 일본을 살아가면서도 그 땅에 용해되지 않고 고국을 그리워하는 자로서의 삶을 영위했다. 한국과 일본, 그 어느 쪽에도 완전히 귀속되지 않는 메토이코이, 그는 형언할 수 없는 고독을 짊어지고 고난한 생애를 이어간 자였다.

이렇게 해석하고 나자 이후는 비로소 그 작가의 밑바닥을 들여다본 것 같았다. 또한 이후는 그를 향해 같은 병을 앓고 있는 자들만이 서로에게 품을 수 있는 연민을 느낄 수 있었다. 이후 자신이 바로 그와 똑같은 이방인이었다. 지금 자신이 속한 시대도 그 작가의 시대보다 더하면 더했지 덜하지 않았다. 아니, 이 사회의 악덕들은 훨씬 더 위선적이고 교활해져 차라리 야만으로 되돌아가고 있다.

이후는 숙현과 자기 사이에 가로놓인 깊고 넓은 강을 느꼈다. 숙현은 그 강의 저편에서 살고 있고 자기는 이편에 있었다.

내부와 외부, 강 저편과 이편. 숙현은 자기에게서 멀리 떨어져 있었다. 소풍, 지극히 한가한 소풍. 숙현은 이후의 세계로 놀이를 위한 소풍을 즐겨 떠나올 뿐이었다. 하루 나들이가 끝나면 어김없이 해지기 전에 자기 집을 향해 노를 저어가는, 숙현은 그런 여자일 뿐이었다.

숙현을 생각하자 이후는 초조해졌다. 벌써 삼월도 하순에 접어들었다. 사월 둘째 주로 예정된 논문 중간발표를 위해 전력을 기울여야 한다. 박사 논문은 지금 한국에서 공부를 하는 사람들에게는 중요한 관문이다. 인생의 행로가 여기서 결정된다. 이후도 이를 너무나 잘 알았다. 오랜 고립에서 벗어나려면 학위 논문을 잘 쓰는 것밖에 다른 길이 없었다. 아니, 차라리 그것은 그 자신이 선택한, 고립이라는 삶의 방법을 관철시킬 수 있는 유일한 수단이었다.

다음 날 아침 일찍 숙현이 이후를 찾아왔다. 남편이 출근하자마자 강북강변도로를 달려온 것이었다.

문을 열어주자 숙현은 아무 말도 하지 않고 이후를 끌어안았다. 이후의 몸은 이미 익숙해진 숙현의 향수 내음에 쉽게 반응했다. 이후는 쓰러지듯 안겨오며 입술을 찾는 숙현을 받아들이며 스커트 아래로 그녀의 맨살을 찾아 더듬었다. 마치 오래 그리워하다 다시 만난 사이처럼 두 사람은 현관 앞에 선 채 서로를 탐닉했다. 침대로 올라가서도 숙현은 이후에게 달라붙어 떨어지려 하지 않았다.

- 해 줘.

이후는 숙현의 눈가에 눈물이 맺혀 볼을 타고 흘러내리는 것을 보았다. 숙현은 육체의 쾌락으로 마음의 고통을 보상받으려 했다. 몸에 차오른 욕망을 남김없이 비워내려는 듯 숙현은 이후의 등허리를 놓아주지 않았다. 마치 자신이 선사할 수 있는 쾌락을 끈으로 삼아 그를 친친 동여매 버리려는 것처럼.

사나운 바람이 휘몰아쳐 간 후 사위는 다시 고요해졌다. 숙현은 알몸 그대로 이후의 품 속으로 파고들었다.

- 어디 갔었어?

이후는 아무 말도 하지 않았다.

- 괜찮아. 말해.

숙현은 무슨 일이라도 납득할 수 있다는 표정을 지어 보였다. 이후는 숙현에게 팔베개를 내준 채 눈을 감았다. 숙현이 이윽고 몸을 일으켰다.

이후의 원룸은 아무렇게나 던져둔 옷가지들과 논문 자료들로 어지러웠다. 숙현은 탁자 위 책들을 조심스럽게 정돈해 주고 의자 위에 얹혀진 이후의 옷가지들을 집어 들었다. 세탁기에 집어넣기 전에 습관처럼 옷가지의 호주머니들을 확인하려던 숙현의 손에 무엇인가가 끌려나왔다.

여성용 손목시계와 구겨진 영수증 쪽지였다. 숙현은 손목시계를 탁자 위에 올려 놓고 영수증을 폈다. 거기에는 대림관광호텔이라는 상호가 선명하게 찍혀 있다. 숙현의 얼굴에 물음표가 달렸다.

- 논문은 잘 되어가?

옷가지들을 세탁기에 넣고 스위치를 누르며 숙현은 이후를 향해 소프라노 톤으로 물었다.

- 그럭저럭.

이후는 건성으로 대답했다.

- 고생이다. 조금 있으면 발표지?

숙현은 이후 쪽으로 다가오며 한껏 다정한 표정을 지었다.

- 준빈 대충 끝나가.

- 와. 대단해. 언제 다 한 거야?

- 대전에 같이 못 가서 미안해.

이후는 내심 숙현이 성가시게 물어올 것을 걱정했다. 무슨 변명이라도 해야 할 것 같았다.

- 바쁜 일 있었겠지. 그건 그렇고, 논문 발표 기념으로 내가 뭐라도 해주고 싶어.

- 뭘?

이후는 눈을 감은 채 물었다.

- 혹시 운전면허증 있어?

숙현의 목소리가 한결 다정하게 들려왔다.

- 예전에 따놓기야 했지. 왜?

- 너, 차가 없잖아.

- 그래서?

- 윤서 가르치러 강남에 올 때도 전철 타야 하고.

- 걷는 것도 나쁘지 않아.

- 아냐. 내게 맡겨. 알았지?

이후는 비로소 눈을 뜨고 숙현을 바라보았다. 숙현은 지금 자동차를 사주겠다는 것이다.

- 대신, 약속 하나 해줘.

- 뭔데?

- 음, 나 말고 다른 여자 안 만나기.

숙현의 말에 이후는 도로 눈을 감았다.

- 약속해 줘, 응?

- 그게 대가?

- 건 아니구. 너, 무슨 일 있는 거 아니지?

- 아냐.

- 무슨 일 있으면 나 죽어버린다?

- 거짓말.

- 정말 죽어 봐?

- 죽어 봐.

- 야. 내가 어때서. 이 정도면 괜찮잖아. 뭐가 부족해서 그래?

숙현이 이후의 어깨를 잡고 흔들며 투정을 부렸다.

- 약속해. 알았지?

#8. 아무도 그렇게 사라지지 않는다

보영은 이제 막 택시로 대전역 앞에 도착했다. 사월 햇살은 아직 가냘프건만 그녀의 걸음걸이는 어딘지 모르게 가벼웠다.

원래 지난 주 약속인 것을 무슨 일인지 이후는 한 주를 뒤로 미루었다. 꼭 그 한 주일만큼 보영은 알 수 없는 갈증에 시달리는 자신을 느꼈다.

대전역 역사의 유리문을 열고 에스컬레이터에 오르며 보영은 가슴이 설레었다. 역에까지 나와 기다리는 일은 동민을 만나면서도 없었다. 보영은 동민과 자신 사이에 가로놓인 얇은 막이 사라지는 것을 경계했다. 뿐만 아니라 보영은 동민의 남성적 이기심에 내심 질려있기도 했다.

처음 동민을 아파트로 맞아들인 날, 그는 무척이나 기뻐했다. 눈을 휘둥그렇게 뜨고 보영의 자그마한 아파트를 둘러보고는 감탄사를 연발했다.

- 좋다, 좋아.

동민은 말수가 적었다. 감정을 섬세하게 표현하는 언어를 갖지 못했다. 컴퓨터를 만지는 사람답게 명료하고 단순한 말을 썼다. 현관 앞에서 잠깐 머뭇거리다 구두를 벗고 거실에 올라선 후에도 동민은 넓지도 않은 아파트 안을 둘러보기만 했다.

- 누추하죠?

- 아니. 좋아.

동민은 다시 감탄사나 다름없는 말을 던지고 우윳빛 휘장을 쳐놓은 베란다 쪽 미닫이문을 건너다보았다.

- 앉아요.

보영은 동민에게 작은 탁자 앞의 의자를 내밀었다.

- 온통 하야네.

- 크림색이죠.

- 이 조명등은 누가 달아준 거야?

- 전기 아저씨가요.

보영은 커피포트에 물을 올려놓고 냉동실에서 동티모르산 원두커피를 꺼냈다. 혼자 쓰려고 장만한 그라인더에는 두 사람 몫이 겨우 들어갔다. 보영이 맞은편 의자에 앉자, 동민은 신기해하던 눈빛을 보영에게로 옮겼다.

- 여기 살고 싶다.

- 농담두.

- 아냐. 정말야.

동민의 눈빛은 그때 진심을 말하고 있었다. 하지만 남자들, 아니 어떤 부류의 사람들은 그때그때마다 진심이 달라지곤 한다. 그래도 이 순간만큼은 보영도 동민의 마음을 진심으로 이해했다. 그를 받아들일 마음은 없어도, 사람은 때로 감정의 기만에 스스로를 내맡기지 않으면 살 수 없다. 환상 없는 현실은 끔찍한 탓에.

- 아내랑 아이는 어떻게 하시구?

보영은 빙긋이 웃으며 물었다. 돌아오는 답은 무엇이어도 좋았다. 아내에 아이까지 딸린 남자들을 보영은 얼마든지 이해할 수 있다.

- 곧 헤어져.

- 정말?

- 얘기 다 끝났어. 내년이면 삼학년이야. 대학만 보내면 거리낄 게 없어.

- 아니요. 헤어지지 마세요. 전 동민 씨랑 안 살아요.

- 그게 무슨 말이야?

- 이렇게 만나는 게 좋아요.

- 이번에 만든 항생제, 에프디에이만 통과하면 그야말로 대박이야. 나를 믿어.

딱하게도, 동민은 보영의 말을 돈 문제로 받아들인 듯했다. '플뢰르'에서 보영은 이런 남자들을 숱하게 만났다.

벤처 사업은 무슨 투기라도 되는 것처럼 부침이 심하다. 커피포트에서 김이 솟아오르듯 치솟아 오르다가도 시무룩 사그라들곤 한다. 기세 좋게 창업해 놓고도 운영난에 시달리다 감자에 증자, 다시 감자를 거듭하다 문을 닫고 마는 경우도 많다. 그래도 다들 꿈을 먹고 살았다.

플뢰르에 드나드는 대덕단지 사람들은 말끔했다. 짙은 빛깔 계통의 최신 유행 정장들을 입었다. 한결 젊게 보이는 투블록 컷이나 댄디 컷에 브라운 계통으로 가볍게 염색을 하거나 퍼머를 했다. 깔끔하고 세련된 스타일에 유쾌한 말들을 주고받고, 프로 야구 선수들의 타율이나 방어율을 외우고 프리미어 리그의 명승부를 둘러싸고 입씨름을 벌였다.

보영은 그런 남자들을 아주 많이 만났고, 그들의 순진함을 좋아했다. 그들은 여자 앞에서는 신사가 되어야 한다고 믿고, 플뢰르 같은 술집에 오면 양주를 십칠 년산은 마셔야 예의에 어긋나지 않는다고 생각했다. 돈을 많이 벌어 가정을 윤택하게 만들고 나이 들면 해외로 크루즈 여행을 다닐 것을 꿈꾸었다. 세상을 움직이는 돈의 힘을 숭상하고, 사업을 성공으로 이끌어 줄 협상과 신뢰를 중시했다.

그들은 또 꿈꾸는 자에게는 기회가 온다고 굳게 믿었다. 보영은 그들이 너무 순진해서 좋았고, 그래서 그들을 걱정했다. 그들의 투명하고 맑은 눈은 이 세상 겉과 속의 복잡한 관계를 읽어낼 수 없었다. 자신들의 순진한 믿음이 깨질 때 그들의 단순한 영혼은 세상의 배리를 견뎌내지 못하고 풍선처럼 가볍게 터져버릴 것이었다.

동민은 바로 그런 남자였다. 그런 남자 중에서도 가장 순수한 타입의 남자였다. 그는 둔산 지구에서 혼자 자취를 했다. 풀옵션 가구를 갖춘 최신식 오피스텔에서 잠만 자고 밥은 바깥에서 먹었다. 동민은 서울에 처자식을 두고 내려와 있는 남자의 하나였다. 서울에 있는 대학에 적을 둔 채 대덕단지에 벤처 기업을 차려놓고 서울과 대전을 바쁘게 오갔다.

보영은 결혼이나 동거를 부질없는 너울에 지나지 않는 것으로 여겼다. 하지만 동민으로 하여금 그런 자신을 이해시킬 자신이 없었다. 세상에는 형식과 규칙을 사랑하고 거기서 안정을 맛보는 이들이 많다. 메트로놈의 박자에 길들여진 이들, 동민도 그 세계에 속해 있었다.

- 믿어 볼게요. 하지만 아직은.

보영은 훗날을 어렴풋이 기약해 두는 것으로 그날의 상황을 가볍게 넘겼다. 그러면서도 보영은 시간이 흐르면서 서서히 동민을 받아들였다. 동민 쪽에서도 보영이 선사하는 적당한 간격 속의 유희에 익숙해졌다.

이따금 보영이 동민을 집으로 데려가면 그는 늘 서프라이즈 선물을 준비해 오곤 했다. 동민은 여자는 선물을 좋아한다는 속설을 믿었다. 보영은 그 선물들에 담긴 정성을 믿었다. 그러나 그것들은 모두 돈이 없으면 손에 넣을 수 없는 것이었다.

이제 막 대합실로 올라온 보영은 심각한 표정으로 텔레비전 화면을 주시하고 있는 사람들을 발견했다. 며칠 전 수요일 아침에 일어난 참사가 아직도 그대로 진행 중이었다.

참사가 일어나던 날 아침, 보영은 무심코 텔레비전 화면에 자막이 흐르는 것을 보았다. 진도 부근에서 여객선이 침몰 중이라고, 승객들은 전원 구조되었다고 했다. '단원고 학생 전원 구조'라는 속보 글자들에 따르면 사건은 작은 일과성 해프닝일 뿐이었다.

보영이 피트니스에서 아침 운동을 마칠 때쯤 상황은 완전히 달라져 있었다. 아주 적은 숫자의 승객들만 구조되었고 배는 대부분의 고등학교 학생들을 태운 채 바다 속으로 가라앉고 있었다. 점심 무렵이 되자 텔레비전 모든 채널들이 물속으로 자취를 감추는 배를 보여주었다. 배 안에 학생들이 갇혀있다고 했다.

보영은 문득 소미 할머니에게 전화를 해보고 싶었다. 꿈에라도 보일까 몸서리가 쳐지는 시어머니건만.

보영은 끝내 전화를 하지 않았다. 그러면서도 차디찬 물속에 갇혀 있을 아이들 하나하나가 소미라도 되는 듯한 고통을 느꼈다.

귀하디 귀한 생명을 받아 세상에 나온 아이들이 어떻게 저렇듯 허망하게 떠나버릴 수 있는 걸까.

보영은 가까스로 마음을 추슬렀다. 소미는 지금 잘 크고 있을 것이었다. 엄마와 딸이니까, 언젠가는 다시 만나게 될 것이었다.

보영도, 팔짱을 끼고 선 남자들 틈에 끼어 텔레비전 화면을 주시했다. 커다란 화면 가득 배가 침몰하는 장면, 학생들이 구조되어 함정으로 옮겨 타는 장면, 헬리콥터와 다른 배들이 하늘과 바다로 어지럽게 떠다니는 장면, 팬티 바람의 늙은이가 배에서 해경선으로 옮겨 타는 장면, 그리고 그 위급한 순간에 점퍼 차림의 사내가 기울어진 배 위에서 태연한 표정으로 어딘가로 전화를 하는 장면…….

며칠 동안 수없이 반복해서 보아온 장면들이었다. 아나운서의 목소리는 아직도 현장에 달려가 있는 듯 긴박하게 느껴졌다. 다시 장면이 바뀌었다. 이번에는 아이를 잃어버린 부모들의 아우성이 화면을 가득 채웠다.

처음 사고 소식이 전해진 후 부모들은, 설마 내 자식이, 하고 참사를 사실 그대로 받아들이지 못했다. 학생들 대부분이 배 안에 갇혀 있다는 소식이 전해지자 부모들은 앞을 다투어 남쪽 섬 진도로 향했다. 섬의 실내 체육관에 대책 본부를 차려놓고 자녀들의 소식을 애타게 기다렸다. 부모들의 바람은 무참히 무너져 내렸다. 시신들이 하나둘씩 진도 섬으로, 경기도 안산의 병원으로 이송되어 올 때마다 오열과 절규와 몸부림이 터졌다. 안산이라면 보영은 한 번도 가보지 못한 도시였다.

어쩌다 이런 일이.

애써 텔레비전 화면을 외면하고 개찰구 바깥으로 나오자 마음이 겨우 가라앉는 듯했다. 마침, 에스컬레이터를 타고 올라오는 사람들 틈으로 이후가 보였다. 이후의 웃는 얼굴에서 보영은 오래된 연인을 만나는 듯한 기쁨을 느꼈다.

- 왜 여기까지 나왔어?

- 춥죠?

보영이 되묻자 이후가 도리질을 했다.

- 차 안이 따뜻했어.

- 다행이네요.

보영은 어두운 얼굴을 펴며 이후를 가볍게 안았다. 이후가 보영의 허리에 팔을 둘러왔다. 보영은 그를 부드럽게 떼어냈다.

- 배고프지 않아요?

- 전혀.

개찰구 쪽 비좁게 자리 잡은 성심당 분점에는 늘 그렇듯 튀김 소보루 빵을 사려는 사람들이 줄을 길게 늘어뜨리고 있었다. 갓 구워낸 노릇노릇 울퉁불퉁한 빵들이 먹음직스러웠다.

- 뭐라도 드실래요?

- 아니.

- 동학사까지 가려면 시장하실 텐데.

- 괜찮아. 그런데 왜 동학사까지?

- 더 따뜻해지기 전에 가보려구요.

- 무슨 사연?

- 사람 적을 때 걸어보고 싶어요.

- 좀 멀다.

- 안 될 건 뭐람. 논문 발표는요?

- 잘 됐어. 지도 교수 말고도 다들 좋다고, 나한테만 그렇게들 칭찬을 하시더군.

보영은 이후의 눈빛에 감도는 광채를 느꼈다. 몇 번밖에 만나지 않았지만 이후가 이렇게 쾌활해하는 것은 처음이었다.

- 잘 됐네요.

보영은 이후가 '나한테만'이라는 말에 특히 힘을 주는 것을 날카롭게 의식했다. 남자라는 족속들은 불쌍하게도 싸워서 이기려는 본성을 타고났는지도 몰랐다.

- 정말 힘들게 연결했어.

- 뭘요?

- 논문 말야. 한국에서 그렇게 이방인처럼 살았으면 일본에

가서는 안착했어야 하는데, 거기서도 그 작자는 딴 나라 사람이었거든. 그걸 설명하는 게 여간 어렵지 않았어.

- 뭔가 좋은 아이디어가 떠올랐나 보죠?

- 그렇지.

이후는 하고 싶은 말이 아주 많은 듯했다.

- 그 얘긴 천천히 듣기로 하구요. 나가요, 우리.

남자들은 모두 무용담 없이는 살 수 없는 것 같다. 속물들을 꽤나 경원시하는 이후건만 이 점에서는 크게 다를 것이 없다는 뜻일까.

- 근데, 저거.

이후가 대형 텔레비전 속 화면을 가리켰다. 두 사람은 시선이 잠시 텔레비전 화면 속의 처절한 장면들에 머물렀다.

- 끔찍하죠?

보영의 말에 이후가 고개를 끄덕였다.

- 뭔가 이상해요.

- 그렇지?

- 국민들에게 왜 사실대로 알려주지 않을까요?

- 나도 그게 궁금해.

두 사람은 붐비는 대합실을 계단을 통하여 빠져 나왔다. 그러는 사이에 두 사람은 참사는 잊었다.

- 어렸을 땐 아주 넓어 보였는데.

이후가 대전역 광장을 둘러보며 아쉬운 표정을 지었다. 옛날에는 이 광장 하나뿐이었지만 최근 들어 반대편에 또 하나가 생겼다. 덕분에 이쪽은 서광장이라는 새로운 이름을 얻었다.

- 대전 노래비?

제법 육중해 보이는 바위에 '대전 노래비'라는 다섯 글자가 새겨져 있다. 이후는 잠깐 걸음을 멈추고 바윗돌을 돌아 뒤로 가본다. 역시 그 노래, 「대전 블루스」다.

- 이거, 예전부터 이 자리에 있었어요.

- 그래? 왜 한 번도 못 봤을까?

- 마음이 바빴겠죠.

- 우리, 언제 같이 목포 갈까?

- 여기선 못 가죠.

- 참, 목포 가려면 서대전역에서 타야지.

이후는 서대전역 풍경을 떠올린다. 어려서부터 보아온 대전역과 서대전역이다. 대전역은 크고 화려하고 늘 붐비지만 서대전역은 아담하고도 한적했다. 지금 서대전역에서 가는 서울은 같은 서울이라도 용산역이요, 서울역이 아니다. 이후는 옛 용산을 기억한다. 지금 같은 대규모 개발이 시작되기 전의 용산. 그 용산역을 빠져나와 횡단보도를 건너면 나그네를 기다리는 음식점들이 줄지어 늘어서 있고 안쪽으로는 몸 파는 여인들의 골목이 있었다. 짙은 눈 화장에 붉은 입술 칠을 한 여자들, 늘씬하고, 가슴이 크고, 몸에 달라붙는 원피스를 걸친 여자들, 그네들은 빨갛거나 연보라 빛인 네온등 아래 서서 사내들을 부르고 잡아끌곤 했다.

하나같이 젊고 어여쁜 여자들. 이후는 그네들 가운데 어느 하나를 사랑한 적이 있다. 아니다. 여기서 사랑했다는 말은 그 여자의 눈빛을 지금껏 잊지 못했다는 뜻이다. 다른 여자들과 같지 않은 눈빛, 자신만만하지도, 유혹적이지도 않고, 겁에 잔뜩 질려 있는 것 같은 눈빛을 보내던 여자.

사창가 입구에서 그녀와 마주친 단 몇 초 사이에 이후는 그녀를 영원히 잊지 못하게 되었다. 퇴폐적인 것, 저물면서 빛나는 것, 썩어가는 사과 냄새가 나는 것, 진창에서 피어오르는 연꽃, 고상한 영혼을 가진 창녀, 쏘냐 같고 나타샤 같은 여자를, 이후는 잊지 못했다.

- 가자, 목포.

- 지금?

- 오늘밤 영 시 오십 분에.

- 설마.

- 날 못 믿어?

- 네에.

보영은 말끝에 힘을 주었다. 그런 보영의 목소리는 이후의 진심을 심문하는 것도 같았다. 이후는 보영의 말을 반박하지 못했다.

- 오늘은 아니고. 올해 안에, 꼭.

- 믿어 볼게요. 가요, 이제.

보영은 자신이 동민에게도 같은 말을 한 것을 기억한다. 두 사람은 광장 앞 오른쪽 횡단보도를 건너 한의원거리 입구 쪽으로 향했다.

- 여기서 타요, 107번 버스.

- 자주 올까?

보영이 정류장에 붙어 있는 배차 시각표를 살폈다.

- 금방 오겠다.

- 잘 됐네.

두 사람은 사월의 햇살 아래 아무 말 없이 섰다.

#9. 사람은 혼자서 살아가는 것일까

한낮의 버스는 한적하다. 그래도 이후는 보영을 맨 뒷자리로 이끌었다.

- 나, 멀미해요.

- 그래?

이후는 보영을 돌아보고 몇 발자국 되돌아온다. 둘은 끝에서 세 번째 줄에 나란히 앉았다.

- 얼마나 걸릴까?

- 글쎄, 한 시간?

- 멀지 않네.

- 흠. 제법 여유 있어지셨네요.

보영은 이후가 오늘따라 유쾌해하는 것을 다시 한 번 의식했다.

두 사람을 태운 107번 버스는 옛날 도청 쪽으로 직진하다 중앙로역 사거리에서 오른쪽으로 방향을 틀었다. 버스가 더 앞으로 나아가자 대전을 가로지르는 세 개의 하천 중 하나인 유등천이 나왔다.

이후가 어렸을 때 유등천은 그다지 아름답지 못했다. 수량이 적고 빛깔도 투명하지 못했다. 그래도 이 냇물은, 이후가 나온 초등학교 교가에서는 비단 물결이 휘감돈다고 했다. 노랫말을 생각하면 더 먼 옛날에는 분명 물이 많고도 깨끗하고 아름다웠을 것이다. 그 내에서 아이들은 발가벗고 멱을 감으며 놀았을 것이다. 이후가 초등학교 다닐 때쯤 이 냇물은 이미 아주 많이 상했다. 피혁 공장의 폐수가 이 냇물로 흘러들어 그렇게 되었다고도 했다. 자세한 사정은 알 수 없다. 아무튼 학교 선생님들은 늘 아이들에게 냇물에 들어가지 말라고 했다. 피부병이 옮을 수도 있다는 것이었다.

이후에게 유등천은 그렇게 버림받은 냇물로 기억되고 있었다. 하지만 이제 이 냇물도 회복되고 있었다. 이후가 초등학생에서 고등학생으로 성장해 가는 동안 유등천은 최악의 상태에서 서서히 벗어났다. 냇물가도 가지런히 정리되고 시냇물도 얕으나마 끊기지 않고 흘렀다.

유등천을 건넌 버스는 이제 유성 쪽을 향해 속도를 냈다. 동학사는 유성을 지나 국도를 얼마간 더 달려가야 한다.

- 아주 옛날에 남자랑 같이 온 적 있어요.

- 흠. 이제 본격적인 고백? 어떤 남자?

- 엄마 나이트클럽에서 디스크자키 하던 남자.

- 흔치 않네. 어느 때 얘기?

- 고등학교 때요. 엄마 나이트클럽이 대전에서 꽤 컸어요. 거기서 일하던 아저씨.

- 아저씨?

- 그때 서른 살 남자면 아저씨 맞죠?

- 빨랐다.

- 빠르긴요. 내 친구들은 중학교 다닐 때부터 대딩 오빠들 만났는데.

- 뭘 했는데?

- 놀지, 뭐해요.

- 뭘 하고 노냐는 말씀이지.

- 남자여자들 하는 짓은 다.

- 다?

- 전 원래부터 못됐어요. 엄마도 못됐구.

- 엄마 얘길 해봐요.

- 나이트클럽 사장이었다니까요.

보영은 차창 밖으로 고개를 돌렸다.

- 날 사업에 이용했죠. 나쁜 엄마답게.

보영이 고등학교 다닐 때부터 엄마는 자기 사업에 딸을 끌어들였다. 처음에는 디스크자키에게 보영을 붙여 주었고 나중에는 총무를 맡은 사람에게 보영을 맡기다시피 했다. 엄마에게 보영은 사업에 필요한 남자들을 주저앉히는 수단에 불과했다. 보영도 그게 싫지만은 않았다. 사이키 조명 아래서 흐느적거리는 사람들을 보노라면 사람이란 존재가 그렇게 하찮게 여겨질 수 없었다. 자기 또한 저런 사람들의 하나일 뿐이라면, 어떻게 살아도, 무엇을 해도 나쁘지 않을 것 같았다.

- 엄마는 돌아가셨다고?

보영이 대답 대신 고개를 끄덕였다.

- 아빠랑 이혼하구 딴 남자랑 살다가요.

- 왜 그렇게 일찍?

- 나중에. 더 친해지면 차차 말씀드릴게요.

보영은 이후를 보고 장난스럽게 웃었다. 하지만 자기 얼굴의 그늘을 다 거두어 내지는 못했다.

- 사람들이 벌이는 온갖 일은 모두 살아가기 위한 핑계에 불과해요.

보영의 말이 혼잣소리로 들렸는지 이후는,

- 다 왔다.

하고 가벼운 탄성을 질렀다. 하지만 보영에게는 아직 숨겨놓은 이야기가 많다. 어느 땐가 보영은 대전고등법원 형사 제4호 법정의 피고석에 앉아 있기도 했다.

- 모두 자리에서 일어나 주십시오.

법정에 들어선 이들이 일제히 자리에서 일어났다. 법원에 오게 되면 사람들은 저절로 움츠러든다. 정문 앞에서부터 자기도 모르게 경건한 자세를 갖게 되어 급기야 법정에 들어서면 다들 제법 순응적으로 변한다. 물론 예외가 있다. 나면서부터 법률이나 제도에 내성이 있는 이들, 그런 사람들이 있다. 보영과 같은 사람들.

그날, 눈부신 초가을의 오후 두 시 십 분, 보영은 검정 빛깔 정장을 입고 피고인석에 섰다. 그동안의 일들을 치르느라 무척 수척해진 보영은 오히려 더 아름다웠다.

보영과 마찬가지로 검은 법복을 입은 판사는 자리에 앉아 잠깐 뜸을 들였다. 이런 때 그가 무슨 생각을 하는지는 단하의 사람들은 잘 알지 못한다. 법정에는 두 종류의 사람들이 있다. 하나는 단상 위에 올라가 있는 사람들, 다른 하나는 그 아래에 있는 사람들. 아랫세상을 사는 사람들은 윗세상을 사는 사람들의 판결을 초조한 심정으로 기다려야 한다. 윗세상 사람의 판결에 따라 자신들의 미래가 결정되기 때문이다.

드디어 멋진, 윗세상을 사는 사람이 바야흐로 입을 열었다.

- 사건번호 2012 고단1486, 피고 임보영의 간통 혐의에 관하여 다음과 같이 선고한다.

본래 법정에서 진술되는 판결문은 아랫세상 사람들을 이해시키려는 것도 아니고 죄 없는 사람들을 배려하려는 것도 아니다. 문구는 꽤나 전문적이고, 그만큼 어렵다. 판사는 그럴듯하게 보이는 문구를 동원하여 이것저것 짚어나갔고, 그가 최종적으로 판단한 임보영의 행위는 유죄였다.

- 징역 팔 개월에 집행유예 일 년.

판사가 자못 지엄한 목소리로 선고를 내릴 때 보영은 그의 눈을 또렷이 마주 보았다. 그 순간에 판사는 자신이 옳다고 생각했을지도 모른다. 그러나 보영의 입장에서라면 그 사건이라는 것이 다르게 판결될 수도 있었다.

보영이 처음 남편에게 놀란 건 그가 식탁 위의 음식들을 한 손으로 쓸어버렸을 때다. 바로 전까지 그는 아무 조짐도 보여주지 않았다. 그는 자기 방에서 밤새도록 게임을 하다 겨우 빠져나와 이제 막 식탁 앞에 앉은 참이었다.

그의 낯빛은 노랗고 거칠었고 퀭한 눈동자는 불안스럽게 흔들렸다. 소미가 보영의 품안에서 아빠를 부르며 웃어도 그는 아무런 관심도 보이지 않았다.

그가 자기 방에서 나온 건 출근 시간이 되었기 때문이고, 가장이라면 무슨 일이 있어도 와이프가 차려주는 아침밥은 먹고 집을 나서야 한다는, 스스로 설정한 원칙 때문이었다.

보영은 그가 남들 앞에서 자기를 와이프라 부를 때마다 소름이 끼칠 정도로 징그러웠다. 마치 무슨 끈적끈적한 와이어가 자기 몸을 친친 감아올리는 것 같았다.

자기 아내를 와이프라 부르는 건 그가 속한 사회의 규칙 같았다. 그들은 모두 자기 아내를 와이프라 불렀고, 그 어법에는 독특한 뉘앙스가 담겨 있었다. 그들에 의해 와이프라 지목되는 여자들은 분명 무기체적 물건은 아니지만 그에 가까운 귀속성을 띴다. 그녀들은 스스로 자립적인 인간 개체가 아니라 허즈들의 존재의 빛을 받아서나 겨우 인격적 개체의 지위를 누릴 수 있는 존재였다.

그는 몹시 귀찮다는 듯 탁자 위에 오른쪽 팔꿈치를 괴고 왼손으로 숟가락을 들었다. 왼손잡이여서가 아니었다. 밥숟가락을 제대로 들기 싫을 정도로 몹시 지쳤다는 뜻이었다.

- 앗, 뜨거!

그의 얼굴이 단박에 일그러졌다. 모처럼 그가 좋아하는 애호박 된장찌개를 준비한 것이 아직 식지 않은 것이다.

- 미안해요. 아직 덜 식었나 봐.

보영은 신경질적인 그가 화를 낼까 무서워 서둘러 찌개 그릇을 싱크대 위로 옮겼다. 하지만 그는 기회를 놓치지 않았다.

- 아침부터 이래야 되겠어, 내가!

소리와 함께 그는 숟가락을 쥐고 있던 왼손으로 식탁 위의 음식들을 쓸어버렸다.

- 아앗!

보영은 소미를 감싸 안으며 외마디 소리를 질렀다. 사기그릇, 유리그릇들이 서로 부딪혀 깨져나가며 파편들이 튀었다. 그의 손 어딘가가 찢어졌는지 피가 흐르고 그릇에 담겼던 음식물들이 흘러 식탁 바닥으로 떨어져 내렸다.

- 무슨 짓이에요? 손 좀 봐요.

보영은 깜짝 놀라 울어대는 소미를 달래면서도 피가 흐르는 그의 손을 걱정했다.

- 무슨 짓? 하루 종일 집에서 빈둥거리면서 밥 한 끼도 제대로 못 차리는 여자가?

그는 무슨 말을 더 이어나가려다 말고, 벌떡 일어나 욕실 쪽으로 사라져 버렸다. 거실 바닥 아래로 핏방울이 똑, 똑 떨어져 내렸다.

보영의 남편은 이비인후과 의사였다. 사람은 일곱 개 구멍을 가지고 있다고 한다. 이비인후과 의사는 그 구멍을 자그마치 다섯 개나 책임지는 사람이다. 그는 다행스럽게도 산부인과도, 일반 외과도 피할 수 있었다. 하지만 그는 안과 의사나 성형외과 의사가 되지 못하고 이비인후과 의사가 된 자신이 싫었다. 아침 일찍 병원에 나가 귀, 코, 입, 다섯 개 구멍만 쳐다보며 온

하루를 보내야 한다는 것은 끔찍스러운 고역이었다.

그는 성형외과나 피부과 의사, 안과 의사가 될 수 없는 자신의 능력을 한탄했다. 하지만 별달리 뾰족한 수를 발견하지도 못했다. 좋은 전공은 자기보다 학점이 높은 동료들에게 양보해야 했다. 학점 좋은 동료들에게 두 개의 신성한 구멍을 위임하고 나머지 다섯 개의 구멍을 돌보는 사람이 되었다.

아침부터 그가 들여다보는 다섯 개의 구멍들은 어두컴컴하고 축축했다. 상한 구멍들에서는 고름이 흐르기도 했다. 구멍들은 또 역한 냄새를 풍겼다. 참을 수 없는 냄새가 마스크 천을 뚫고 그의 후각 세포를 후벼 팠다. 머리가 아프고 골이 지끈거렸다.

어느 여름 한낮에 그는 도저히 견딜 수 없는 상태가 되어 화장실로 달려가 변기에 머리를 처박고 구토를 하기도 했다. 술을 마셔야 했다. 독한 알코올로 후각 세포를 세척해 내지 않고는 밥숟가락을 입에 넣을 수도, 여자를 안을 수도 없었다. 그는 또 밤마다 게임을 해야 했다. 번득이는 화면들에 시각 세포를 내맡기지 않고는 시커멓고 더러운 동굴들의 환영을 떨쳐버릴 수 없었다. 아침이 되어 병원에 나가야 하는 시간이 되면 그는 어디로든 구멍을 안 들여다봐도 되는 곳으로 도망치고 싶었다.

그럴 수가 없었다. 이 세계는 그에게 그런 자유를 허용하지 않았다. 매일매일 초인간적인 의지를 발휘해서 환자들을 맞이해야 했다. 이 환자들의 체인 줄이 끊어지지 않도록 온 힘을 다해 하루하루를 견뎌 나가야 했다. 그러지 않고는 살아남을 수 없었기 때문에.

오늘날 의사들은 그들 자신을 위해서는 너무나 불행한 시대를 살아간다. 그들은 모두 병든 사람들을 위해 훌륭한 의술을 발휘하고 싶어 한다. 하지만 그러려면 그들은 먼저 자신을 위해 일을 해야 한다. 모두들 처음에 의사의 길에 들어설 때는 히포크라테스 선서를 왼다. 청렴하고 숭고하게 환자들을 위해 살아가겠다고. 현실에서 그들은 그럴 수가 없다. 청렴해지기 위해서는 먼저 돈을 벌어야 한다. 숭고해지기 위해서는 먼저 비속해져야 한다.

보영의 남편은 어떤 종류의 의사일까? 숫자에 밝던가? 그렇다면 자기 병원을 찾아오는 환자들의 머릿수를 잘 세서 손익분기점을 맞출 수 있을 것이다. 눈이 좋던가? 그렇다면 어디에 병원을 차려야 환자들이 많이 찾아올지 꿰뚫어 볼 수 있을 것이다. 안타깝게도 그는 두 경우 모두에 해당되지 않았다. 게다가 그는 여자도 제대로 만나지 못했다.

그가 소개받은 여자의 부모는 이혼했다고 했다. 하지만 여자의 어머니는 나이트클럽을 운영했고, 비록 구 시가지일지언정 빌딩도 소유하고 있다고 했다. 외동딸인 여자를 위해서라면 꽤나 큰돈을 떼어줄 수 있다고 장담한다고도 했다.

그는 여자를 만나야겠다고 생각했다. 비록 중매를 통해서였지만 여자도 마음에 들었다. 어딘지 모르게 자기 세계와는 다른 세상을 사는 여자 같았지만 그런 것쯤 아무래도 괜찮았다. 어차피 사람은 혼자 살아가게 마련이었다.

결혼식을 치른 후 며칠이나 되었을까.

그는 뜻하지 않은 소식을 접했다. 여자의 어머니가 갑자기 세상을 떠났다고 했다. 그녀가 그의 와이프를 위해 무엇을 준비해 두었는지 그는 아직 알지 못했다. 그녀가 사위인 그를 위해 지금껏 선사해준 것이라고는 대전 신시가지의 45평짜리 재개발 아파트와 국산차종인 에쿠스 한 대밖에 없었다. 그는 괴로웠고, 그 괴로움에는 충분한 이유가 있었다. 하지만 그의 와이프는 그런 그를 충분히 이해하지 못했다.

#10. 누군가에게 그것은 현실일 수 있다

107번 버스는 동학사 주차장 앞에 보영과 이후를 내려놓았다.

- 배고프다.

버스를 타고 오면서 말이 없어진 보영의 주의를 끌려는 듯 이후가 투정을 부렸다.

- 그러게 소보루라도 드시라니까. 가요. 밥 먹으러.

- 어디 맛있는 데 있어?

- 저쪽 옛날 여관들 있는 쪽으로요.

보영은 이후를 기념품점들 뒤에 있는 오래된 골목 쪽으로 이끌었다. 계룡산장이 보이는 그곳 어딘가에 보영이 살아오면서 먹어본 비빔밥 중에 가장 맛있는 비빔밥을 만드는 집이 있었다. 골목으로 접어들자 보영은 줄지어 늘어선 밥집들을 기웃거린다.

하지만 어느 집인지 분간하기 어렵다. 불과 몇 년도 되지 않은 일인데, 이렇게 까마득하게 느껴지는 건 왜일까?

- 뭘 찾아?

이후가 옆에서 재촉을 하는 바람에 보영은 하는 수 없이 이 집이었다 싶은 곳으로 이후를 이끌었다.

막상 들어오고 보니 맞는 것 같기도 하다. 그때도 이 집은 손님이 없이 한적했다. 두 사람은 무척 반기는 주인아주머니의 안내를 받아 안쪽 방으로 들어가 앉는다. 보영이 산채비빔밥을 주문하고 나자 식당 안은 도로 조용해졌다.

- 어때? 이쯤에서 진짜 고백을 해보시는 게?

- 많이 해드렸잖아요.

- 성격 차이?

이후는 보영이 왜 혼자가 되었는지 꼭 알고 싶어하는 눈치다. 하지만 보영은,

- 맞아요.

하고 싱겁게 대꾸하고 만다.

- 귀한 비밀을 싸게 털어놓으실 수는 없다?

- 아무려나.

- 호오. 그래? 어서 내놓으라니까?

- 빚 받으러 온 사람 같아.

- 맞아.

장난스럽게 웃는 이후를 향해 보영은 눈을 가볍게 흘겼다.

- 음. 얘기해줄까, 말까?

- 해 봐.

그렇지만 보영은 지금 아무 얘기도 하고 싶지 않다.

- 좋아요.

하고 보영은 잠시 뜸을 들인다.

- 옛날 옛적에 계룡산에 스님이 한 분 사셨어요.

보영이 엉뚱한 이야기를 꺼내자 이후는 금방 눈치를 챘다.

- 도력이 아주 높은 스님이었겠지?

- 어떻게 아셨담. 어느 날 그 스님이 도를 닦고 계시는데, 어디선가 호랑이 한 마리가 나타난 거예요.

- 호랑이는 예사 호랑이가 아니었을 테고.

보영이 이후를 바라보고 웃었다. 보영이나 이후를 포함하여 대전에서 성장하며 계룡산에 들락거린 사람들은 누구나 이 전설을 안다.

옛날에 계룡산의 한 작은 암자에 스님이 한 분 머무르며 수행을 했다. 어느 날 밤, 스님이 평소와 다를 바 없이 법당에 앉아 있는데 호랑이가 암자 마당에 나타나 으르렁거렸다. 보통 사람 같으면 정신을 잃어버릴 법하다. 하지만 도력 높은 스님은 침착했다. 가만히 보니, 호랑이 목에 웬 처자의 비녀가 걸려 있다. 스님이 목에 걸린 비녀를 빼주자 호랑이는 어디론가 사라졌다.

며칠 후 호랑이는 스님 앞에 다시 나타나 제 등에 타라는 시늉을 했다. 스님이 이에 응하니 호랑이는 스님을 등에 태우고 산속으로 들어갔다. 거기에 한 처녀가 정신을 잃고 쓰러져 있었다.

- 이후 씨 같으면 어떻게 하실래요?

- 뭘?

- 호랑이가 물어다 준 여자랑 살겠냐구요.

- 못 살지.

- 왜요?

- 그 여자의 뭘 믿구?

- 못됐다.

- 보영씬 살구?

- 글쎄요.

- 거봐.

- 이유가 달라요.

- 뭐가 다른데?

- 인연을 지으면 괴로워지니까.

- 제법 스님 같은데?

이후는 제대로 맞추었다. 보영은 언젠가 스님이 되고 싶다고 생각한 적이 있었다. 인연이란 말을 내놓고 나자 보영의 가슴 속에 꼭 눌러 두었던 지난 일이 떠오르려 한다.

거기에 어떤 남자 하나가 서 있다. 그리고 그때, 보영은 어떤 그림 하나를 바라보고 있다. 그림에는 '군상, 1985'라는 제목이 붙어 있고, 흰 종이에 먹으로 수많은 사람의 형상이 그려져 있다.

보영은 이 그림을 그린 사람은 어쩌면 자기처럼 염인증을 앓고 있는지도 모른다고 생각했다. 세상에는 저렇듯 많은 사람이 있지만, 저마다 저 먹점들과도 같이 보잘것없다. 우연의 힘으로 이 세상에 태어나 고통과 허무에 시달리다 삶을 마칠 뿐이다.

보영은 먹으로 그려진 수천 사람의 형상을 바라보며 사람이란 존재를 생각했다. 고등학교 시절 툭하면 현기증이 나던 기억이 떠올랐다. 그것은 어느 오후에 시작되었다.

그날 보영은 학교 운동장을 걷다 문득 흙 위에 무수히 찍힌 신발 자국들을 보았다. 발자국들은 서로 겹쳐지면서 다른 발자국에 짓눌리기도 하고 반대로 다른 것을 짓이기기도 했다. 그 무수한 발자국은 사람이란 어떤 존재며, 어떻게 살아가는지 말해주는 듯 했다. 순간적으로, 격심한 어지럼증을 느끼며 보영은 그대로 정신을 잃고 쓰러졌다.

그림 속의 먹점들은 보영에게 그날의 발자국들을 떠올리게 했다. 그런데도 이 먹점 인간들은 어떤 현기증도 일으키지 않았다. 그들은 그러니까 불쾌하지 않았다. 오히려 아름답게 느껴졌다. 먹점 인간들 각각은 그렇듯 색채 없는, 보잘것없는 존재들인데도, 그들 수백, 수천이 모여 이룬 커다란 군집은 어떤 율동을 만들어냈다. 보영은 그것이 아름다운 음악의 선율과도 같다고 생각했다.

- 그림이 마음에 드시나 보죠?

어느 사이엔가 보영의 옆에 한 남자가 서있었다.

- 이상해서요.

- 뭐가요?

- 사람들 하나하나가 살아있는 것 같아요.

- 왜 안 그렇겠어요?

- 무슨 뜻이죠?

보영은 비로소 남자 쪽으로 고개를 돌렸다. 남자는 긴 머리를 무슨 천인가로 질끈 동여맸고, 구릿빛 얼굴은 거친 수염으로 뒤덮였다. 상의는 티셔츠 한 장, 아래는 청바지, 그는 히피 같은 인상을 풍겼다.

- 저 사람들은 민중이니까요.

- 저렇게 까만 점만으로 표현될 수 있다면, 그 민중이란 것은 살아있을 수 없을 걸요?

보영은 가볍게 반론을 폈다.

- 사람은 혼자서는 힘없는 존재일 따름이죠. 하지만 그들이 모이면 강합니다. 자신들이 살아있음을 과시하는 거죠.

보영으로서는 납득할 수 없는 말이었다. 한 사람 한 사람이 힘이 없다면 그들이 모인다 한들 무슨 힘이 생길 수 있을까?

보영은 이번에는 남자의 말에 별다른 비평을 가하지 않았다. 그보다 보영은 거친 인상을 풍기는 이 남자의 출현이 내심 반가웠다.

그 무렵 보영은 질식할 것 같은 생활에서 벗어나고 싶었다. 남편이 무슨 생각으로 보영을 선택했든, 보영은 보영대로 그가 그런대로 견딜 만할 거라고 생각했다. 누구나 결혼한다면 자기도 결혼할 수 있다. 하지만 언제든 다시 혼자로 돌아갈 수도 있다. 보영은 그렇게 생각했다. 그래서 고독해 보이면서도 차가운 그가 그런대로 마음에 들었다. 시간은 자신의 선택이 아주 잘못되었음을 증명했다. 결혼 생활에 들어서자마자 보영은 혼자만의 삶이 그리웠다. 하지만 곧 아이가 생겼다. 입덧이 무척 심했다. 아이를 낳고는 심한 우울증에 빠져들기도 했다.

남편은 분명 보영과는 다른 유형의 사람이었다. 이를 깨닫자 보영은 다시 옛날의 그녀로 돌아갔다. 사람들이 현실이라고 말하는 것을 경멸하는 그녀로, 진짜 현실은 다른 데 있다고 생각하는 그녀로.

남편이 병원에 나가고, 소미는 어린이집에 가 있는 동안 보영은 진짜 기쁨을 찾아 순례를 나섰다. 세상에 진짜 기쁨이란 흔한 게 아니었다. 몹시 깊은 갈증을 채우려 보영은 그림을 보러 다녔다. 개인 화랑이나 시립미술관 같은 곳에서 그림을 보면 마음이 가라앉고 평화로워졌다.

그날 보영은 집에서 멀지 않은 이응노 미술관을 찾았다. 이응노는 1989년에 세상을 떠난 홍성 출신의 화가였다. 그를 기념하는 미술관은 수십 년에 걸친 화가의 변모 과정을 한 공간에 모아두고 있었다.

보영과 낯선 남자는 넓은 전시관을 둘이서 독차지하다시피 했다. 미술관 실내를 함께 거닐며 화가의 그림들을 마저 감상했다.

이 미술관의 주인공은 홍성에서 서울로, 또 독일로, 여정이 무척 긴 삶을 살았다. 사람은 자신이 처음에 의도한 것과 전혀 다른 세계로 가 닻을 내릴 수 있다.

보영과 남자는 그림들을 돌아본 후 미술관 안에 딸린 작은 아트 숍으로 향했다. 거기서 작은 사건이 생겼다. 기념품들을 둘러보던 보영이 다른 화집들 사이에서 프리다 칼로를 발견한 것이다.

- 고등학교 때 좋아하던 화가예요.

보영은 이응노 기념 화집들 사이에 끼어 있는 프리다 칼로의 화집을 들어 남자에게 보였다. 그때 보영의 눈빛은 기쁨으로 빛났다.

- 사드릴까요?

남자가 망설임 없이 청바지 주머니에서 만 원짜리 지폐를 몇 장 꺼냈다. 남자는 지갑을 가지고 다니지 않았다.

- 그러실 필요 없어요.

보영은 사양했지만 남자는 책을 들고 카운터로 가버렸다. 보영은 남자의 뒷모습이 억세 보인다고 생각했다.

보영에게 프리다 칼로는 각별한 존재였다. 보영이 대학에 가는 과정은 순탄치 못했다. 중학교 때부터 친구들과 어울리면서 공부와 담을 쌓았다. 고등학교에 들어가면서 엄마는 보영을 미술 학원에 보냈다. 그림이라도 그리게 해서 미대에 보낼 심산이었다. 보영은 엄마의 뜻에 따라 남자를 만나듯 방과 후에 미술 학원으로 갔다. 제법 고급스러운 학원이었다. 거기서 보영은 데생부터 배웠다. 물론 보영의 미술 학원 시대는 결코 길지 못했다. 하지만 거기서 보영은 프리다 칼로를 만났다. 학원 서가에 꽂혀 있는 책들 사이에서 그녀의 화집을 만난 것이다.

보영은 아주 긴 제목을 가진 프리다 칼로의 그림 하나를 특별히 좋아했다. 그것은 1936년에 그렸다는 것으로, '우주와 대지와 나와 디에고와 세뇨르 홀로틀의 사랑의 포옹'이라고 했다. 거기서 디에고란 프리다 칼로의 남편 디에고 리베라를 가리키는 말이었다. 세뇨르는 스페인어 높임말이고, 홀로틀이란 멕시코 사람들 사이에서 전해져 내려오는 전설적인 신의 이름이었다. 아즈텍 신화에 등장하는 이 신은 번개와 죽음에 관계하는 신이었고, 질병과 기형에도 관계했다. 그림은 무척이나 상징적이고도 환상적이었다.

그림에 나타나는 프리다 칼로는 어린아이 같은 남편을 자기 무릎 위에 앉혀 놓고 보살펴 주고 있다. 실제로는 리베라가 칼로보다 스무 살 이상 많은 것을.

보영은 이 두 사람의 관계가 뒤바뀌어 나타나는 것보다도, 이 두 사람 뒤에, 어둡고, 상처 나고, 갈라진, 가슴에서 젖이 흘러나오고 있는 여자의 형상이, 그리고 다시 그 뒤에, 반은 희끄무레한 빛깔로, 또 반은 거무스름한 빛깔로 어떤 신적인 존재가 자리 잡고 있는, 그 삼중의 구도가 좋았다. 여자의 형상에는 선인장과 나무와 풀이 뿌리를 내리고 짐승이 웅크리고 있기도 했다. 그것은 프리다 칼로의 나라인 멕시코나 지구 자체를 상징했다. 그림 맨 뒤의 어떤 신처럼 나타나는 형상에는 태양과 달이 그려져 있고 안개처럼 일렁이는 신비한 기운에 휩싸여도 있어 우주 전체를 표상하고 있었다.

보영은 남자가 들고 온 화집 속에서 이 그림을 급히 찾았다. 역시, 있었다. 그리고 그 그림에는 간단한 설명이 덧붙여져 있었다. 프리다 칼로는 남들이 자신을 초현실적이라고 평가하는 것을 반가워하지 않았다고 했다. 그녀는 말했다. 자기는 환상이 아니라 현실을 그렸다고.

남들에게는 환상인 것이 프리다에게는 현실일 수도 있었고,

반대로 남들에게는 현실인 것이 그녀에게는 저급한, 일차원의 현실에 지나지 않는 것일 수도 있었다. 프리다 칼로에 따르면 세상은 적어도 삼중의 현실로 겹겹이 축조되어 있고, 사람은 지구와 우주의 영혼에 둘러싸여 있었다. 그림에서 프리다의 남편 디에고는 이마에 커다란 눈이 하나 더 있고 두 손에는 불을 가졌다. 이성과 문명을 상징하는 그것들은 디에고로 대표되는 남성들에 의해 독점되어 있었다. 하지만 이 남성들은 프리다와 같은 여성에 의해 양육되는, 젖먹이 어린아이일 뿐이었다.

보영은 남자에게 보답으로 커피를 사겠다고 했다. 카페 '프레 생제르베'라는 프랑스에서 이응노 화가가 머물던 고장의 이름이었다. 보영은 아이리시 커피를 주문했다. 남자는 더치커피를 마시겠다고 했다.

남자는 뉴욕에서 그림 공부를 하고 돌아와 여기 걸려 있는 '군상' 연작들에 충격을 받았다고 했다.

- 왜죠?
- 나는 한 사람 한 사람이 가진 정신을 그 사람의 초상에 실어내려 했는데, 이 사람은 오히려 말년에 이르러 개인이 아닌 집단의 정신에 도달했으니까요.
- 지금 무슨 일을 하세요?
- 미대에서 가르칩니다. 시간 강의죠. 곧 자리가 날 테죠. 초상화를 그려 팔기도 하구요.

남자는 미래를 걱정하는 타입 같지는 않았다.

- 작업실도 있습니다. 언제 한번 놀러 오시죠?

- 정말 가 봐도 돼요?

- 물론이죠. 초상화를 그려줄 수도 있고.

남자는 높임법을 잘 사용하지 못하는 것 같았다. 보영은 아무래도 괜찮았다. 누구나 같은 현실을 살아야 할 필요는 없으니까. 그때는 그랬다.

이후는 몹시 시장했던지 밥이 나오자마자 고추장을 넣은 산나물을 서둘러 비볐다.

- 천천히 드세요. 어때요?

- 좋아. 오랜만에.

보영은 자기와 함께 있으면서도 딴 세상을 살고 있는 듯한 이후에게 프리다가 디에고에게 품었을 법한 연민을 느꼈다.

산채비빔밥은 한국 사람이면 누구나 안다.

하지만 이곳 대전의 계룡산 동학사에서부터 공주 갑사, 마곡사를 거쳐 저 예산하고도 덕산의 덕숭산 수덕사에 이르는 충청 내륙의 산채비빔밥에는 그것만이 가진 맛의 빛깔이 있다. 양념장과 조미료를 가급적 적게 쓰고 그중에서도 소금 간을 최소한으로 써서, 심심하고, 부드럽게, 그러면서 원래의 식재료가 가진 미감을 풍성하게 살려내는 게 이 고장의 산채비빔밥 레시피다. 산을 끼고 절이 있는 곳, 그 산에서 나는 싱싱한 나물로 절집처럼 기름도, 양념도 적게 쓰기에 유난히 순하고 부드러운 맛을 낸다.

할머니가 공주 사람인 보영은 이 맛을 잘 안다. 비빔밥만 아니라 배추김치도, 총각김치도, 오이김치도 이 고장의 맛은 다른 곳과 달리 유난히 약하다. 그것이 특징이다. 육개장도, 된장찌개도, 온갖 종류의 국도 이곳에서는 서운하다 싶을 만큼 싱겁다. 그렇게 맛을 낸다.

- 잘 먹었다.

이후가 드디어 수저를 내려놓았다.

- 서울에서는 먹기 힘든 맛이죠?

- 말하면 잔소리. 처음에 서울에서 식당밥 먹다 토할 뻔했다니까.

- 설마.

- 아냐. 진짜야. 그냥 아무거나 넣고 육개장이라는 거야.

- 흠. 다음엔 육개장을 사드려야겠다.

- 안내만 해주세요. 제가 살게.

- 좋아요. 그나저나 이제 걸어요.

보영은 이후를 재촉했다. 식당을 나오면서 이후는 한결 느긋해진 것 같다. 음식점이며 기념품점 간판들에 일일이 참견을 하기도 하고 계곡이라 그런지 아직 춥다고도 한다. 좋은 밥은 사람에게 힘을 준다. 기운을 바꾸어 놓는다.

한자의 만자 무늬를 새겨놓은 작은 다리를 건너 공주식당, 금강식당 같은 음식점들을 지나치자 가게들이 늘어선 곳은 끝이 났다. 두 사람은 그늘진 산길을 천천히 동학사 쪽으로 걸어 올라간다. 아직 봄이 다 온 것 같지 않은 이곳, 사람은 여느 때보다 많지 않고 산비탈에는 진달래꽃이 목을 가늘게 늘이고 생각에 잠겨 있다. 보영은 가녀린 꽃들에서 대전역 텔레비전 화면 속에서 본 아이들을 느낀다. 산그늘과 꽃, 계곡을 흐르는 시냇물 소리가 어우러진 길을 걸으며 보영은 쓸쓸한 기분에 사로잡힌다.

산길 옆에 큰 나무 밑에 누군가 돌탑을 세워 놓았다. 지나가는 사람마다 손을 보태어 돌탑은 크고 작은 돌들로 금방이라도 무너질 듯 아슬아슬하다. 바람도 불고 비도 내리면 돌탑은 그때마다 상처를 입고 허물어질 것이다. 사람들은 그 무너진 돌탑 위에 또 돌을 얹어놓고 간다.

- 우리도 하나씩 올려놔요.

- 좋아. 어디, 소원을 빌어 볼까.

이후가 선뜻 땅바닥에서 자그마한 돌을 가져다 돌탑 위에 가만히 얹는다. 돌탑을 무너뜨리지 않으려고 조심하는 이후의 모습에서 보영은 공부하는 사람의 신중함을 느낀다.

- 됐다!

- 이제 제 차례네.

보영은 주위를 둘러보다 작은 돌멩이 하나를 주워들었다. 둥글고 가벼운 돌 하나. 보영은 무슨 소원을 빌어야 하나 생각한다.

자기도 몰래 장난기가 발동하는 보영이다.

동민과 잘 지내게 해달라고 빌어야 하나.

그럼 이 이후 씨는?

보영은 잠깐 생각하다 씽긋 웃으며 돌탑 위에 가만히 돌을 얹으려 한다.

- 나랑 잘 만나게 해달라고 빌어.

이후가 보영의 속마음을 눈치라도 챈 듯 요구한다.

- 흠. 누구 맘대로.

말은 그렇게 해놓고도 보영은 이후의 뜻대로 빌어주고 싶다.

#11. 인연을 짓지 않고 살아갈 수는 없나

보영이 돌탑 위에 올리려는 돌은 결코 크지 않다. 그런데도 보영은 어째 아슬아슬하다. 어느 곳 하나 가장 작은 돌조차 더 얹을 수 없을 것 같다. 돌을 쌓아놓은 끝끝마다 뾰족한 창을 갈아놓은 것 같이 날카롭게만 보인다.

보영이 문득 현기증을 느낀 순간, 돌탑이 와르르 무너져버렸다. 보영의 손가락 끝이 금방이라도 무너질 것 같이 얹혀 있는 돌탑 끄트머리 돌멩이를 건드린 것이다.

- 뭐야. 그것도 하나 못 올려?

이후가 핀잔을 한다.

- 왜 이러지? 갑자기 어지럽지 뭐예요.

보영은 어쩐지 이후에게 미안하다.

- 변명은. 괜찮아. 이런 돌무더기쯤이야.

이후는 아무렇지도 않은 듯 보영의 기색을 살핀다.

- 좀 더 올라가면 또 있어요. 그땐 잘해볼게요.

- 이미 틀렸는데 뭘.

- 그래요? 잘됐네요.

보영이 토라졌다는 듯 이후를 남겨두고 산길을 오르자 이후는 금방 뒤따라와 보영의 손을 낚아채듯 한다.

- 잘되다니? 어림없지.

- 어머, 누구세요?

보영은 일부러 눈을 차갑게 뜨고 손을 뿌리친다. 이후는 자기 손에서 보영의 손이 채 빠져나가지 못하도록 한다.

- 안 잡아줬다 길 잃어버리면 어쩌려구?

- 어른이니 그 정도는 스스로 해결하시겠죠.

- 못해.

보영은 이후가 손아귀에 힘을 주는 것을 느낀다. 과연 이 남자에게는 진심이라는 게 있을까.

보영은 혼자만의 생각에 빠져든다. 운이 없었던 걸까, 아님 무엇인가 자기에게 잘못이 있었던 걸까. 생각해 보면 자신의 과거는 순탄치 못했다. 고등학교 다닐 때도 학교에 잘 적응하지 못했다. 이유는 명확하지 않다. 학교에 안 나가는 친구들과 일찍부터 어울린 탓인지, 생리적으로 학교를 싫어했기 때문인지 알 수 없다.

학교라는 곳은 처음부터 재미가 없었다. 그림 공부를 하기는 했지만 입시 준비만을 위한 그림은 싫었다. 밤늦게까지 화실에 앉아 그리고 또 그리는 일을 참을 수 없었다. 화실과 학교는 똑같았다. 자유로운 곳은 어디에도 없었다. 어찌어찌 해서 대전 소재 대학의 시각디자인 학과에 들어갔다. 거기서도 보영은 밖으로 떠돌았다. 그 무렵 엄마의 나이트클럽에서 총무 일을 하는 남자가 보영에게 손을 뻗쳐 왔다.

보영은 남자가 어떤 직업을 가졌든, 나이가 많든 적든, 그런 것은 아무래도 괜찮았다. 심지어 결혼한 남자라도 얼마든지 만날 수 있었다. 다만, 육체만의 관계는 끔찍했다. 보영은 어려서부터 아빠에게 배웠다. 사랑은 사람의 마음을 움직이고 바꾸는 것임을.

보영의 엄마는 끝내 아빠를 버렸다. 하지만 아빠는 엄마를 변함없이 사랑했고, 엄마와 함께 살게 된 보영을 위해 자신이 할 수 있는 모든 일을 했다. 보내지 않아도 되는 양육비를 보내고 주말마다 어떻게든 시간을 내서 보영을 만나러 왔다. 보영에게 아빠는 단 하나뿐인 예스맨이었다. 보영이 친구들을 만나느라 핑계를 댈 때도, 평일인데도 학교를 빠지고 악기점으로 달려가도, 아빠는 보영에게 아무것도 묻지 않았다.

아빠의 악기점은 대전천이 흐르는 중앙데파트 1층에 있었다. 그날도 아빠는 부드러운 천으로 악기들을 매만지고 있었다.

- 어, 일찍 왔구나.

보영은 악기점 소파에 가방을 던져놓고 자기도 풀썩 걸터앉았다.

정신없이 달려온 보영이지만 막상 아빠를 만나고 나니 아무 말도 할 수 없다.

- 나도 아빠처럼 색소폰이나 불까?

- 그것도 좋지.

밑도 끝도 없는 보영의 말에도 아빠는 아무런 물음표를 달지 않았다.

- 피. 그럼은 어떻게 하구?

- 사람은 자기 하고 싶은 걸 하고 살아야지.

- 정말이야? 근데, 내가 뭘 하고 싶어 하는지 모르겠어.

- 차차 알게 되지.

- 그냥 착하게 살면 안 될까?

- 그건 우리 딸이 제일 힘든 거 아냐?

- 뭐야!

약이 오른 보영은 옆에 서 있는 기타를 들어 아빠를 때리는 시늉을 했다.

- 아, 취소다. 미안.

보영은 얼굴이 발그레한 채로 기타를 도로 얌전히 내려놓았다.

- 난 착해. 착해도 너무 착하다구요.

보영의 두 눈에서 눈물이 흘렀다. 아빠는 황급히 손수건을 꺼내 보영의 눈시울을 닦아 주었다.

- 괜찮다, 괜찮아.

아빠는 괜찮다는 말을 반복했지만 보영은 그렇지 않다. 그렇다고 아빠에게 오늘 자기가 본 것을 얘기할 수도 없다.

보영은 한참 만에 울음을 거두고 아빠를 물끄러미 바라보았다.

- 아빤 지금도 엄마가 좋아?

- 좋지.

- 그럼 왜 헤어졌어?

보영의 힐난 섞인 물음에 아빠는 빙그레 웃음을 지었다.

- 사람은 다른 사람이 원하는 걸 막아서는 안 되니까.

- 헤어질 거면 애시당초 결혼하지 말았어야지.

- 아빠도 결혼까지 할 생각은 아녔지. 워낙 나이 차이도 많고.

- 나이가 무슨 상관. 그럼 엄마가 매달렸어?

- 매달렸다고 말하면 좀 그렇고. 아빠가 불쌍해 보였는지도 모르지. 정말 사랑한다고 믿었을 수도 있고.

- 엄만 정말 나빠.

- 나쁘긴. 아빤 엄마랑 살아서 얼마나 좋았는데.

- 나쁜 여자야. 이제 아빠도 딴 여잘 찾아. 내가 잘 대해 드릴게.

- 아빤 지금이 제일 편한데?

보영은 아빠의 표정에서 그 말이 진심임을 깨달았다.

- 그럼 내가 아빠랑 살까?

- 좋지. 하지만 엄마가 안 좋아할 걸.

- 아빤 내 생각은 안 해?

보영은 당장이라도 사실대로 털어놓고 싶었다. 몸이 아프다는 핑계로 조퇴를 하고 집으로 돌아온 보영이 본 것은 소파 위에 뒤엉켜 있는 엄마와 어떤 남자의 벌거벗은 몸이었다.

순간, 보영은 도로 문을 열고 뛰쳐나오고 말았다. 그 남자가 새 아빠가 되기로 예정된 사람이 아닌 건 분명했다. 거리로 달려나온 보영은 뭔가 무서운 것이 쫓아라도 오는 것처럼 온몸이 바들바들 떨렸다. 어디로 가야 할지 갈피를 잡을 수 없다. 그러다 겨우 아빠를 생각해 냈다. 무작정 택시를 잡아타고 아빠에게로 달려왔다. 하지만 그날 보영은 아빠에게 아무 얘기도 하지 못했다. 엄마의 또 다른 남자 얘기를 꺼낼 수가 없었다. 이혼을 위해서 엄마가 내세운 남자의 존재만을 알고 있는 아빠였다.

확실히 보영의 엄마는 아빠와는 다른 사람이었다. 세상에는 타인의 감정을 이용해서 자기 목적을 이루어 가는 유형의 사람들이 있다. 보영의 엄마가 그런 여자였다. 보영은 엄마의 남자들이 시간과 함께 자꾸 바뀌어 가는 것을 보았다. 그때마다 엄마는 새로운 일을 만들어 내거나 하던 일을 접곤 했다. 엄마의 남자들이란 그러니까 그녀의 사업을 위한 소모품에 불과했다. 엄마가 아빠를 만나 결혼까지 한 것이 차라리 신기할 정도였다.

보영이 어렵게 대학에 적을 붙이게 된 후 얼마나 지났을까? 어느 날 엄마는 한 사내를 집으로 데려왔다. 에스나이트의 신임 총무라는 그는 서른 살과 마흔 살의 중간쯤 되어 보였다. 그날 보영은 학교 과제물을 그리느라 물감 범벅이 되어 있었다.

- 보영아. 인사 드려. 원중 씨, 우리 딸이야. 예쁘지?

- 그러네요. 무슨 그림을 그리시나? 음, 잘 그리는데.

보영은 이젤 앞에서 일어나 원중의 시선을 외면한 채 고개만 까딱했다.

– 애가 원체 숫기가 없어.

엄마는 보영에게 커피를 끓여 달라 주문을 하고는 원중을 데리고 회사 일 할 때 쓰는 방으로 들어갔다. 에스나이트에 관련된 각종 영업 관계 서류들, 회계 자료 같은 것들이 쌓여 있는 방이었다. 무슨 비밀스러운 대화가 필요할 때 엄마는 남자들을 그 방으로 끌어들이곤 했다.

그 무렵 엄마는 에스나이트의 회계 문제를 고민하는 중이었다. 대전 지역의 유흥업소들에 대한 세무조사가 임박했다는 소문이 파다했다. 보영의 엄마는 그때까지 세무서 사람들을 잘 다루는 것으로 그때그때 고비를 넘겨왔다. 하지만 이번만큼은 주먹구구식으로는 빠져나갈 수 없을 것 같았다. 이번에야말로 새로운 총무가 필요했다.

그때 원중이 보영의 엄마 앞에 나타났다. 모 세무사를 통해서 소개받은 원중은 그녀가 기대하는 역할을 수행하는데 꼭 맞는 경력을 갖추고 있었다. 서울의 명문대에서 경영학을 전공하고 미국에서 대학원을 석사 과정까지 밟았다고 했다. 국내에 들어와서는 대기업 비서실에 근무했다고도 했다. 그때 돈을 잘못 만져 회사를 그만두게 되었고 우여곡절 끝에 대전까지 내려왔다고 했다.

보영은 돈을 잘못 만졌다는 게 무슨 뜻인지 잘 알 수 없었다. 회사를 위해 회계 장부를 꾸몄다 희생되었다는 뜻 같기도 하고 뭔가 개인적인 부정을 저질러 쫓겨났다는 뜻 같기도 했다. 하지만 보영의 엄마는 원중의 업무 능력을 높이 사는 듯했다. 그를 집으로 데려와 시간을 오래 보내기도 하고 보영을 동반

해서 교외로 나가 저녁 식사를 하기도 했다. 시간이 흐르면서 보영은 혼란스러워졌다. 엄마는 분명 자신을 미끼삼아 원중을 잡아두려는 듯했다.

알 수 없는 것이 사람의 마음이다. 보영은 원중에게서 제 또래 사내아이들은 갖지 못한 남자다움을 느꼈다. 그는 자기보다 열두 살이나 많고 이혼한 경력까지 있다고 했다. 그런 것쯤 보영은 아무것도 아니었다. 그 점에서 자기는 엄마를 닮았는지도 몰랐다.

이따금 보영은 방안에 홀로 들어 있는 원중을 엿보았다. 마호가니 책상 앞에 앉아 노타이 와이셔츠 차림으로 일하고 있는 그는 세련되고도 신중해 보였다. 그의 노트북 액정 화면 안에는 자신은 알지 못하는 숫자들, 기호들이 가득 차 있었다. 원중은 독특한 향을 풍기는 화장품을 썼다. 보영이 그동안 어울려 온 남자애들한테서는 맡을 수 없는 냄새였다. 보영의 후각은 향수 내음과 함께 실려 오는 원중의 체취에 예민하게 반응했다.

처음에 원중은 보영에게 아무런 관심도 없는 것처럼 행동했다. 하지만 얼마 지나지 않아 태도를 바꾸었다. 엄마를 찾는 전화를 걸어놓고도 보영의 일들에 관심을 보였고, 집에 와서도 거실에 펼쳐진 보영의 화구들, 그림들에 시선을 주었다. 책상 앞에 앉아 있는 그에게 무엇이라도 갖다 주어야 할 때면 보영은 몸에 스치듯 와 닿는 그의 손길에 예민하게 반응하는 자신을 느꼈다. 원중이 자기를 사장의 어린 딸이 아니라 젊은 여자로 대해 주었으면 했다. 자신을 향해 몹시 더디게 다가오는 원중에게 보영은 심한 갈증마저 느꼈다. 원중도 그런 보영의 심리를 감지하는 듯했다. 하지만 무슨 이유인지 선뜻 다가서지 않는 원중 때문에 보영은 더욱 조바심을 쳐야했다.

그러던 어느 날이다.

그날 보영은 친구들과 어울리다 새벽녘에야 집에 돌아왔다. 몹시 피곤했던 보영은 엄마와 원중이 집무실에 함께 있음을 알면서도 신경을 쓰지 못했다. 두 사람은 에스나이트 영업을 마치고 따로 계산이 필요한 모양이었다. 보영은 대충 양치질만 하고 얼굴조차 씻지 못한 채 방으로 들어가 쓰러져 버렸다.

얼마나 잤을까.

꿈속에서 보영은 어떤 감미로운 손길을 느꼈다. 손은 보영의 허술한 잠옷 사이로 스미듯 들어와 젖가슴을 부드럽게 감싸 쥐었다. 손은 넓고 힘이 셌지만 거칠지 않은 손놀림으로 보영의 젖가슴을 어루만졌다. 손이 리드미컬하게 보영의 가슴골을 타고 한쪽 가슴에서 다른 쪽 가슴으로 천천히 흘러갔다 흘러올 때마다 전류가 일렁였다. 그러다 문득 보영은 한쪽 젖가슴을 통증처럼 찔러오는 강렬한 쾌감에 사로잡혔다. 어떤 날카롭고도 끈끈한 것이 젖가슴 끝에 와 닿은 것이다. 그것은 보영의 젖가슴의 가장 날카로운 부위에 한참을 머무르며 지금껏 보영이 겪어보지 못한 느낌을 만들어 냈다. 흐릿하면서도 따사로운 꿈길 속에서 보영은 이제 그 손과 날카롭고도 끈끈한 것의 정체가 무엇인지 알 수 있을 것 같다. 그런데도 보영은 아직 의식의 수면 위로 올라오고 싶지 않다. 자기 몸의 더 긴 시간을 낯선 침입자에게 맡겨두고 싶다. 이제 그 묘한 기운은 보영의 몸 아래쪽을 타고 내려간다. 날카롭고 뾰족한 것이 닿는 자리마다 보영의 몸에는 불에 덴 것 같은 감촉이 남는다. 한 자리의 감촉이 미처 사라지기 전에 또 다른 자리에 새로운 감촉의 꽃이 피어나곤 한다. 보영은 자기도 모르게 몸이 비틀렸다. 참을 수 없는 간지러움과 뜨거움으로 보영은 자꾸 몸을 꼬지 않고는 견딜 수가 없다. 크고 부드러운 손과 뾰족하고도 끈끈한 것이 보영의 배꼽을 훑고 더 아래쪽으로 흘러내려 갔다. 보영의 아래쪽 작은 수풀더미를 헤치고 내려가 이윽고 보영이 숨겨둔 가장 비밀스러운 곳에 이르렀다.

아앗. 보영의 입술 사이로 소리가 흘러나왔다. 몸 안에 가둬둘 수가 없어 비어져 나오는 소리였다. 보영의 몸은 어느새 하나의 목표를 가졌다. 그곳이 어디든 그곳을 향해 나아가지 않으면 견딜 수 없어졌다. 뾰족하고도 날카로운 것이 보영의 비밀스러운 곳에 와 닿을 때마다, 그것을 빨고 핥을 때마다 보영의 입술 사이에서 흘러나오는 소리의 덩어리는 조금씩 더 크고 거칠어졌다. 더는 참을 수 없게 된 보영은 자기를 희롱하는 어둡고 강한 힘을 힘껏 끌어당겼다. 그를 제 두 가슴 속 깊이 그러안으며 두 다리를 활짝 벌리고 자기 몸속 빈 곳으로 그를 맞아들였다. 보영은 마침내 눈을 떴다.

- 사랑해요.

보영은 제 입술을 원중의 입술에 맞부볐다. 모든 것이 혼미하기만 한 의식 속에서 보영은 그의 몸이 다른 사내아이들의 것과는 다르다고 느꼈다. 그의 몸이 자신은 알 수 없는 방법으로 움직일 때마다 보영의 입에서는 깊은 신음소리가 흘러나왔다. 보영은 제 소리가 어딘지 모르게 낯이 익다고 생각했다. 그것은 그날 낯선 남자의 품에 안겨 있던 엄마의 목소리였다. 보영의 두 눈가에 눈물이 맺혔다. 참을 수 없는 슬픔이 똑같이 견딜 수 없는 쾌락과 한데 뭉쳐 뜨거운 눈물이 되어 붉은 뺨을 타고 흘러내렸다.

보영은 한숨을 쉬며 함께 잡고 있던 이후의 손을 놓았다.

- 스님이 될까 생각한 적도 있어요.
- 그랬을 것 같아.
- 뭘 보구여?

보영은 자기의 일을 알 리 없는 이후가 맞장구를 치는 게 우습다.

- 이 세상 사람 같지 않아.
- 내가 무슨 귀신이라도 되나?

보영은 이후의 얘기가 마음에 들지 않는다.

- 처음부터 무슨 혼령처럼 스르륵 나타났잖아.
- 어디서?
- 선화동 남지 씨 술집에서 말야.
- 하필이면 그 밤에 왜 남지한테 놀러 가고 싶었는지.
- 왜는 왜. 날 만나려고 그런 거지.
- 어휴. 끌어다 붙이시기는. 다 왔어요.
- 생각보다 가까운데?
- 좋죠? 여긴 관음암이라는 암자구요. 동학사 대웅전은 조금 더 올라가야 해요.

보영은 암자를 옆에 끼고 길을 오르며 마음이 한결 가벼워졌다. 관음암 돌계단 쪽에 작은 풀꽃이 피었다. 보영은 언제 사람들 발길에 밟혀 스러질지 모르는 연노랑빛 풀꽃을 안타까워한다.

- 벚꽃들이 다 진 것 같아요.

보영은 길가에 늘어선 벚나무들이 꽃잎을 다 떨어뜨린 것을 본다.

동학사는 벚꽃이 아름다운 절이다. 벚꽃뿐 아니라 여름 가까우면 산목련꽃도, 후박꽃도 소담스럽다. 원추리꽃, 나리꽃에, 맨드라미 같은 소박한 꽃들도 싱그럽게 피어난다. 지금은 벌써 사월 중순, 올해 따라 추위가 더디게 나갔지만 벚꽃은 벌써 피었다 졌다.

봄은 벌써 왔건만 산 계곡 물은 날이 가물어 적고 나무들도 추위에 떨고 있다. 보영은 계곡 따라 흐르는 작은 시냇물 소리에 귀를 기울이다 나무줄기에 매달아 놓은 글귀들을 본다.

- 봐요.

- 뭘?

보영은 나무 가까이 가 팻말에 써 있는 문장을 읽는다.

- 인연이란 마음 밭에 씨 뿌리는 것과 같아서 그 씨앗에서 새로운 움이 트고 잎이 펼쳐진다.

- 인연이란 이렇듯 미묘한 얽힘이다?

이후가 보영에 이어 법정 스님의 문장을 따라 읽으며 말꼬리를 높인다. 보영은 글귀가 가슴에 콕 들어와 박히는 것 같다. 생각해 보면 자기가 만난 남자들 누구도 괴로운 인연을 짓지 않은 사람이 없다.

- 가자.

- 음, 여기가 길상암이고 저 위가 대웅전. 절이 꼭 길 위에 있는 것 같죠?

이후가 고개를 끄덕인다. 보영은 그런 이후에게서 어떤 순한 짐승을 느낀다. 함께 있어도 전혀 무섭지 않을 것 같은. 그러나 인연이라는 두 글자를 생각하면 보영은 마음이 편치 않다. 아빠를 빼고 나면, 지금껏 악연을 짓지 않은 남자가 없다.

#12. 작은 손으로 뜨거운 불을 쥐고

보영은 원중이 어떻게 자기 방에 들어올 수 있었는지 그때 엄마는 어디에 있었는지 생각한다. 한 식구처럼 지냈으니 별 생각 없이 두 사람을 남겨두고 어딘지 외출했을 수도 있다. 또, 자신을 미끼로 삼으려고도 한 엄마니 의도적이었을 수도 있다.

분명한 것은 원중으로 인해 보영의 몸이 변했다는 사실이다. 육체가 갈증과 결핍의 장소임을 보영은 비로소 깨달았다. 원중이 집에 오기를 기다리고 그를 맞아들여 한데 얽히는 것이 삶의 목표가 된 자신이 보영은 당황스럽고도 놀라웠다.

원중은 보영에게 무심해진 것 같았다. 무슨 일인지 그는 집에 잘 들르지 않았고, 엄마와는 바깥에서 일들을 처리하는 듯했다. 마침 회계 장부를 새로 정리하는 일이 마무리 된 탓일까? 좀처럼 모습을 볼 수 없는 원중을 찾아 보영은 심지어 에스나이트에 들러보기도 했다. 평소에는 여간해서 가지 않는 곳이었다. 이상하게도 원중은 그때마다 출타중이었다. 늘 여러 사업을 벌려놓고 있는 엄마도 자리에 없었다.

아주 여러 날만에 원중이 엄마와 함께 집으로 왔다. 그리워하던 원중을 보자 보영은 그렇게 반가울 수 없다. 하지만 엄마 앞에서 마음을 들키고 싶지는 않았다. 오랜만에 본 원중은 몹시 피로해 보였다. 아직도 처리해야 할 일이 많은 듯 식탁에 앉아서 엄마로부터 이것저것 주문을 받으며 말없이 고개를 끄덕이기도 하고 무어라 짧게 대꾸를 하기도 했다.

저녁이었다. 같이 식사를 하고 나면 두 사람은 다시 에스나이트로 향할 것이다. 보영은 식탁에 앉아서 줄곧 어떻게 하면 원중을 만날 수 있을까 궁리했다. 엄마가 잠깐 자리를 비운 틈을 타서 밤에 유성호텔 로비로 나와 달라고 했다.

- 열한 시, 괜찮죠?

보영은 짧고 낮게 속삭인 후 원중의 기색을 살폈다. 식탁 맞은편에 앉은 원중은 말없이 고개를 끄덕였다. 그가 수락할 때까지의 짧은 순간을 보영은 아주 길게 느꼈다. 원중의 고갯짓에 보영의 마음은 환하게 바뀌었지만 엄마가 자리로 돌아오자 곧 표정을 바꾸었다.

두 사람이 함께 에스나이트로 나간 후 보영은 아주 오랜만에 사우나엘 갔다. 보영의 부사동 보문맨션에서 사우나가 있는 중앙데파트까지는 꽤 멀었다. 외출 채비를 하고 바깥으로 나오자 날은 이미 어두워졌다. 보영은 이상한 기분에 사로잡혀 총총히 걸음을 옮겼다. 버스가 지나다니는 어두운 대전고등학교 담길을 걸어 시내 쪽으로 향했다. 대전여중 앞을 지나 대흥동 성당 앞으로, 거기서 다시 중앙로 쪽으로 가는 동안 보영은 자신이 전혀 다른 사이클 속에 들어간 듯한 착각을 느꼈다. 자기는 이미 원중의 세계 속에 들어 갔고 다른 사람들은 한데 합쳐 그 자신들만의 세계 안에 들어가 있는 것 같았다. 보영은 가면서 줄곧 원중에게 프러포즈를 하듯 호텔에서 만나자 하던 순간을 떠올렸다. 그런 일을 벌이기는 자기로서는 난생처음이었다. 보영은 어려서부터 남자들에게 만나달라는 얘기만 들어왔다. 그때마다 까탈스럽게 굴지는 않았다. 하지만 마음에 들고 안 들고를 결정하는 건 언제나 자기 쪽이었다.

엄마와 함께 들어올 때부터 가슴이 두근거리고 낯이 붉어진 것을 원중은 이미 눈치 챘는지도 몰랐다. 그가 자기의 제안을 거절할까 봐 가슴 졸이던 순간이 다시 떠올랐다. 그가 고개를 가로저었다면 자기는 아마 당장 미쳐버렸을지도 몰랐다. 원중은 별로 망설이지 않고 제안을 받아들였다. 그러면서 그는 희미하기는 하지만 분명 미소를 지었던 것 같다. 그 순간을 떠올리며 보영은 원중이 지었던 것 같은 희미한 미소를 흉내내어 보았다.

사우나에서 보영은 하지 않던 일을 했다. 일하는 여자에게 몸을 맡기고 오일 마사지까지 받았다. 어쩌다 엄마와 함께 목욕을 가면 보영은 엄마가 그렇게 하는 것을 보기만 했다. 하지만 보영은 오늘 몸을 씻는 데 힘을 들이고 싶지 않다. 그보다도 원중과 함께 있을 시간을 훨씬 더 느긋하게 기다리고 싶다. 마사지 해주는 나이 든 여자가 자기를 눕히고 어깨며 등을 눌러줄 때 보영은 그 손길이 다른 사람의 것이었으면 한다.

사우나에서 시간을 아주 길게 늘어뜨렸건만 원중과의 약속 시간은 아직도 멀었다. 버스로 유성호텔까지 가는 시간을 계산하고도 한 시간은 어디선가 시간을 보내야 했다. 영화를 보기에는 짧고 차를 마시기에는 긴 시간이었다. 보영은 맞은편 홍명상가 맨 위층 '르네상스'에 가서 시간을 보내기로 한다.

르네상스는 보영이 좋아하는 음악 감상실이다. 예전에는 친구들과 같이 왔지만 요즘은 혼자 온다. 문을 열고 들어서자마자 보영은 외부와 단절된 곳이 주는 지속성을 느낀다. 이곳에서 시간은 외부와 다르게 흘러간다. 사람들도 느리게, 정숙하게 움직인다. 보영은 한가한 이곳에서도 사람들이 없는 창가 쪽에 가 앉는다. 어둠 속에서 의자 등받이에 몸을 기대고 누군가 신청해 놓은 선율에 몸을 맡긴다. 새 음악은 시작된 지 얼마 되지 않았다. 현대풍 음악이 아니다. 무슨 종교 음악 같은 오케스트라 음악이 실내 전체에 낮게 깔린다.

보영은 눈을 감고 현악기들이 자아내는 날카롭고도 장중한 음악에 귀를 기울인다. 처음 들어보는 선율이건만 보영은 단번에 그 화음 속 깊은 곳으로 빨려 들어간다. 가느다랗고 긴 줄이 보영의 온몸을 싣고 어디론가 흘러가는 것 같다. 여러 개의 현악기가 어울려 내는 선율은 마치 우주 공간 속을 멀리 뻗어가는 것 같다. 보영도 그를 따라 함께 무중력 상태에 든 듯 몸이 몹시 가벼워진다. 음악은 보영의 혼을 싣고 어디론가 하염없이 헤엄쳐가는 것 같다. 목욕을 한 데다 저녁 내내 신경이 예민해 있던 보영은 온몸의 힘이 빠져 나가는 느낌에 휩싸인다. 마치 몸 없이 혼만 떠가는 것 같은 환각 속에서 보영은 스르륵 잠이 들고 만다.

몇 시나 됐지?

깜박 눈을 뜬 보영은 손목시계를 본다. 어둠 속에서 바늘 끝이 열 시 이십이 분을 가리켰다. 보영은 깜짝 놀라 핸드백을 들고 뛰쳐나온다. 다섯 층 계단을 깡충거리며 뛰어 내려와 홍명상가를 나오자 바깥은 이미 한밤의 기운을 띴다. 보영은 급한 마음에 택시를 잡아타기로 한다. 신호도 없는 중앙로를 무단으로 건너가 택시를 기다린다. 일 분 일 초가 급한 보영이지만 대전역 쪽에서 오는 택시들은 모두 손님들을 태웠다. 몇 대의 택시를 그대로 보낸 후에야 보영은 자신을 향해 천천히 다가오는 빈 택시 하나를 본다. 보영은 손을 치켜 올리고 서둘러 택시를 잡아탔다.

- 아저씨, 유성호텔요.

- 유성유?

육십 세가 넘어 보이는 택시 기사다. 예산이나 당진이나 홍성에서나 쓰는 진한 충청도 사투리를 쓴다.

- 네, 빨리요.

- 그류. 가만있자.

택시 기사는 잠깐 경로를 더듬다 천천히 엑셀레이터를 밟는다. 나이보다 더 늙어 보이는 데다 이쪽에서 서둘러도 아랑곳하지 않는다. 보영은 초조한 마음으로 손목시계를 본다. 그 사이에 십오 분이 지나 벌써 열 시 삼십칠 분이나 되었다.

- 저, 빨리 가주시겠어요?

- 젊은 아가씨가 승미 깨나 급허네이.

- 차비 더 드릴게요. 빨리 달려주시겠어요?

- 아따, 그러키 급허면 아침에 가지 그랬어.

택시 아저씨는 백미러로 보영의 눈을 맞추며 웃는다. 그래도 성의 표현을 하느라 노란불이 깜박이는 횡단보도를 휑하니 가로지른다. 택시는 중촌동 사거리를 지나 둔산 쪽으로 쏜살같이 달린다. 보영은 초조한 마음으로 자꾸 시계를 본다. 택시가 아무리 빨리 달려도 이미 약속 시간에는 늦었다.

기다려 주겠지.

보영은 원중이 호텔 로비에서 자기를 꼭 기다리고 있을 거라 믿고 싶다. 지금까지 자기를 기다리지 않은 남자애는 없다. 심지어 두 시간을 늦어도 남자애들은 보영이 온 것을 감지덕지해 했다. 하지만 원중의 경우에는 이상하게 안심이 되지 않는다. 지금처럼 달리면 이십 분은 지각이다. 그래도 원중은 자기를 기다리고 있어야 한다. 달리는 택시 안에서 동동거리면서도 보영은 원중의 차갑고도 신중한 얼굴을 떠올린다. 자기를 만져주던 넓고도 섬세한 손길을 떠올린다. 자기도 모르게 숨이 가빠지는 것 같다. 핸드백에서 손거울을 꺼내 급한 대로 화장을 고친다.

드디어 택시는 아드리아 호텔 앞을 지나 유성호텔로 접어들었다. 왜 보영은 원중에게 이곳에서 만나자고 했을까? 그 무렵 고급스러운 호텔이라 하면 대전 사람들은 이곳을 떠올렸기 때문일 것이다. 보영은 되는 대로 돈을 집어주고 거스름돈도 받지 않고 그대로 내렸다.

로비가 바로 앞에 있다. 현관문만 열면 그가 자기를 기다리고 있을 것이다. 보영은 잠깐 걸음을 멈추고 숨을 고른다. 원중에게 가쁜 호흡을 들키고 싶지 않다. 보영은 몇 번 깊은 숨을 쉬어본다. 호흡이 쉽게 가라앉지 않는다. 보영은 체념한 듯한 표정이 되어 현관 쪽으로 향한다.

원중의 모습이 로비에 없다. 들어가기만 하면 원중이 다가와 많이 늦은 자기를 책망할 줄 알았건만.

어디 있는 걸까. 보영은 자기를 바라보는 프론트 데스크 사람들의 시선을 외면하고 라운지 쪽을 둘러 본다. 하지만 가끔 엄마와 함께 앉아 있던 라운지의 탁자들은 텅 비어 있다. 일하는 사람들만 영업을 끝내고 마지막 정리를 하는 중이다.

혹시 스카이라운지에 가 있을까? 일 층 라운지가 이미 문을 닫았다면 그럴 수도 있다. 누군가를 늦게까지 기다린다는 것을 드러내고 싶지 않을 수도 있고, 기다리는 시간이 무척 무료하게 느껴졌을 수도 있다. 보영은 희망을 안고 호텔 맨 꼭대기에 있는 스카이라운지로 올라갔다. 엘리베이터를 타고 십 층까지 올라가는 시간이 무척 길게 느껴졌다. 스카이라운지 안에는 손님들이 꽤 많았다. 하지만 다들 둘씩, 셋씩 앉아 있고, 혼자 앉아 있는 남자는 없다. 그래도 몇 번을 사람 숫자를 헤아리듯 둘러보다 비로소 원중이 이곳에도 없음을 깨닫는다.

무슨 일일까? 설마, 아직 오지 않은 걸까? 생각해보면, 그럴 수도 있다. 보영 자신이 늦은 것처럼 원중도 중간에 무슨 일이 생겼을 수도 있다. 보영은 또 생각한다. 그렇지 않으면, 아까 로비에 들렀을 때 마침 화장실에 갔을 수도 있다. 로비로 돌아가 다시 한 번 확인해 봐야 했다. 그 사이에 지친 원중이 돌아가 버릴 수도 있었으므로, 로비로 향하는 보영의 마음은 몹시 초조하다. 엘리베이터 문이 열린다. 보영은 목을 늘이고 로비 쪽을 바라본다. 원중의 모습은 보이지 않는다.

설마.

하지만 원중은 분명 이곳에 없다. 허탈해 하면서도 보영은 원중이 더 늦는지도 모른다고 생각한다. 보영은 깜박 잊었다는 듯 시간을 확인한다. 벌써 열한 시 삼십육 분이다. 보영은 사내들을 한 시간 넘게 기다리게 한 적도 많다. 일부러 늦게 나간 적도 없지 않지만 단장을 하다 보면 늦게 되는 수가 많았다.

어떻게 해야 하나. 호텔 앞에서 이대로 더 기다려 봐야 할까, 아님 에스나이트라도 가봐야 하나.

나이트클럽에는 예기치 못한 일들이 자주 일어난다. 원중은 거기서 갑자기 벌어진 어떤 사태를 수습해야 했을 수도 있다. 보영은 프론트 데스크 사람들에게라도 무엇인가 물어보려다 말고 현관문을 밀치고 밖으로 나왔다.

그때 호텔 입구에 택시 한 대가 달려와 섰다. 무심결에 택시를 바라보는 보영의 시선에 원중의 모습이 보였다. 방금 도착한 택시 문을 열고 원중이 내린 것이다. 보영은 소리내어 원중을 부르려다 말고 그가 이쪽으로 오기를 기다렸다. 택시 뒷문이 열리고 닫히는 사이에 뒷좌석에 원중과 함께 앉아 있던 여자의 모습이 얼핏 비쳤기 때문이다. 거리가 있고 밤이어서 분명치는 않다. 하지만 여자는 엄마를 닮았다.

엄마였어.

보영은 원중이 자기에게로 오는 짧은 사이에 한없이 불쾌한 감정에 사로잡혔다. 원중은 지금껏 엄마와 함께 있었다. 엄마가 부리는 사람이니 같이 있던 것을 탓할 수만은 없다. 엄마가 원중을 여기까지 바래다주었다면 그가 엄마에게 자기를 만나러 가노라고 말했을 수도 있다. 그것도 굳이 문제될 것은 없다. 어차피 엄마는 자기를 볼모 삼아서라도 원중을 붙잡아두려는 참이다. 그런데도 보영은 마음 깊은 곳에서 치솟아 오르는 반감을 짓누를 수 없다.

- 오래 기다렸지?

택시에서 내린 원중이 현관 쪽에 서 있는 보영을 보지 못했을 리 없다. 하지만 서두르는 기색이 없다. 천천히 걸어와, 불쾌한 표정을 짓고 있는 보영을 다독거리지도 않는다.

- 아뇨. 저도 많이 늦었어요.

원중은 천연덕스러운 표정으로 빙그레 웃으며 보영을 이끌어 호텔 안으로 들어가려 한다.

- 싫어요.

보영은 자기도 모르게 쌀쌀한 목소리로 거부의 뜻을 나타낸다. 원중은 발레파킹을 도와주는 사내를 향해 어색한 웃음을 지어 보이고는 보영을 말없이 바라본다. 어떻게 하자는 뜻이냐는 표정이다. 보영은 원중의 눈길을 외면하고 호텔 입구쪽으로 내려갔다. 원중이 뒤따라와 보영의 손을 잡았다. 순간, 보영은 잔뜩 뭉쳐 있던 몸의 긴장이 스르륵 풀리는 듯한 기분이다.

- 어디로 가자고?

- 아무 데나. 여기는 싫어요.

보영은 원중을 기다리느라 초조해 하던 모습을 본 호텔 사람들과 다시 마주치고 싶지 않다. 원중은 그런 보영의 심사를 알고 있기라도 한 듯,

- 커피나 한잔 할까?

하고 보영의 눈치를 살핀다. 보영은 거세게 도리질을 한다. 생각 같아서는 이대로 원중을 버려두고 집으로 돌아가고 싶다. 하지만 그러기에는 지금껏 품어 온 기대가 너무 크다. 원중은 이럴 수도 저럴 수도 없는 상태로 무작정 손을 잡힌 채 걸어가는 보영을 바로 옆의 리베라 호텔로 이끌었다. 한 호텔에서 나와 다른 호텔로 들어가는 어색함에도 불구하고 보영은 이번에는 잠자코 그를 따랐다.

원중은 보영을 로비에 세워두고 프론트에 가 체크인을 했다. 그 길지 않은 시간 동안 보영은 불현듯 또 그에게서 달아나고 싶은 충동을 느꼈다. 그는 지금까지 자기에게 어떤 믿음도 주지 않았다.

객실로 통하는 엘리베이터를 타고 나서야 보영은 비로소 마음의 안정을 느꼈다. 이제 겨우 두 사람만의 공간에 들어선 것이다. 보영은 마음이 한결 누그러지면서 자기도 모르게 새로운 기대를 품는다.

- 무슨 일 있었어요?

목소리를 부드럽게 꾸미고, 눈빛도 한껏 다정하게 짓고, 보영은 그를 올려보았다. 원중은 그녀를 외면하며 고개를 천천히 가로저었다. 엘리베이터 불빛 아래 드러난 맞은편 벽 거울

속 원중의 모습은 몹시 피로해 보였다. 그는 보영의 허리에 가볍게 팔을 두르고 말이 없다. 두 눈을 지그시 감고 무엇인가 생각에 잠겼다. 이런 때 그는 보영에게서 멀리 떨어져 있는 것 같다.

- 뭐예요. 미안하다는 말도 없이.

보영이 응석을 부리자 원중은 감았던 눈을 뜨고,

- 미안해.

하고는 또 말이 없다. 보영은 몹시 서운해진다. 하지만 엘리베이터 문이 열리자 원중은 보영을 에스코트하듯 조심스럽게 이끌었다. 이런 때 원중은 역시 바깥에서 공부한 사람답게 세련되어 보인다. 그렇다고 보영은 생각했다.

구 층이다. 원중은 객실을 찾아 카드키로 문을 열려다 말고 돌아섰다. 원중의 얼굴이 보영에게 가깝게 다가섰다고 느낀 순간, 하이힐을 신은 보영의 발꿈치가 들리는 듯했다. 원중이 그녀를 끌어안은 것이다.

보영을 품에 안고 입맞춤을 나누면서 원중은 손을 뒤로 뻗어 객실의 방문을 열었다. 카드키로 작동하는 문이 찰칵 소리와 함께 비스듬히 열리는데, 원중은 룸으로 들어가지 않고 그대로 보영에게 키스를 퍼부었다. 저쪽 편에서 문이 열리는 소리가 나고, 웬 여자가 구두 소리를 내며 이쪽으로 다가왔다. 그래도 원중은 보영을 놓아주지 않았다. 보영은 부끄러워하면서도 원중이 이끄는 대로 그대로 있었다. 여자가 지나가든 말든 원중은 전혀 아랑곳하지 않았다. 오히려 더 노골적으로 보영의 몸을 탐하려 들었다.

- 들어가 줘요.

보영은 원중의 귀에 대고 간신히 속삭였다. 그제야 원중은 부둥켜 안은 보영을 룸안으로 데려갔다.

- 하라는 대로 할 거지?

그가 쉰 듯한 목소리를 냈다. 하지만 그것은 보영의 대답을 기다리는 물음이 아니었다. 보영의 짧은 원피스 밑으로 능숙하게 손을 밀어 넣는 그에게서 보영은 문득 불쾌감을 느꼈다. 하지만 자기는 바로 지금과 같은 상황을 기다려 왔다.

보영의 몸이 원중의 몸에 밀려 침대 시트 위로 떨어지듯 젖혀졌다. 보영은 아무 것도 보고 싶지 않은 사람처럼 두 눈을 꼭 감았다.

- 마음대로 가지고 놀아요.

다가오는 원중을 향해 보영은 낮고도 빠르게 속삭였다. 만족스러웠다. 언젠가부터 마음속에 준비해 온 말을 이제야 밖으로 꺼내놓은 것이다. 원중은 잠깐 머뭇거리는 듯했지만 곧 자신의 습성을 되찾았다.

열두 시가 넘었겠지?

길고 긴 하루가 넘어가고 있었다. 원중이 시키는 대로 몸을 굴리면서 보영은 그의 손길이 선사하는 쾌락의 끝을 향해 멀리멀리 노를 저어갔다.

#13. 사람은 무엇으로 사랑을 하나

이후와 함께 범종루를 지나 대웅전 경내로 들어서서도 보영은 과거의 기억으로부터 쉽사리 헤어나지 못했다.

- 잠깐 앉았다 들어갈까?

이후는 혼자만의 생각에 잠겨 있는 보영을 삼층 석탑이 바라다보이는 화단 쪽으로 이끌었다. 보영은 잠자코 이후가 하자는 대로 평평한 돌 위에 나란히 앉았다. 바닥이 찬데도 이후는 여자인 보영에게 전혀 신경을 쓰지 않는 눈치다. 이후는 이후대로 무슨 생각에 빠져 있다.

- 와본 적 있죠?

- 물론.

이후는 간단히 말하고는 잠깐 틈을 뒀다 덧붙인다.

- 엄마가 돌아가시고 여기서 사십구잴 지냈어. 까마득히 잊었는데, 금방 생각났어.

- 엄마가 안 계세요?

보영은 물으면서 생각한다. 자기도 엄마를 위해 산내 가는 쪽에 있는 고산사에서 사십구재를 치러드렸다.

- 고등학교 때 돌아가셨어.

이후의 안색이 일순 흐려진다.

- 어떻게요?

보영은 엄마를 일찍 잃어버린 이후가 가엾어진다. 하지만 지금은 자기도 엄마가 없다.

- 폐암. 처음 발견했을 때 벌써 3기였어. 수술하고 방사능 치료를 받아야 하는데 견뎌내질 못하셨어. 열 번 받아야 할 것을, 일곱 번째 가서 그만두고 말았어.

- 평안히 떠나셨어요?

보영은 이렇게 물으면서도 그때 끔찍한 모습으로 누워 있던 엄마의 모습을 떠올리며 몸서리를 친다.

- 중환자실에서. 몸이 바싹 타버려서, 피부 빛이 나무 빛깔였어. 고동색. 그래도, 당신은 괜찮다고. 나보고 힘내라고 하셨어.

이후의 시선이 어느덧 대웅전 지붕 위 허공 쪽을 향했다. 몸을 일으켜 대웅전 쪽으로 걸어가는 이후의 뒷모습에서 보영은 일찍 어머니를 잃어버린 사내의 외로움을 읽어냈다.

두 사람은 같이 옆문을 열고 대웅전 안으로 들어갔다. 이 동학사 대웅전은 오래된 목조 삼존불을 모셨다.

- 같이 절해요, 우리. 제가 이후 씨 엄마의 명복을 빌어 드릴게요.

- 그럴까?

보영은 지갑에서 천 원짜리 지폐를 몇 장 꺼냈다. 이후도 주머니를 뒤졌지만 마침 작은 돈이 없다.

- 괜찮아요. 이걸로 같이 내요.

보영은 불전함에 돈을 넣고 돌아와 이후와 함께 나란히 부처님을 향해 섰다.

- 뭐라고 빌지?

- 하늘나라에서 평안하시라고.

이후와 보영은 부처님을 향해 같이 합장을 하고 무릎을 꿇고 엎드려 머리를 조아리고 두 손바닥을 펴 부처님의 가피를 구했다. 천천히 세 번 예를 치르고 나자 보영은 마음이 한결 깨끗해진 것 같다.

- 가자.

보영은 이후를 따라 대웅전을 나가려는데, 출입문 옆에 있는 영정 사진이 눈에 들어온다. 들어올 때는 미처 눈에 띄지 않았었다.

- 저렇게 젊은데 어떻게 벌써 세상을 떠났을까요?

이후는 보영이 가리키는 사진을 본다. 몹시 청초하게 보이는 젊은 여인의 얼굴이 액자 안에 들어있다. 고개를 약간 모로 기울인 듯한 여인은 사색적인 성품의 소유자였던 듯하다.

- 스스로 목숨을 끊었을 수도 있지.

- 설마.

보영은 이후의 입에서 흘러나온 뜻밖의 소리에 몹시 놀란다.

- 얼마든지 그럴 수 있지.

보영은 이후의 말이 마치 그 자신도 얼마든지 그럴 수 있다는 뜻으로 들린다.

- 그런 생각 말아요. 내가 잘 보살펴 드릴게.

이 순간 보영은 자기가 아이를 달래는 엄마처럼 말하고 있는 것 같다. 하지만 그래도 될 것 같다. 이후는 보영을 순한 아이의 눈빛으로 바라본다.

- 아니, 내가 보살펴 줄게.

그러면서 이후는 보영의 손을 가볍게 잡고 그녀가 구두를 신는 것을 도와주었다.

사람은 어느 때 다른 사람에게 애착을 느끼게 되는 걸까. 보영은 완전한 남자와 똑같이 완전한 여자의 사랑이란 환상에 지나지 않음을 알았다. 그런 사랑이 있을 수 있다 해도 자기에게는 어울리지 않았다. 자기는 이미 깨어지고 더럽혀진, 그런 사랑을 위해서는 합당한 자격을 잃어버린 여자다.

- 마음대로 가지고 놀아요.

이 말은 원중을 향한 대담한 유혹의 말이었지만 동시에 보영의 내면에 흐르는 어떤 위기감의 표현이기도 했다.

아빠와 갈라선 후에도 엄마는 이 남자에서 저 남자로 건너뛰는 삶을 이어갔다. 보영은 이 과정을 고스란히 지켜보면서 간신히 고등학교를 졸업하고 2년제 대학에 적을 붙였다.

보영은 엄마를 원망하지 않았다. 오히려 엄마가 살아가는 모습을 보면서 보영은 관습과 제도의 바깥에서 삶을 살아갈 수도 있음을 깨달았다. 규칙적인 반복과 순종은 엄마에게 그러했듯 보영 자신에게도 어울리지 않았다. 세상은 모든 종류의 규칙과 절차로 이루어져 있었다. 바야흐로 보영은 그런 것들을 어떤 형태로든 받아들이지 않을 수 없는 문턱에 다다랐다. 그때 원중이 보영 앞에 나타난 것이다. 아마도 보영은 처음부터 원중의 아무것도 믿지 않았는지 모른다. 그러나 그는 보영에게 위반이 선사하는 기쁨을 맛보게 해줄 수 있는 사람이었다.

우여곡절 끝에 유성에서 원중을 만난 후 보영은 그에게 파묻혀 지내다시피 했다. 그해 여름부터 가을까지 보영은 학교는 작파하다시피 하고 원중에게 정성을 바치는 일에 매달렸다. 그가 집에 오기를 기다렸고 정성스레 식탁을 차려주었다. 며칠이라도 그가 집에 오지 않게 되면 보영은 몹시 불안해져 중앙데파트 위 호텔에 있는 그의 숙소나 에스나이트클럽으로 그를 찾아다녔다.

일단 원중에게 몰두하게 되자 보영은 그에 관해서 더 많은 것이 알고 싶어졌다. 보영의 눈에 비친 원중은 안정과는 거리가 먼 삶을 이어갔다. 무엇보다, 중앙데파트 위층에 있는 관광호텔에서 숙식을 해결했다. 나이트클럽에서 임시 거처로 제공한 것이었으나 벌써 몇 개월째 그대로 호텔 생활이었다.

그는 호텔에서만 아니라 에스나이트클럽 근처에 있는 패밀리 호텔에서도 잠을 잘 때가 많았다. 밥도 떠돌이처럼 되는 대로 아무 데서나 먹었다. 새벽까지 일하고 한낮에나 일어나 호텔 근처나 대전극장통의 레스토랑 같은 데서 양식을 먹거나 롯데리아의 햄버거 같은 것으로 끼니를 때웠다.

옷은 늘 말쑥하게 차려 입었지만 자세히 보면 언제나 빈틈이 있었다. 와이셔츠 깃이 구겨져 있는 때가 많았는데, 이는 혼자 사는 그가 제때 세탁을 맡기지 못했음을 의미했다. 와이셔츠 깃에 여자의 루즈 자국 같은 붉은 빛이 그대로 남아 있는 경우도 있었다. 싱글슈트와 구두 빛깔이 어울리지 않거나 양말 빛깔이 어긋나 있는 것을 보면 당장이라도 새것을 사다 신겨 주고 싶었다.

사랑을 하게 되면 그 사람의 모든 것을 알고 싶어진다. 그것이 불행의 단초가 됨을 깨닫지 못하고 상대방을 완전히 손에 넣으려 한다. 보영도 그때는 그런 여자였다. 나이가 어린 만큼 원중을 향한 보영의 호기심은 새끼 고양이보다 더하면 더했지 못하지 않았다.

그날 보영은 아침부터 호텔로 원중을 찾아갔다. 학교 강의를 들으러 가다 말고 호텔로 달려간 것이다. 그날따라 보영은 원중의 체취가 못 견디게 그리웠다. 언젠가 호텔로 원중을 찾아갔던 일이 보영을 괴롭혔다. 그날, 보영은 가슴을 졸이며 원중이 머무는 호텔 객실의 초인종을 눌렀다. 그가 안에 없으면 금방이라도 미쳐버릴 것 같았다. 마침 원중은 호텔에 있었다. 원중은 정신이 미처 돌아오지 못한, 몹시 지친 얼굴로 문을 열고 눈을 비볐다. 보영은 그런 그가 더할 수 없이 사랑스러웠다. 룸 안으로 들어가자마자 보영은 남자가 여자를 함부로 범하듯 그를 몹시 혼내주고서야 차오른 갈증을 겨우 풀어냈다.

초인종을 누르며 보영은 오늘도 원중이 룸에 들어 있기를 바랐다. 하지만 초인종을 여러 번 눌러도 원중의 객실 안에서는 아무런 기척도 느낄 수 없었다. 몹시 허전했다. 요즘 들어 며칠째 이런 일이 심심찮게 되풀이되고 있었다. 보영은 원중이 속한 세계가 어떤 곳인지, 엄마의 삶을 통해서 아주 잘 알고 있었다. 밤에 호텔로 돌아오지 못한 그를 탓하고 싶지는 않았다. 설명할 수 없는 괴로움을 안고 발길을 돌리려던 보영에게 좋은 아이디어가 하나 떠올랐다. 지금 시간에 원중이 있을 만한 곳을 찾아보자는 것이다. 원중이 있을 만한 곳은 무엇보다 패밀리 호텔이었다. 나이트클럽 업무를 마치고 난 후 직원들과 새벽 회식이라도 벌였다면 거기 가서 묵었을 수도 있었다. 그곳 프론트데스크 직원들은 모두 보영도 알 만한 사람들이었다. 그들에게 쉽게 물어볼 수 있었다. 엄마나 원중 같은 나이트클럽 직원들이 모두 그곳 단골손님들이었다.

보영은 급한 걸음으로 중앙데파트를 빠져나와 목척교 건너 대우당 약국 앞을 지나치려다 잠깐 걸음을 멈추었다. 문득, 원중이 혹시 엄마와 함께 있는 것은 아닐까 하는 의심이 뇌리를 스쳤다. 엄마도 어젯밤에는 집에 들어오지 않았다. 밤 한 시가 가까워서 일이 바빠 못 들어온다는 전화가 한 번 걸려왔을 뿐이다.

보영은 갑자기 정신이 멍해지는 것 같다. 그리고 몹시 불안해졌다. 만약 자신의 직감이 틀리지 않는다면, 자기는 지금 패밀리 호텔로 가는 대신 집으로 돌아가거나 학교로 가는 게 좋다.

걸음을 옮기면서 보영은 아무래도 집으로 돌아가야 할 것 같다고 느꼈다. 집으로 돌아가 원중이 전화해 주기를 얌전히 기다리는 게 좋을 것 같았다. 보영은 횡단보도를 건너 대흥동 성당 쪽으로 향하며 패밀리 호텔 쪽으로 꺾어들지 않고 곧장 충무체육관 방향을 택하는 게 좋겠다고 생각했다.

실제로 보영은 대흥동 성당 담벽을 타고 패밀리 호텔 쪽으로 돌아가지 않았다. 그쪽을 애써 외면하고 아무 미련도 없는 여자처럼 대종로 인도를 따라 곧장 걸어갔다. 하지만 다음 블록에서 보영은 곧 사리원 면옥이 있는 쪽으로 방향을 틀었다. 그 끝 어딘가에 패밀리 호텔이 있었다.

일단 마음을 바꾸고 나자 보영의 표정은 무섭게 변했다. 한시라도 빨리 원중이 있는 곳을 알아내고 싶고 그가 누구와 어떻게 있는지 확인하고 싶다. 패밀리 호텔까지 가는 몇 개 블록이 그렇게 멀게 느껴질 수 없다. 그래도 보영은 걸음을 늦추려고, 아침 산책을 나온 여자처럼 바쁘지 않게 보이려고 애썼다. 하지만 뜻대로 되지 않았다. 결국은 몹시 초조한 걸음걸이로 세 블록을 차례로 지나쳐 마침내 호텔 앞에 다다랐다.

호텔 현관문 앞에서 보영은 한 번 더 망설였다. 프런트 데스크에 뭐라고 물어봐야 할지도 생각해야 했다. 방법이 간단히 떠오르지 않자 보영은 또 이대로 돌아가 버리는 게 좋겠다고 생각한다. 하지만 마음 한켠에서 맹렬하게 솟아나는 의문을 그대로 억제할 수 없다. 마침내 보영은 호텔 문을 열고 안으로 들어갔다.

- 저, 에스나이트 총무님 계신지 해서요.

보영은 이미 낯이 익은 프런트데스크 담당자에게 다가가 물었다.

- 글쎄요. 한번 장부를 보죠.

담당자는 별다른 의심 없이 에스나이트 장부를 찾는다. 보영을 에스나이트 직원쯤으로 여기는 듯하다. 언젠가 한두 번 만난 적 있는 그가 잘 기억하지 못하는 것을, 보영은 내심 다행스럽게 생각한다.

- 계시네요.

- 몇 호죠?

보영은 되도록 사무적인 목소리를 냈다. 직원은 이번에는 호텔 숙박계를 훑어보고 호수를 가르쳐 준다. 보영은 침착한 태도로 감사의 뜻을 표하고 엘리베이터를 탔다.

이제는 할 수 없어.

초인종이 울리자, 원중은 호텔 사람이 무언가 용무가 있어 찾아온 것으로 생각한 듯했다. 무심코 문을 연 그는 보영을 보자마자 집게 손가락을 입에 갖다 대며 주의를 주었다. 보영은 객실 현관에 놓인 엄마의 구두를 한눈에 알아보았다. 객실 안 욕실에서 누군가 물소리 요란하게 샤워를 하고 있다. 몸을 움직이는 소리들이 사람마다 다른 것을 모르는 사람은 없다. 문득 그 물소리가 그쳤다.

- 자기, 누구 왔어?

하는 엄마의 물에 젖은 목소리가 들려왔다. 보영은 그제야 모든 것을 알아들은 듯한 표정을 지었다. 원중은 난처한 표정으로 보영을 바라보았다. 하지만 그 표정에서 보영은 어떤 도덕적 의식도 발견할 수 없다.

- 무슨 일이야?

엄마가 다시 한 번 이쪽을 향해 외쳤다. 원중은 고개를 돌려 무어라고 말하려다 말고 보영을 향해 가달라는 눈짓을 보냈다. 보영은 예전과 다르게 이번에는 천천히 돌아섰다. 객실 복도를 걸어 나오면서 보영은 원중이 문을 닫아거는 소리를 들었다. 엘리베이터 버튼을 눌렀건만 위층에 멈춰선 기기는 좀처럼 내려올 기미를 보이지 않았다. 보영은 버튼을 탁탁, 두어 번 두드려보다 포기하고 비상구 계단을 통해 걸어 내려갔다. 제 구두가 또각거리는 소리가 비상구에 울려 퍼졌다.

호텔 바깥으로 나오고 나서야 보영은 날이 무척 추워졌음을 깨달았다. 계절에 어울리지 않게 자기는 너무 짧고 얇은 옷을 입고 있었다. 인적 드문 오전의 거리에도 보영은 불현듯 부끄러움을 느꼈다. 핸드백에서 손수건을 꺼내 붉게 칠한 입술을 지웠다.

뜻도 없이 대전시청 쪽으로 걸어 올라가려니, 벽보판에 신문지를 붙여 놓은 게 보였다. 보영은 무슨 궁금한 소식이라도 있는 사람처럼 벽보를 읽어 나갔다. 그중에는 뉴라이트전국연합이 창립식을 가졌다는 소식도 있었다. 11월 7일은 옛날 소련의 혁명 기념일이었다는 얘기도 있었다. 보영에게 그런 소식들은 까마득히 먼 세계의 일들처럼 느껴졌다. 신문 하단에 광고들이 실려 있었다. 그중에는 미국 유학 주선에 관한 것도 있었다. 뉴욕에 있는 명문 미술창작실기학교에 관한 것으로 간단한 절차만으로도 입학할 수 있다고 했다.

보영은 한 줄기 빛을 발견한 것 같았다. 광고 하단의 전화번호를 적고 돌아서는데, 늦가을의 싸늘한 바람이 보영을 에워

쌌다. 황무지 위에 서 있는 듯한 심정을 안고 보영은 집을 향하여 또박또박 걸어갔다. 자신이 이제 가야 할 길은 엄마의 집 너머에 있었다.

여자는 직감의 동물이라고 했다. 보영은 체념한 듯 고개를 끄덕였다. 앞으로 인생에 무슨 일이 생겨도 자기는 그 모든 것을 이해할 수 있을 것 같았다.

대웅전을 나오니 잠깐 사이에 날이 흐려지려는 기미가 보인다. 미처 못 느끼고 돌아다니는 사이에 봄날의 짧은 해가 서편에 치우쳤다. 아직은 날이 밝지만 곧 더 흐려지다가 마침내 어둠이 내릴 테다.

- 내려가야죠?

- 음, 하산.

두 사람은 더 올라가지 않고 발길을 산 아래쪽으로 돌렸다. 총총히 걸음을 옮기는 보영의 귀에 물소리는 아까보다 더 크게 들리는 듯하다. 함께 손을 잡고 내려가는 이후는 가벼운 산행에 기분이 한결 더 좋아진 것 같다.

하지만 보영은 옛날에 있었던 일들로부터 쉽게 놓여나지 못한다. 그날 패밀리 호텔로 원중을 보러가지 않았다 해도 사태는 다르게 전개되지 않았을 것이다.

- 박사 논문이 통과되고 나면 부지런히 논문 써서 빨리 교수가 되어야겠어.

산길을 따라 보영과 함께 걸어 내려가던 이후가 생각났다는 듯 자기 얘기를 꺼냈다.

- 서둘러야 할 이유가 있어요?
- 대학에는 두 종류의 사람이 있어. 교수인 사람과 아닌 사람. 먼저 그게 되어야 무슨 일이든 할 수 있어.

보영은 이후가 어떤 사람인지 새삼스럽게 궁금해진다. 보영에게 이후는 묘한 느낌을 주는 사내였다. 이렇게 사람을 둘로 나누거나 할 때 그는 영락없는 속물에 지나지 않았다. 현실에서 패배하기를 죽기보다 싫어하는, 자신은 이미 패배해 버렸는지도 모르고 패배할 수밖에 없을지도 모르는데, 끝까지 승부에 대한 집착에서 헤어나올 줄 모르는 사람이었다. 다른 한편으로 그는 자신이 현실세계에서는 쉽게 용납될 수 없는 숭고한 이상을 추구해야 한다고 믿고 있는 것 같았다. 하지만 이 비통하고 남루한 세상에서 대학원이라는 제도에 덧붙여진 그가 과연 무슨 일을 추구할 수 있을까?

그런 이후는 자기 안에서 서로 뒤얽혀 있는 이질적인 힘들을 알맞게 조율하지 못한 채 힘겨운 싸움을 벌이고 있는 것 같았다.

- 흠. 무언가를 꼭 해내야 해요? 전 아무것도 이루지 않는 것도 나쁘잖아 보이는데.

보영의 웃음기 섞인 농담에 이후의 얼굴은 어둡게 변했다.

- 아무리 혼자 고립된다 해도 진지만 튼튼하면 버틸 수 있다, 지금 난 이 생각밖에 없어.
- 딴 세상 사람 같은 소린 그만. 이후 씬 지금 휴식이 필요해요. 논문 다 쓰면 좋은 곳에 데려다 드릴게요.
- 어디?

- 아마 모르실 걸요.

보영은 이후를 향해 씽긋 미소를 지어 보였다.

- 어딘데?

- 옐로우 서브마린, 이라고 있어요.

- 옐, 로우 서브마린?

- 거봐요. 모르시잖아요.

- 들어는 봤지, 당연히. 비틀즈 노래에 나오는.

- 맞아요. 뭐해요? 이제 가잖고.

보영이 궁금한 표정을 짓고 섰는 이후를 가볍게 나무랐다. 그때 이후의 휴대폰이 진동 소리를 냈다. 이후는 휴대폰을 꺼내 발신자를 확인하고는 그대로 재킷주머니에 넣어버렸다.

- 받으세요.

- 급하지 않은 전화야.

말은 그렇게 하면서도 이후는 갑자기 울린 전화에 꽤나 신경이 쓰이는 눈치다.

잠시 후 두 사람은 보영이 돌탑을 무너뜨린 곳을 지나쳤다. 그 사이에 어떤 이들이 올려놓았는지 허물어진 돌무더기 위에 또 다른 돌들이 올려져 있다. 보영은 그것을 유심히 보았으나 딴 곳에 한눈을 팔고 있는 이후에게는 아무 말도 하지 않았다.

#14. 같은 하늘 아래 다른 삶을 사는 이들

이날 보영은 이후를 밤늦게 서울로 올려 보냈다.

동학사에서 대전으로 나와 옛 중구청 근처 사리원 면옥에서 저녁 식사를 했다. 두 사람 다 갈비탕을 시켜 먹었다. 오래된 집답게 향미가 풍부했다. 식사를 마치고는 쌍리에 가서 커피를 마시고 대림관광호텔에 들어갔다.

이후는 보영을 부드럽고 섬세하게 다루어 주었다. 이렇게 표현해도 된다면 말이다. 두 사람이 다시 밖으로 나왔을 때 밤은 이미 깊었다. 보영은 이후의 팔짱을 끼고 중앙로를 따라 목척교 너머 대전역까지 걸었다. 원래는 바로 기차표를 끊을 작정이었지만 막상 역 광장에 다다르자 생각이 달라졌다. 두 사람은 역 광장 옆에 늘 여는 포장마차에 갔다.

벽을 소주병 뚜껑들로 주렴을 내리듯 장식해 놓은 곳이었다. 비교적 넓은 편인 포장마차에 마침 손님은 이후와 보영뿐이었다.

- 대학 때 동창들하고 여기 자주 왔어.

- 그래요?

하지만 보영도 언젠가 한 번 이곳에 와 본 적이 있었다.

- 참, 순수 씨는 어떻게 지내요?

- 요즘 생각이 복잡한가 봐.

- 남지한테 들으니 초희하고 자주 만나는 거 같던데요?

남지 말에 따르면 아무리 만나지 말라고 해도 큰오빠 같다면서 말을 듣지 않는다고 했다. 요즘 집들과 달리 딸이 셋이나 되는 집의 막내로 커서 그런지 초희는 귀염성스러우면서도 정 깊은 아이라 했다.

- 나이 차이가 많은데, 그래도 잘 만나는가 보던데요?

- 어린애답지 않게 생각이 깊다고, 나중에야 어찌 될망정 자기도 매달려 보겠다더군.

보영은 속으로 순수 같은 사람을 가엾어하는 초희를 안쓰럽게 여긴다. 하지만 사랑과 연민 사이에 얼마나 큰 차이가 있겠는가. 자기 역시 나이 많은 원중을 만날 때 연민이 전혀 없었다고는 말할 수 없지 않을까.

- 뭐 마실까?

- 쏘주.

- 안주는?

- 꼼장어?

- 그러자.

이후는 주인아주머니에게 주문을 하고 보영의 옆으로 자리를 옮겼다.

- 어머. 왜 이래요. 징그럽게.

보영은 말은 그렇게 하면서도 싫지 않다. 아주 오랜만에 마음을 나누어 줄 수 있는 사람을 만난 것 같다. 이후는 아무 말 없이 어두운 골목길을 지나가는 사람들을 쳐다본다. 보영도 이후를 따라 사람들을 바라본다. 자기가 살아가는 세계와는 전혀 다른 세계를 사는 사람들 같다. 같은 시간을 살면서도 이렇게 서로 다를 수밖에 없다는 사실이 불가사의하다. 사람은 다른 사람과 이렇게 스쳐 지나갈 수밖에 없는 삶을 살아가야 하는 것 같다. 그래서 사랑도 그런 것일까. 원중도, 자기와 함께 주홍글씨의 죄를 지은 시욱도, 플뢰르에서 만난 동민도 모두 스쳐 지나가야 할 남자들이었다.

술과 안주가 차려졌다. 보영은 소주병을 따 이후에게 술을 따라 주었다. 이후도 보영에게 술을 따랐다. 이후가 술 한 잔을 그대로 비워냈다.

- 맛있다.

- 나두.

두 사람이 주고받는 소리에 주인 아주머니가,

- 어울리네, 두 사람.

하고 웃는다. 이후가 보영에게 방금 나온 꼼장어를 한 젓가락 집어준다. 보영은 잠깐 머뭇거리다 그대로 받아먹는다.

밤이 깊고 날이 따뜻하지 않은 게 포장마차의 운치를 더해주는 것 같다. 그렇게 소주 한 병을 나눠 마신 두 사람이 포장마차를 나온 것은 새로 한 시가 지나서다. 서울로 가는 기차는 두 시 넘어서 무궁화호밖에 없다. 차표를 끊고 두 사람은 플랫폼으로 나가서 기다리기로 한다. 고즈넉한 서울행 기차 노선 플랫폼 벤치에 두 사람은 나란히 앉는다.

- 춥지?

- 아뇨.

- 자주 와도 되지?

- 뭐하러요?

- 그냥.

- 그냥, 뭐하러요? 놀러?

보영은 짓궂게 묻는다. 하지만 이후는 답이 없다. 무슨 생각에 잠겨 있을 뿐이다.

보영은 문득 이 사람에게도 뭔가 비밀이 있는 것은 아닐까 하고 생각한다. 자기에게 동민이 감추어져 있는 것처럼 이 사람도 누군가를 만나고 있을 수 있다.

그러면 자기는 어떻게 해야 하나. 자기는 상대가 어떤 사람이라도 관계없다. 아무렇지 않게 받아들일 수 있다. 하지만 남자는, 또 남자의 여자는 그렇지 않을 것이다. 이 세계를 살아가는 사람들은 자기와는 전혀 다른 도덕을 안고 있다.

- 무슨 생각해요?

보영은 이후의 모습에서 불안의 그림자를 느낀다.

- 서울 가서 해야 할 일이 많아서.

- 논문?

- 응. 그러고도…….

이후가 말끝을 흐린다.

- 매일 전화할게.

이후가 다짐을 주듯 말한다. 남자들은 늘 새로 시작할 때는 여자에게 무슨 약속을 해줘야 한다고 믿는 족속들이다. 하지만 보영은 이번에는 전화를 하지 않아도 된다고 말하지 않았다.

비가 내리려는지 그믐달조차 보이지 않는 날씨에 스커트를 입은 보영은 온몸을 바르르 떨었다. 드디어 기차가 온다는 안내 방송이 들렸다. 두 사람은 일어나 이후가 타고 갈 차실 쪽으로 걸음을 옮겼다.

- 갈게.

- 잘 올라가요.

보영은 짧게 응대하다 말고 몹시 서운해졌다.

- 자주 와요.

보영이 덧붙인 말에 이후는 대답 대신 보영을 꼭 끌어안았다. 보영에게로 이후의 체온이 따뜻하게 옮겨왔다. 두 사람이 입맞춤을 채 끝내기도 전에 무궁화호의 불빛이 플랫폼을 환하게 밝혀왔다. 기차가 요란한 소리를 내며 멈춰선 후에야 이후는 포옹을 풀었다.

이후는 기차에 올라탄 후에도 창밖에 선 보영을 향해 손을 흔들었다. 마침내 기차가 떠났다. 보영은 기차가 마지막 꼬리를 감추고 나서야 에스컬레이터 쪽으로 걸음을 옮겼다.

순간, 보영은 갑자기 현기증을 느꼈다. 난간을 붙잡지 못했다면 그 자리에서 주저앉았을지도 몰랐다. 신경이 날카로워져서일까. 요즘 보영은 이럴 때가 많았다.

동민을 만나면서 먼 어딘가로 떠나보내야 하는 사람은 다시 만나지 않겠다고 생각했다. 하지만 자기는 지금 도로 서울에 가 있는 남자를 만났다. 자신의 생각대로 동민과 헤어진다 해도 자기를 기다리고 있는 미래는 결코 밝지 못할 것 같다. 하지만 어쩔 수 없었다. 인생은 결코 자기 뜻대로는 살아지지 않는다.

새벽의 대합실은 완연히 파장 분위기다. 보영은 쓸쓸한 심정으로 이후와 함께 있으려고 하루 종일 꺼두었던 휴대폰을 켰다. 이제 막 역사 문을 열고 들어온 휴가병이 계단을 내려오는 보영의 수심 깊은 얼굴을 힐끗 쳐다보며 급히 뛰어올라갔다. 그는 아마 이후가 타고 간 기차를 타려고 이렇게 뛰어온 것인지도 몰랐다.

그렇게 오월이 가고 유월이 되었다.

보영은 이후와 함께 순수의 생일을 축하해 주기로 했다. 보영과 초희의 일이 끝나는 시간에 맞추어 순수의 단골집에서 만나기로 했다. 감사원 7급 시험 날짜를 받아든 기태는 아쉽지만 공부에 열중하기로 했고, 차현도 여전히 저녁 약속이 많은데다 아침에 워낙 일찍 출근해야 했다. 결국 순수와 초희, 이후와 보영 두 커플이 조촐하게 생일 축하 모임을 치르게 되었다.

이후는 평일에 대전에 내려오는 것이 무척 즐거운 듯했다. 박사 논문도 순조롭게 진행되어 초심에 이어 종심을 향해 치닫고 있었다. 심사 위원들도 대단히 만족스러워한다고 했다.

- 둘이 곧 같이 살겠다던데?

- 그래요? 빠르다.

이후가 전해주는 순수와 초희의 소식에 보영은 차라리 두 사람이 맺어지는 것도 좋겠다고 생각했다. 자기에게는 그럴 수 있는 기회가 없었지만 초희는 남지의 술집이 처음인데다가 손님들 손을 별로 타지 않아 어린애다운 순수함을 잃지 않았다. 처음에는 낮에 네일 아트를 하고 밤에 카페에 나오는 투잡이었지만 지금은 낮일은 접었다고 했다. 늦기 전에 빨리 누군가에게 정착하는 것도 나쁘지 않을 것 같았다.

- 밤에, 열두 시 넘어 만나려면 피곤하지 않아요?

- 어차피 낮밤이 바뀐 생활인데, 뭐.

- 암튼, 대사동 쪽 테미고개 끝나는 곳이라고 했죠?

- 나도 그렇게밖에 못 들었어. 시내버스 정류장 바로 앞이라고.

- 그럼, 내일 봐요.

- 오케.

이후가 쾌활하게 전화를 끊자 보영도 휴대폰을 핸드백에 넣고 다시 홀로 들어갔다. 동민이 모처럼 플뢰르에 온 것이다.

어제 늦게 집으로 들어간 보영은 남지의 전화를 받았다. 동민이 방금 전까지 카페에 와 놀다 갔다고 했다. 그러고 보니 하루 종일 동민이 전화를 한 번도 걸지 않았다. 보영은 쓸쓸한 기분에 사로잡혔다. 그도, 자기도, 오다가다 만났다 헤어지는 사람들처럼 그렇게 서로를 놓아주려 하고 있는지 몰랐다.

그런데 오늘 갑자기 동민이 예고도 없이 플뢰르에 나타난 것이다. 혼자는 아니었다. 처음 보는 남자를 데려왔고, 동민은 그가 중요한 투자자라고 귀띔했다. 동민의 벤처 사업은 에프디에이 승인이 지연되면서 소강상태에 접어들어 있는 듯했다.

동민은 보영으로 하여금 그 사람의 시중을 들게 했다. 증자가 어떻다느니, 주가가 어떻다느니 하는 어려운 말들이 오간 끝에 어떤 결론에 다다른 듯했다. 동민의 얼굴이 환해졌다. 동민보다 꽤 나이 들어 보이는 남자도 만족스러운 듯했다. 동민은 보영에게 아가씨가 더 있느냐고 묻고 양주도 한 병 더 가져오라고 했다. 보영은 동민의 처사에 내심 불쾌했지만 내색하지 않았다. 플뢰르에서는 보영 자신이 에이스였고, 사업상 중요한 사람의 기분을 제대로 맞추려면 다른 여자들보다 확실히 자기 쪽이 나았다. 그렇다 해도 자기는 동민의 애인이 아닌가.

플뢰르에 드나드는 남자들을 통해서 보영은 세상이 .어떻게 돌아가는지 어렴풋이 알아차렸다. 세월호 침몰 사건이 일어난 사월 중순 이후 나라 경제가 말이 아니라고 했다. 부자들도 너나 할 것 없이 지갑을 닫고, 일반 사람들은 아예 먹지도, 마시지도, 다니지도 않았다. 사태가 벌어진 후 두 달이 다 되어 가는데도 내수 경제가 되살아날 기미는 보이지 않았다. 큰 기업들은 그들대로 돈을 쌓아놓고 풀지 않았다. 양복을 산뜻하게 차려입은 젊은 사업가들이 얼굴에는 초조한 빛을 띠고 언제까지 세월호로 날을 지새워야 하느냐고 입을 모았다. 참사는 참사고 이제는 헤어나야 하지 않느냐고 했다. 간혹 가다 입씨름이 벌어지기도 했다. 삼삼오오 모여 앉은 사람들 가운데 가끔 생각이 다른 사람이 있어 누군가 책임을 져야 한다고도 하고 사태의 전말이 의혹투성이라고도 했다. 그렇게 말하는 사람은 신문도, 텔레비전도 믿지 않고 노골적인 불신을 나타냈다. 그러면 다른 쪽 사람들이 다투어 그 사람을 타박하고 나섰다. 설마 나라에서 그럴 리가 있느냐는 것이었고 또 그럴 필요가 어디 있겠느냐고도 했다. 채동욱이 어떻고, 김기춘이 어떻고, 대통령이 어떻고, 비서들이 어떻고 하는 얘기들이 한 시간을 두고 계속되기도 했다. 문재인에 안철수에 김한길이 어떻다는 얘기도 심심찮게 따라붙었다. 그럴 때면 이야기는 어김없이 노무현으로, 김대중으로 이어졌다.

과연 어느 쪽이 맞는 걸까. 보영도 남자들 얘기를 들으며 판단을 해보려고도 했다. 하지만 그런 문제들에 관해서 자기가 알고 있는 것들은 기껏해야 남자들에게서 얻어들은 이야기뿐이었다. 보영이 확신할 수 있는 것이라고는, 이 남자들이 대부분 바다에서 숨져간 아이들보다는 자신들의 사업에 신경을 곤두세운다는 점이었다. 물론 보영은 그것조차 이해할 수 있다. 그네들이 벌이는 사업도 결국은 각자의 목숨에 관련된 일이다. 그러나 그것은 각자의 목숨에 관한 것일 뿐 타인들의 목숨에 관한 일은 아니다. 그들을 전부 나쁘다 할 수는 없지만 그렇다고 그들에게서 영혼의 온기를 느낄 수도 없다.

새로 들어온 아가씨를 동민 옆에 앉히고 자기는 나이 든 낯선 남자의 시중을 들면서 보영은 쓰디쓴 양주를 온더락으로 몇 잔씩 마셨다. 남자는 보영에게 관심이 생겼는지 자꾸 술을 따르고 안주도 집어 주었다. 보영은 그가 은근히 허리에 팔을 둘러오는 게 몹시 불편했지만 꾹 참았다. 동민의 사업을 위해서라면 이 정도쯤은 참아줄 수 있다. 가끔 동민을 향해 남자는 알 수 없도록 난처한 표정을 지었지만 동민은 그조차 번번이 외면했다. 남자는 보영에게 자기 명함을 건네고 보영에게도 전화번호를 달라고 했다.

이윽고 긴 술자리의 끝이 보였다. 그 사이에 보영이 나오기를 기다리는 다른 테이블 손님들도 있었지만 인사만 하고는 다른 여자들을 들여보냈다. 시치미를 떼고 계산서나 가져다 달라는 동민이 밉살스러워 술값을 양껏 매기려다 말고 얌전히 책정된 것을 가져다주었다. 두 시간 넘겨 술을 마셨지만 마담 언니에게 자기 몫의 팁은 받지 않겠다고 했다. 계산서를 훑어본 동민은 만족스러워했다. 보영에게 눈을 찡긋 하고는 나이 든 남자를 모시고 바깥으로 나갔다. 택시 타는 데까지 바래다 준다는 것이다.

보영은 동민의 눈짓이 무엇을 의미하는지 알았다. 그는 건장한 남자였다. 사고가 단순한 만큼 육체가 정신의 지배를 받지 않았다. 보영은 동민의 그런 순수함을 좋아했다. 하지만 이제는 그조차 싫어졌다. 그가 플뢰르로 돌아오자 보영은 다른 테이블에 들어가지 않으면 안 된다고 거짓말을 했다. 협상의 결과가 흡족했던 동민은 아쉬운 표정으로 돌아섰다. 보영은 어쩐지 그가 오피스텔로 그냥 돌아가지 않을 것 같았다. 남자 중에는 몸이 지쳐 떨어지기 전까지 이 술집 저 술집 끝없이 전전하며 무엇인가를 찾아 헤매는 이들이 있다. 그네들이 찾는 것은 술인가 하면 술도 아니고 여자인가 하면 여자도 아니다. 그들은 다만 목이 마를 뿐이다. 자신들의 메마른 영혼을 적셔줄 수액을 애타게 찾아다녀도 한밤의 순례는 언제나 실패담으로 귀결되고 만다. 그들이 찾아다니는 것은 바깥에서 얻을 수 있는 게 아니고 안에서 찾아 길러야 하는 것이기 때문이다.

보영도 이 밤엔 몹시 지쳐버렸다. 내일이 금방 밝아올 테고 그러면 또 둔산동 플뢰르에 나와야 하고 일이 끝나면 대사동 테미고개까지 가야 한다. 보영은 마담 언니에게 퇴근을 알리고 늘 타고 다니는 콜택시를 불렀다. 내일은 그래도 즐거울 테니 이 밤은 되도록 일찍 잠들고 싶다.

집으로 돌아와서 보영은 몸을 씻다 말고 왈칵 눈물을 쏟았다. 자기도 모르게, 참았던 슬픔이 어디로 어떻게 삐져나온 것인지, 보영은 한참을 울고 나서야 겨우 몸을 추스르고 잠을 청할 수 있었다.

- 우린 벌써 와 있어. 빨리 안 와?

다음날 밤 아직도 플뢰르에 있는 보영을 재촉하는 이후의 목소리는 무슨 축제라도 벌이는 사람처럼 들떠 있다.

- 보채지 말구 먼저 드시구 계세여. 초희도 벌써 왔어요?

- 아까부터 와 있어. 오늘 아예 나가질 않았다네.

- 맙소사. 가급적 빨리 갈게요.

세 사람이 열두 시부터 진을 치고 있다고 생각하자 보영도 어쩐지 마음이 다급해졌다. 마담 언니에게 사정을 말하고 냉장고에 넣어둔 생크림 케이크를 들고 조퇴를 하듯 플뢰르를 빠져나왔다. 택시가 한 밤을 쌩하니 달려 테미고개 앞에 보영을 내려놓으니, 큰 도시 안에 있어도 여느 소도시 모퉁이 같은 대사동 길가에 반짝이는 가게 불빛은 몇 없다. 마침 시내버스

정류장 앞에 막걸리 주점이 눈에 뜨인다. 하얀색 바탕에 검정 글씨로 '테미 막걸리'라고 쓴 간판이 가로등 불빛 아래 비쳐 보였다.

하필 이런 데서 생일 파티라니.

보영은 속으로 혀를 차면서도 서울에서 명문대를 다녔다는 순수가 자기도 어쩌지 못할 병을 얻어 직장에서 떨려난 것이 안쓰럽기만 하다. 키도 크고 잘 생기고 서글서글한 사람이 어쩌다 그런 병을 얻은 걸까.

보영은 세파에 시달려온 이 몇 년 사이에 그런 남자가 한두 사람이 아님을 알았다. 다른 사람에 앞서 헤어진 남편이 사이코패스나 다름없는 사람이고, 미술관에서 만나 잘못된 인연을 맺은 시욱도 방향만 달랐지 그보다 나았다고 말할 수 없다. 밤이고 낮이고 몇 번씩 전화해서 매달리고 연락이 안 되면 아파트 앞까지 달려오는 그로 인해 보영은 더할 수 없이 불안한 관계를 이어가다 급기야 파국을 맞았다.

그러고 보면 순수는 정신적으로 불안할 수밖에 없는 현대인 가운데 가장 양호한 상태를 보여주는 정신병력자였다. 하루 두 번 0.25 밀리그램의 알프라졸람 처방으로 세상을 사랑하며 살아갈 수 있는 사람이라면 그는 아무 해도 없는 사람, 선의의 사람일 수밖에 없다. 보영은 플뢰르에서 많은 남자들을 만났고, 그중에는 세상을 정복해야 직성이 풀리고 그렇잖으면 뜻대로 되지 않는 세상을 원망하며 살아갈 수밖에 없는 사람들이 있음을 알았다. 그들은 강한 사람들이고 악조차 행할 수 있는 사람들이다.

- 어라, 벌써 왔네.

- 언니.

보영이 막걸리집 문을 열고 들어서자 순수와 초희가 반색을 했다. 이후는 반팔 티셔츠에 청바지 차림으로 들어오는 보영을 보고 소리 없이 웃기만 한다.

- 빨리 오라고 성화를 부릴 땐 언제구.

- 이건 뭐여. 케이크? 아니 막걸리집에 오문서 뭘 이런 걸 가져와.

- 순수 씨 생일에 누가 케이크 챙겨주려고.

- 제가 케이크 안 사주기 잘 했다요.

초희가 보영의 케이크를 받아 탁자 위에 올려놓고 펼칠 채비를 한다.

- 아니, 정 로또 아는 사람 중에 이런 미인도 있어?

건너편 탁자에 앉아 있던 사람 중 하나가 끼어들며 참견을 한다. 남자 둘에 여자 하나가 무슨 얘기꽃을 피우던 중이다.

- 거, 광출이 아저씬 저를 너무 띄엄띄엄 본다니께.

순수는 입을 벌리고 웃으며, 주방 쪽에서 이쪽을 바라보고 있는 몸피 뚱뚱한 아주머니를 향해,

- 사장님, 저쪽 탁자에 막걸리 한 됫박 내 이름으로 올려줘유. 미운 사람 떡 하나 더 줘야지.

하고 우스개 소리를 한다.

- 이럴 것 같으면 매일 미움 받아도 좋겄다.

보영이 목소리 걸걸한 쪽을 웃으며 돌아본다. 광출이라 불린 사내의 굵은 팔뚝에 뭐라고, 글자들이 새겨져 있다. 사내가 팔

을 움직이는 대로 글자들을 보니, '광출이를 울리지 마라!' 라고 삐뚤삐뚤 씌어 있다. 보영은 차마 소리 내어 웃지 못하고 순수 쪽을 향해,

- 한 잔 따라 드릴게요.

한다. 순수가,

- 좋지.

하고 막걸리 잔을 비우자 초희가,

- 오빠, 조금씩 드셔야죠.

하고 순수에게 눈치를 준다.

- 두 사람이 벌써 이렇게 친해진 거예요?

보영은 남지에게 들어 다 알고 있지만 분위기도 띄워 올릴 겸 묻는다.

- 영어 학원에 자리가 났대요.

초희가 자랑스러운 듯 순수의 근황을 알리는데, 이것은 남지에게서도 못 들은 새 소식이다.

- 학원 간다구? 축하해야겠네.

저쪽 탁자에서 나이는 지긋한데 흰 양복 싱글에 구두까지 하얀 걸로 맞춰 입은 사내가 끼어든다.

- 그럼 자주 못 보겠네.

옆에 앉은 화장 짙은 아주머니가 한마디 거든다. 흰 양복 아저씨에 이 야한 여자 분은 어디 카바레에라도 다녀온 차림새다.

- 한 잔들 하쥬.

순수가 막걸리 주전자를 들고 이후의 잔에도, 보영의 잔에도

술을 따르고, 저편 탁자로 가 금방 가져온 주전자로 술들을 부어준다.

- 한 잔 싹 비워야겄네잉. 그럼 이 몸이 건배사를 해여?

광출이라는 사람이 기분을 내며 일어선다.

- 어때. 또 그 엉터리 건배사.

흰 양복 남자는 일부러 불만스러운 듯한 표정을 짓건만 광출은 아랑곳하지 않고,

- 내가 선창으로 아이유, 허면 다 같이 아이유, 허는 겨.

한다.

- 아이유가 뭔디?

화장 짙은 여자가 궁금증을 드러낸다.

- 아, 아름다운, 이, 이 세상, 유, 유감없이 살다 가자, 이거여.

광출이 뜻풀이를 해주자 흰 양복 사내가,

- 그래서 글키 큰집을 원 없이 드나드남.

하고 핀잔을 준다.

- 허, 카바레 박은 뭘 물러도 한참 물러. 그건 다 나 한 몸 희생해서라두 정의사횔 구현하려다 그렇게 된 겨.

- 남의 집 담 넘는 거랑 정의 사회랑 뭔 관계?

- 대도 조세형도 물러? 내가 그 냥반을 직접 만나본 사람여, 이래 봬두.

- 하긴. 광출이는 차라리 낫다. 사방팔방 큰 도둑놈 천진데.

캬바레 박은 이쯤에서 논쟁을 끝내고 싶은 모양이다. 그러자 광출의 표정도 조금 풀린다.

- 내가 계급장 몇 개씩 다는 동안 뭐 도와준 거 있슈? 없으문

국으루 가만 계셔. 자, 다 같이 아이유!

보영과 이후, 순수와 초희도 다 같이 아이유를 외친다. 저쪽 테이블의 아이유 소리는 더 크다.

- 오빠. 촛불은 몇 개?

- 큰 거 세 개, 작은 거 네 개.

- 꺅.

초희가 일부러 비명을 지르자 다들 웃는다. 순수는 초희와 열 살은 족히 차이가 날 것이다. 초희가 케이크를 꺼내 놓고 초를 꽂고 불을 다 붙이자 주인아주머니가 형광등을 꺼준다. 초희가 먼저 소리 내어 생일 축하 노래를 시작하자 모두들 따라 부른다. 노래 끄트머리에서 초희가, 사랑하는 우리 오빠,를 부르는 대목에서 순수의 얼굴은 잠깐 감동으로 일그러진다. 생일 축하 노래가 끝나고 순수가 일곱 개 촛불을 성공적으로 불어끄자 환호성이 터지고 형광등 불이 도로 들어왔다.

- 마시자.

- 좋지.

보영은 술잔을 부딪치는 순수와 이후를 보며, 이 순간만큼은 저 늙은 젊은이들도 진심으로 즐거워하고 있음을 느낀다. 비록 교도소에 드나들고 카바레꾼으로 사는 사람들이지만 나쁘지 않은 사람들 같다.

벽에 붙은 메뉴판이 보영의 눈에 들어온다. 막걸리 한 잔 천 원, 빈대떡 사천 원, 김치찌개 사천 원, 공깃밥 천 원이다. 보영은 플뢰르에서 양주를 마시는 남자들이 하룻밤에 백만 원도 넘게 쓰는 것을 매일 밤 보아왔다. 한 하늘 아래 전혀 다른 세상이다. 직장에 다니지 못하게 된 순수가 무료한 시간을 메우려 다니기 시작한 술집이라 했다. 순수는 아버지가 일찍 돌아가시는 바람에 집은 기운지 오래고, 집안에 돈 버는 사람은 그 혼자뿐이었다고 했다. 지금은 어머니도, 동생 둘도 돈 버는 일에 매달리고 있다 했다.

자기가 자라온 곳 바로 옆 동네에 이렇게 딴 세상이 있다니. 보영은 웃고 떠들고 마시는 딴 세상 사람들을 본다. 어머니가 세상을 뜨고 남편과 헤어진 후 자기도 고생은 하노라고 했다. 하지만 이 사람들은 처음부터 아래 세상을 살아온 이들 같다. 순수도, 초희도 처음부터 이곳 사람들이었던 것처럼 자연스럽다. 별말 없이 술잔을 기울이는 이후만 그들로부터 구별되는 사람 같다. 강한 사람은 선할 수 없다 했는데, 이후는 결코 약해질 수 없는 사람 같다. 문학 공부를 한다는 것도 선할 수 없는 강한 사람이 가면을 쓰고 있는 것 같다. 대학원이라는 사회에서 살아남으려고 몸부림치는 사이에 그는 타고난 강함으로 인해 더 모질고 악해졌을 것이다. 보영은 친구의 생일을 즐거워하는 이후의 얼굴을 보며 알지 못할 불안이 짙어진다.

- 세월혼지 네월혼지, 왜들 저런댜?

한쪽 구석에 켜놓은 텔레비전에 뉴스가 나오는 걸 보고 주인아주머니가 하는 소리다.

- 돈들 바라고 그러지.

화장 짙은 여자가 입을 샐쭉거린다.

- 모르문 입 놀리지 말고 가만 계셔.

아까부터 둘이서만 시시덕거리는 걸 못마땅해 하던 광출이다.

- 나라에서 조사도 하고 위문 성금도 모아 준다니 이젠 기다려야지.
- 그걸 믿어?
- 테레비마다 그렇게 나오던디 뭐.
- 그러게 사람은 공부를 해야 되는 겨. 하긴 배우면 뭐혀. 사기질에 날강도 짓은 배울수록 더 하는디.

건너편 테이블에서 갑론을박을 벌이는 소리에 보영의 테이블도 세월호 쪽으로 관심이 쏠린다.

- 논문 때문에 정신 못 차리는 사이에 뭐가 어떻게 돌아가는지 모르겠어.
- 모르긴 뭘 몰라. 뻔할 뻔자지.
- 뻔하다고?
- 뻔하지.
- 한번 얘기해 봐.
- 지금 세상 돌아가는 건 티비 봐선 물러. 인터넷 들어가서 팟캐스틀 들어야지.
- 팟캐스트?
- 허, 넌 박사까지 한다는 애가. 헛공부하고 있구먼.
- 빙빙 돌리지 말고.
- 멀쩡한 배가 왜 항로를 이탈했느냐, 어떻게 배가 침몰했느냐, 짐 많이 싣는다고 그렇게 넘어가느냐, 또 배는 넘어가는데 애들은 왜 안 살려냈느냐 이거지.
- 나라에서 뭔가 감추고 있다?

이후는 뭔가 짚이는 게 있는 눈치다. 보영도 순수가 하는 말을 여기저기서 들었다. 선박 회사에서 보험료를 노리고 저지른 짓이라고도 했고, 그보다 정부에서 모종의 목적을 가지고 일을 벌인 것이라고도 했다. 모든 것이 안개에 휩싸인 듯 투명치가 않았다.

- 암튼, 자식들 앞세운 사람들을 돈에 환장한 이들로 몰아대는 게 정상은 아니지. 뭔가 있기는 있어.

이후가 순수의 말에 동의의 뜻을 표하자 순수는 한번 더 나아간다.

- 요즘 정말 비정상의 정상화 맞아. 비정상을 정상으로 만드는 게 아니구 비정상적인 게 정상인 것처럼 됐다니까.

- 너, 정신병자 아니구나.

이후가 놀려대자 순수는 다시,

- 그렇지. 세상이 돌았지. 내가 돈 게 아니구.

한다. 그러자 초희가 순수 편을 들고 나선다.

- 오빤 지극히 정상예여. 제가 보증해요.

- 그렇지?

순수가 자기편을 드는 초희가 귀여워 못 견디겠다는 듯 한쪽 볼에 소리가 나도록 뽀뽀를 한다.

- 사장님, 테레비 끄고 노래나 듣자구.

볼맞춤 소리가 신호라도 되는 듯 저쪽 테이블에서 광출이 주문을 한다.

- 그려!

주인아주머니가 리모컨으로 텔레비전을 끄자 작은 술집 안

이 조용해진다. 잠시 후 생일 파티 분위기를 맞추어 주는 노래가 자그마한 오디오데크에서 흘러나온다.

> 오늘처럼 따사로운 아침엔, 너의 목소리 들려오는 전화기에 대고, 사랑해, 사랑해, 사랑해, 얘기하고 싶어…….

보영은 탁자에 팔꿈치를 괴고 허공에 울려 퍼지는 옛날 노래를 듣는다. 깨끗하고도 호소력 있는 여자 가수의 목소리에 휘감긴 보영의 두 눈에 잠깐 사이 눈물이 담뿍 맺혀 흘렀다.

아마도 이 눈물은 만날 수 없는 딸 소미 때문일 것이다. 겨우 젖 떼고 아장아장 걸어 다닐 때 헤어진 딸이다. 남편은 자신을 법률의 나락에 밀어 넣고도 분을 풀지 못하고 자신과 어린 딸 사이를 가로막아 버렸다. 하지만, 아이를 키울 사상도, 가치관도 없고, 방법도 모르는 그가, 그와 똑같이 탐욕스럽기만 한 시어머니와 함께 어떻게 딸을 키울 수 있을까. 언제, 어떻게든 자기에게로 데려와야 하건만 방법이 잘 보이지 않는다.

보영은 아버지는 또 어떻게 해야 할지 알 수 없다. 이후와 그의 친구들에게는 곧 한데 합칠 것이라 했지만 정작 아버지는 지금 요양원에 계신다. 보영이 대학에 적을 붙이고 있을 때 갑자기 나타난 치매 증세가 요 몇 년 새 급격히 나빠져 급기야 일상생활을 이어갈 수 없다.

보영은 고단한 세상에 자기 혼자만 버려진 것 같은 외로움을 느낀다. 하지만 그것은 누구에게도 호소할 수 없는, 혼자서 감당해야 할 인생의 몫이다. 보영이 탁자에서 냅킨을 가져가려 하자 맞은편에 앉은 초희가 재빨리 뽑아준다. 가게에서 무슨 좋지 않은 일이 있었으려니 하는 눈치다. 그제야 이후는 보영의 마음이 편치 않음을 알아챘다.

- 그만 울어. 어떤 놈인지 내가 혼내 줄게.

- 그럼 어서 자길 때리세요.

- 이후, 너, 그 사이에 벌써 보영씰 그렇게 괴롭혔냐.

순수가 방금 비운 막걸리 양은 사발로 이후의 머리를 때리는 시늉을 한다.

- 아, 아녜요. 농담이에요.

보영이 서둘러 사태를 무마하면서, 네 사람은 다시 즐거움을 되찾는다. 보영은 술잔을 부딪치면서 바로 옆에 앉은 이후의 존재를 무겁게 느낀다.

이 사람은 과연 나를 좋아하는 걸까.

술집에 다니는 것도 뭐라 하지 않음은 자기를 꼭 그만큼으로 대하겠다는 뜻인지도 알 수 없다. 그래도 보영은 믿고 싶다. 이 남자는 의지할 수 있는 사람이라고.

#15. 여자와 여자가 하나의 다리에서 만날 때

순수의 생일 파티가 있고 나서 며칠 후 보영은 아침 일찍 일어났다. 전날 술을 거의 마시지 않은 보영은 몸이 한결 가뿐했다. 커피에 토스트 한 쪽 바나나 한 개로 아침 식사를 대신하고 피트니스에 가 며칠 못한 운동까지 열심히 했다. 몸에서 새로운 힘이 솟아나는 듯했다. 보영은 모처럼 계절에 맞는 옷이 사고 싶어졌다.

간편한 옷을 걸치고 시간에 맞춰 천천히 걸어서 엔씨 백화점으로 갔다. 얇은 쉬폰 원피스는 보영이 즐기는 스타일이다. 그런 옷은 별로 비쌀 것이 없다. 보영은 이만 원, 삼만 원으로도 살 수 있는 옷을 좋아했다. 엄마는 보영한테 어려서부터 값비싼 옷을 사 입히곤 했지만, 언젠가부터 그런 것들이 싫어졌다. 명품이라는 것으로 몸을 치장하지 않아도 여자는 충분히 아름다울 수 있다고 생각했다. 옷도, 장신구도, 비싼 것보다는 자기에게 어울리는 것을 찾았다.

일 층에 있는 매장들에서 옷을 골라 입어 보면서 보영은 오랜만에 한가로운 기쁨을 느꼈다. 전신 거울에 비친 자기 몸은 아직 싱싱했다. 보영은 화사한 꽃무늬가 있는 미니 원피스를 골라냈다. 마음에 들었다. 백화점에 붙어있는 롯데리아에서 오렌지 주스를 주문해 놓고 점심을 어떻게 할지 잠시 궁리했다. 길 건너편 옛 중구청 근처에 있는 수라면옥이 좋을 것 같았다. 붉은 벽돌집에, 옛스런 탁자들에, 화분의 아름다운 화초들, 그리고 라디오에서 흘러나오는 클래식 음악 탓에 가끔 가보고 싶은 곳이다. 갓 열두 시를 넘긴 때, 사람들이 적지 않을 테지만 그들 속에서 혼자 함흥식 냉면을 맛보는 것도 나쁘지 않을 듯했다.

유월 중순 가까운 한낮의 햇살은 따갑다기보다 따사로웠다. 지하상가 대신 위쪽 계룡문고 앞 횡단보도로 중앙로를 건너며 보영은 이제는 플뢰르를 그만둬야 할 때가 되었다고 생각했다. 많은 것을 경험하게 해준 곳이고 마담 언니도 늘 살갑게 대해주지만 술집은 술집이었다. 더 늦기 전에 마음 붙여 일할 수 있는 곳을 찾아야 했다.

옷 가게를 차리고 싶었다. 옷을 고르는 안목이 있다고 스스로 자평하는 보영이었다. 서울의 남대문이나 동대문에서 옷을 떼다 팔면 좋을 것 같았다. 혼자서도 얼마든지 할 수 있는 일인데다 서울에 올라가면 이후를 만날 수도 있었다. 옷을 떼는 일을 끝낸 새벽 같은 때 남대문 시장 먹자골목에 앉아 데이트를 한다. 보영은 이후가 짓궂게 닭발 같은 것을 먹이려는 장면을 상상하며 얼굴 가득 환한 미소를 지었다.

길 건너 곧장 걷다 보면 대전여중 교문 앞 길모퉁이에 수라면옥이 있었다. 보영이 이 집에 바야흐로 다다랐을 때 휴대폰이 울렸다. 모르는 데서 걸려온 전화였다.

- 임보영 씨 휴대폰이죠?

- 네. 누구시죠?

- 맞구나요.

휴대폰 저편에서 들려오는 여자의 목소리는 가늘고 높으면서도 경쾌했다.

- 저는 민숙현이라고 해요.

- 네에.

그러나 보영이 아는 여자 중에 민숙현이라는 이름을 가진 사람은 없었다.

- 우리 좀 만났으면 해요.

- 무슨 일이신데요?

- 윤이후 씨 아시죠?

- 네.

보영은 수화기 건너편에서 들려오는 이후의 이름에 가벼운 현기증을 느꼈다. 그것은 학교 다닐 때 하얀 운동장을 보면서 느꼈던 어지러움 같은 것이었다.

- 그 사람 일이에요.

- 네에.

이제 보영은 수화기 저편에서 들려오는 목소리의 주인이 무슨 용건을 가지고 있는지 짐작할 수 있을 것 같았다.

- 심각하게 받아들이진 않으셨으면 해요.

- 네에.

- 목소리가 좋으네요. 내일 낮. 어때요? 제가 내려갈게요.

여자의 목소리는 반짝반짝 빛나는 은박지 같았지만 그 안에는 몹시 불안해하는 마음이 감추어져 있는 것 같았다.

- 내일은 곤란하겠어요.

보영은 사실 다음날 낮에 아무 일도 없다.

- 흠. 그럼, 글피는요?

- 괜찮아요.

- 좋아요. 차라도 같이 하는 게 어떨까요?

- 그, 그럴게요.

- 일단 한 시에 대전역에 나와 주세요. 대전은 잘 모르는 곳이라서요.

- 알겠습니다.

- 그럼, 그때 만나요. 부담은 안 가지셔도 돼요.

보영이 뭐라고 대답하기도 전에 저쪽 편의 수화기가 끊겼다. 보영은 수라면옥을 지나쳐 모퉁이를 돌아갔다. 그제야 보영은 수라면옥 위쪽에 패밀리 호텔이 있었음을 깨닫는다. 호텔 운영이 어려워 그런지 패밀리 요양병원이라는 새 이름이 붙었다. 보영은 잊고 있던 원중과 엄마의 기억이 떠올라 더욱 괴로워졌다. 다시 발길을 거꾸로 돌려 지금은 공원이 되어 있는 옛 중구청 자리 앞 우리들 공원 벤치 쪽으로 갔다. 그냥 멍하니 앉은 채 방금 걸려온 전화의 의미를 생각했다.

어떻게 내 전화번호를 알았을까. 설마 이후 씨가 가르쳐 준

건 아닐텐데.

보영은 며칠 전 순수의 생일을 치러주던 날 이후가 하던 말을 떠올렸다. 자기와 함께 있는 게 좋다고, 같이 있으면 행복해진다고 했다. 기뻤다. 간격을 두고 싶어도 이후는 어느새 너무 바싹 다가서 있었다. 술집 일을 접고 옷 가게를 차리려는 것도, 동민과의 관계를 정리하려는 것도 이후의 존재가 그 이유였다.

하지만 그에게 자기보다 먼저 다른 여자가 있다면? 생각하면 아예 상상할 수 없는 일만은 아니었다. 서른이 넘은 나이에 대전을 떠나 서울에서 혼자 살아온 남자였다. 잘 생겼다고 할 수는 없어도 분위기 있고 지적이어서 여자들이 얼마든지 좋아할 수 있었다. 자기에게 다가올 때 그러했듯 외모와 달리 충동적인 면도 있었다. 만약 그 민숙현이라는 여자가 지금 자신이 생각하고 있듯이 이후의 또 다른 여자라면?

사람은 남자든 여자든 처음에는 누구나 단순하고 투명한 삶을 원한다. 하지만 시간은 늘 사람에게 불리한 쪽으로 작용한다. 진정한 것, 완전한 것은 절대로 쉽게 찾아와 주지 않는다. 기다림에 약할 수밖에 없는, 자기를 기다리고 있는 것이 무엇인지 알지 못하는 사람은 나중에 가서야 자신이 선택한 것의 의미를 깨닫는다. 보영 역시 그런 사람의 하나다. 그리고 그 잘못된 선택들의 압력으로부터 보영 역시 다른 사람들과 같이 자유로울 수 없다.

민숙현 이라는 여자와 만나기로 한 날은 금방 닥쳤다. 보영은 병풍처럼 자기 앞을 가로막고 있는 약속 시간이 시시각각 닥쳐오는 것을 속수무책으로 기다렸다. 그 사이에 이후는 저녁마다 전화를 걸어왔다. 보영은 받고 싶지 않았다. 그냥 문자로 핑계를 댔다. 복잡한 일이 생겨서 며칠 바쁘게 되었다고, 한 사흘 뒤에 다시 연락하겠노라 했다. 이후에게 여자의 정체를 캐묻고 싶기도 했다. 그렇게 해서 상황이 더 복잡해질 것도 두려웠다. 어떤 사이인지는 시간이 지나면 저절로 알아질 것이었다. 자신이 어떻게 해야 하는지도 자연히 결정될 수 있었다.

플뢰르로 찾아온 동민에게는 자신의 뜻을 밝히는 게 좋을 것 같았다. 이후와의 관계 때문에 동민을 만나고 만나지 않고를 결정하기는 싫었다. 동민 쪽에서도 상황이 심상치 않게 돌아간다고 느낀 모양이었다. 이날, 동민은 전작 없는 깨끗한 정신상태로 플뢰르에 왔다. 발렌타인 십칠 년산에 과일 안주를 놓고 동민은 보영의 마음을 어떻게든 되돌려 보려 했다.

- 그동안 몹시 힘들었어. 대학교수 그만둔 걸 이렇게 후회해 본 적이 없다니까.

동민의 얼굴에는 그렇지 않아도 피로한 기색이 역력했다. 남의 돈을 끌어다 새로운 자금을 삼으려면 지불해야 할 대가가 작지 않을 것이다. 보영도 그쯤은 짐작할 수 있다.

- 지난번에 같이 왔던 분이 새 주주가 되시나 보죠?
- 운전 자금이 필요해. 주가가 너무 떨어져서.
- 며칠 전에 여기 오셨어요.
- 잘 대접해 줘.
- 저야 하는 데까진 하지만.

- 그렇다고 헤프게 굴진 말고.

보영은 말없이 고개를 끄덕거린다. 하지만 동민이 정말 자신을 애인으로 생각한다면 이런 식으로 말해서는 안 된다.

- 저, 오랫동안 생각했어요.

- 뭘?

- 아실 거예요, 동민 씨도. 우리 이제 그냥 친구로 돌아가요.

- 친구라.

동민은 스트레이트 잔에 든 위스키를 단번에 넘겼다.

- 내가 힘들어 보이는 거지?

- 동민 씨 사업은 앞으로 잘 될 거라 믿어요.

- 그럼 조금만 더 옆에 있어 줘. 지금이 제일 힘든 때야.

동민의 말은 사실일 것이다. 만약 순수하게 사랑하는 사이라면 응당 그의 곁을 지켜 주어야 한다. 그게 도리다.

하지만 보영은 동민의 말이 절실하게 들리지 않았다. 사람은 아마도 말로 전달되는 의미보다 표정과 목소리에서 더 중요한 의미를 찾아내려 한다. 동민의 눈빛이, 목소리에 담긴 호소가 조금만 더 울림이 있다면 보영도 마음을 바꾸어 보려 할지 모른다. 아니, 그렇지 않다. 보영은 이미 마음을 정했고, 그런 상황에서 바뀔 수 있는 것은 이별하는 안타까움의 농도뿐일 것이다. 보영은 동민에게서 자기 스스로는 삶을 바꿀 수 없는 자의 넋두리를 듣고 있는 것 같다. 한때는 자기와 다시 시작해 보겠다고 매달리던 사람이었건만.

- 오늘은, 리나라고, 새로 온 친구랑 드세요. 아까부터 저를 찾는 손님들이 있어요.

보영은 차갑다 싶을 정도로 말을 끊고 동민의 빈 잔에 술을 따랐다. 동민은 그 잔을 한 번 더 그대로 비웠다.

- 그럼, 잠깐 계세요.

보영은 동민의 잔에 위스키를 한 번 더 따라주고 일어났다. 동민은 일어서는 보영을 바라보기만 했다.

다른 테이블에 들어가기는 했지만 보영은 아무런 감흥도 느낄 수 없다. 자기가 왜 플뢰르에 와 있는지, 왜 이 사람들의 무용담이나 시국 토론을 듣고 있어야 하는지, 왜 이 남자 저 남자에게 술을 따르고 손을 잡히고 농담을 주고받아야 하는지 모를 지경이다.

- 여자들도 뭐니 뭐니 해도 결론은 머니야.

퍽이나 얄팍하게 생긴 사내가 무슨 얘기 끝에 자신 있게 단정했다.

- 그렇지. 내가 다니던 한의원 있지? 왜, 그, 대전역 앞에 한약방 거리에 말야.

좀 통통한 사내가 얄팍하게 생긴 사내의 말을 받아 새 얘기를 꺼냈다.

- 지난번에 같이 침 맞으러 갔던?

- 그래. 신선 한의원. 이번에 갔더니 아예 문을 닫아버렸더라구.

- 그렇잖아도 한쪽 팔다리를 못 쓰지 않았던가?

- 그렇지. 그 노인네가 그래도 침을 잘 놨거든. 내가 통풍이 걸려, 어찌나 아픈지 발을 질질 끌고 들어갔는데, 나올 땐 멀쩡하게 걸어 나왔다니까. 이번에도 영 허리가 안 좋아 들

렸던 건데, 그렇게 됐지 뭐야. 아쉽기도 하고 궁금하기도 해서 옆에 서울 한의원에 들어가 물어봤어.
- 뭐라던가?
- 세상 떴다더군, 간호사 말이.
- 노인들 목숨은 알 수 없으니까.
- 그러면서 한 마디 덧붙이데.
- 뭐라고?
- 젊은 여자 시중 받다 도망가 버리니까 살 기력이 없어져 버린 게라고. 내가 언젠가 점심때 가보니까 웬 곱상하게 생긴 여자가, 나이는 한 오십 돼 보이던데, 찬합에다 김밥을 싸와서 한 젓가락씩 집어 먹여주고 있더라고. 와이프라기엔 너무 젊고. 노인넨 팔십도 넘었거든. 그렇다고 도우미 여자 같지도 않고. 나중에 보니 그게 새로 얻은 여자였던가 봐. 시중도 잘 들고 인상도 나쁘지 않아서 늘그막에 복 터졌다 했는데.
- 반신불수 노인네가 그만한 여자 데리고 살려면 돈깨나 들었을 텐데?
- 간호사가 그러데. 한동안 문을 열기는 했는데, 침도 안 놓고 한의원 앞에 나와서 멍하니 골목만 바라보고 앉았었다구.
- 여자한테 돈을 너무 많이 준 거 아냐?
- 그럴지도 모르지. 도망가지 못할 만큼 쪼금씩만 줘야는데 말야.
- 너무 쪼금씩 주면 또 도망가기 십상이지.

- 하하. 내가 말야. 우리 와이프한테 카톡을 하나 날렸거든. 인생에서 소중한 금이 셋이 있다고.

- 뭔데?

- 황금, 소금, 그리고…….

- 뭐죠?

그제야 보영도 궁금해하며 대화에 끼어든다. 그러나 사실은 궁금하지 않다.

- 나머지 하나는…….

- 하나는?

- 지금.

- 아하!

- 황금, 소금, 지금, 이렇게 써서 날렸더니 와이프가 뭐라고 답신을 보냈느냐.

- 뭐라고요?

- 현금, 지금, 입금!

- 흐흐. 다 필요 없고 돈이나 보내라, 이거네.

- 그렇지, 하하하.

보영도 사내들을 따라 웃었다. 웃었으되 그것은 여자의 물질욕을 긍정한 웃음이 아니요, 여자를 그렇게밖에는 이해하지 못하는 사내들의 속물근성을 다시 한 번 절감한 끝에 솟아난 웃음이다.

한편으로, 보영은 이런 흐릿한 자기의식 속에서 덧없이 살다 늙어 스러져 가는 남자들의 인생을 동정해 마지 않았다. 또, 이렇게 오늘 밤이 가는 걸까. 사내들에게 술을 따라주며 보영은 자신이 뭔가 변화를 원하고 있음을 절실하게 깨달았다.

환멸의 밤이 지나가자 드디어 민숙현을 만나기로 한 날이 닥쳤다. 보영이 침대에서 눈떠 겨우 정신을 차렸을 때 휴대폰이 울리는 소리가 들렸다. 팔을 뻗어 머리맡의 휴대폰을 열어보니 과연 민숙현이다. 혹시 오지 못하게 된 것은 아닐까. 그러면 좋을 것 같다.

- 보영씨죠?

- 네.

- 좀 이르죠? 약속 장소를 바꿨으면 해서요.

- 아, 그럼 어떻게?

- 대전역, 너무 번잡할 것 같아서요. 제가 적당한 델 찾아봤어요. 복수동이라고, 뿌리공원도 있고, 근처에 라루체라는 이탈리안 레스토랑 있더라구요. 만나기 좋을 것 같아요.

- 저는 괜찮지만. 찾아오실 수 있으세요?

- 네비 켜고 갈게요. 그럼, 있다 봐요.

- 네. 살펴 오세요.

여자는 보영의 말이 다 끝나기도 전에 전화를 끊었다.

무슨 피크닉이라도 오는 것처럼 들떠 있는 여자의 목소리는 여운이 길었다. 여자는 차를 운전해 올 모양이다. 서울에서 대전이면 꽤 먼 거리인데 괜찮을까 싶다. 하지만 보영으로서는 여자를 역으로 마중 나간다는 게 부담스러웠던 참이기는 하다.

보영은 라루체 문을 열고 들어가 웨이터에게 민숙현이라는 이름으로 예약된 테이블을 찾았다. 중간에 여자가 한 번 더 전화를 걸어와 자기 이름으로 예약된 자리를 찾으라 한 것이다. 웨이터는 정원이 바라보이는 창가 테이블 쪽으로 보영을 데려갔다. 보영은 여자보다 먼저 바깥 정원의 여름 햇살을 의식했다. 여자가 보영을 보고 자리에서 일어났다.

- 오셨네요.

- 오시느라 힘드셨죠?

여자는 슬리브리스 블랙 원피스를 입었다. 가슴에는 흰빛 카멜리아를 한 송이 꽂았다.

- 오랜만에 드라이브가 좋았어요.

두 사람이 테이블을 사이에 두고 마주앉자 여자는,

- 뭐라도 먹어야죠, 우리?

하며 보영을 향해 환한 웃음을 지었다. 보영은 창을 통해 들어온 햇살에 비친 여자의 얼굴을 보았다. 자기보다는 확실히 나이가 많다. 하지만 희고도 윤기 있는 피부는 섬세하게 공을 들여 다듬은 티가 역력하다. 눈가에 보일 듯 말듯 실핏줄 같은 주름은 아직 자리를 잡지 못했다. 보영은 말없이 고개를 끄덕이며 웨이터가 건네주는 메뉴북을 받았다. 페이지 수가 많은 메뉴판은 들기도 어려울 정도로 무겁다.

여자가 메뉴북을 열심히 넘겨보는 사이에 보영은 정원의 희고 붉은 꽃들을 바라보았다. 여자가 어느 것을 시켜도 그대로 따라 시킬 참이다.

- 먼저 샐러드부터 해야죠?

- 네.

- 그럼, 전 애플 까망베르. 보영 씨는요?

- 전 아무거나 괜찮아요.

- 아녜요. 기왕에. 맛있는 걸 골라봐요.

- 글쎄요.

보영은 마지 못해 메뉴북을 넘겨 맨 윗단에 적혀 있는 샐러드를 고른다.

- 카프레제로 할게요.

- 흠. 오늘 점심은 제가 살게요. 다음엔 뭘로 할까요? 파스타에 피자? 아님, 밥 종류도 있네요.

- 글쎄요. 전 파스타가 좋겠어요.

- 그러지 말고 우리, 피자하고 파스탈 같이 시켜요. 여기 맛있을 거 같아.

보영은 소리 나지 않게 한숨을 쉬었다. 여자는 마치 조증 상태에 접어든 조울증 환자 같이 즐거워하는 듯했다. 보영이 마지못해 고개를 끄덕이자 여자는 기다렸다는 듯,

- 풍기가 좋겠다. 저, 버섯 좋아해요.

하고 제안을 한다. 보영은 고개를 끄덕였다.

- 커피부터 마시고 싶어요.

- 그래요. 아이스?

- 아뇨. 뜨거운 걸로요.

여자는 고개를 끄덕이고 테이블 버튼을 눌러 웨이터를 찾았다. 뜨거운 커피와 아이스커피 주문을 받은 웨이터가 물러나자 여자는 다시 메뉴북을 본다.

- 알리오 올리오 좋겠다. 보영 씬요?

- 토마토 베이스면 아무거나 좋아요.

보영은 주문 절차가 빨리 끝나기만을 기다리고 싶은 심정이다.

- 흠. 프레쉬 포모도로, 감베로니, 디 마레. 어느 게 좋을까.

- 감베로니로 할게요.

- 좋아요.

여자가 다시 한 번 버튼을 누르자 웨이터가 커피를 가져다 주고 주문을 받아 돌아갔다. 보영은 그 사이에 여자의 얼굴빛이 잠깐 흐려지는 것을 놓치지 않았다. 여자는 내심 불안해 하고 있었다. 보영은 아이스커피를 마시는 여자의 모습을 가만히 들여다보았다. 보영에게로 향한 시선을 거두고 가느다란 손으로 큰 컵을 든 숙현은 겉보기와 달리 어떤 마음의 음영을 품고 있는 듯하다.

- 어떻게 제 전화번호를 아셨어요?

보영이 궁금했던 것을 먼저 묻자 숙현은 컵을 내려놓으며 씽긋 웃는다. 그런 숙현의 얼굴은 몹시 영리해 보인다.

- 남자들은 여자가 방목해 주면 아무것도 모른다고 생각하죠. 물론 이후 씨 휴대폰에서 찾아냈어요.

- 남의 휴대폰을 보는 건 잘못된 거 아녜요?

- 남이라고 다 똑같은 남은 아니니까요.

- 무슨 뜻이죠?

보영은 자기도 몰래 목소리가 한 옥타브 높아졌다. 숙현은 대답 대신,

- 이후 씨가 대전에 너무 자주 내려가서 이상했어요. 아버지
  가 계시다고는 해도 그렇게 많이 다니진 않았거든요.

한다. 보영은 무어라 말하는 대신 고개를 돌려 창밖의 꽃들을 바라본다. 창을 사이에 두고 꽃들은 햇살의 편에, 자기는 그늘의 편에 있다. 언젠가부터 자기는 그늘 쪽에 속한 사람이 되어버렸다. 처음부터 그랬는지도 모른다. 원중도, 시욱도, 동민도, 거기에 이후까지 모두 자기에게 그늘의 삶을 떠안겨 온 듯하다.

- 그림 좋아하시나 봐요. 전공인가요?

보영은 숙현의 말 속에서 이후에게 보낸 자기 문자마저 열어본 것을 깨닫는다. 보영은 이후에게 몇 번인가 휴대폰에 저장해 둔 프리다 칼로의 그림 사진을 보낸 적이 있다. 가슴 속에서 알지 못할 노여움이 이는 것을 보영은 지그시 눌러둔다.

- 와 보니까 대전 좋으네요. 도시가 깨끗해요.

- 서울보담은요.

- 유럽도 그저 그래요.

숙현은 문득 생각났다는 듯 다른 나라 도시들의 이야기를 꺼낸다.

- 비엔나에 가본 적 있어요. 꼭 서울 같았어요. 여기저기 삐
  뚤삐뚤. 서울도 강남은 안 그렇지만요.

숙현이 유럽 도시들의 풍물기를 이어가는 동안에 샐러드가 차려지고 조금 더 있다가 메인 메뉴가 왔다. 커다란 접시들에 담긴 소담스러운 파스타를 보고도 보영은 포크를 쥐고 싶지 않다. 조금 강한 듯한 커피만을 간간이 마시며 숙현의 이야기

에 귀를 기울였다. 숙현은 이야기를 한참을 이어가다 포크로 파스타를 찍어 빙빙 돌려 입안으로 가져갔다. 보영은 그런 숙현이 애교스럽다고 느끼며 오물거리는 입모양을 유심히 바라본다. 어려서부터 할머니에게서 소리 내지 않고 밥을 먹어야 한다고 배운 보영은 아무렇게나 놀리는 듯한 숙현의 식사법이 뜻밖에 깨끗한 매너를 갖추고 있음을 깨닫는다.

- 맛있어요, 여기. 먹어 봐요.

숙현은 용건을 잊은 사람처럼 라루체의 요리 솜씨를 칭찬한다. 보영도 감베로니를 조심스레 맛본다. 매콤한 파스타 맛이 쓰디쓴 혀끝을 자극한다.

- 잘 모르겠어요.

보영은 솔직히 말한다.

- 흠. 여기 오느라 아침부터 굶었어요. 어째 밥맛이 없지 뭐예요.

- 저도 그랬는걸요.

- 그렇죠? 사실은, 보영 씨한테 전화할 때도 아주 망설였어요. 어떻게 받을지 걱정도 되고.

보영은 고개를 끄덕인다. 몹시 성미 급하고 되바라진 여자인 줄 알았는데, 생각이 아주 없지는 않은 것 같다.

식사가 끝났다. 보영은 이런저런 생각으로 파스타가 입으로 들어가는지 코로 들어가는지 모를 지경이었지만 차차 만남에 적응해 갔다. 숙현은 아이스커피를 다 마신 뒤에도 보영이 커피잔을 내려놓기를 끈기 있게 기다린다.

- 나가요, 우리. 전 벌써 갑갑해졌어요.

- 그럼 어디서?

- 제 차로 가요. 어디 가까운 공원에라도.

숙현은 테이블 버튼을 눌러 웨이터가 오자 핸드백에서 지갑을 꺼내 카드를 건네주었다. 그가 다시 계산서와 카드를 가져오자 숙현은 보영을 재촉해서 레스토랑을 나왔다.

- 다 좋은데 주차 시설은 없더라구요.

숙현은 길가 언덕길에 세워둔 아우디에 보영을 태우고 시동을 걸었다.

- 아니. 그냥 차 안에서 얘기하는 것도 좋겠어요.

숙현이 다시 차의 시동을 껐다.

- 말씀하세요.

보영의 목소리는 긴장한 나머지 차갑게 변했다. 숙현은 운전대와 기어를 잡은 채 보영 쪽을 돌아보았다.

- 전 벌써 서른여덟이에요. 보영 씨는요?

- 곧 서른 살이에요, 저도.

- 아직 젊네요. 보영씨 보니까 이후 씨가 좋아할 만도 해요. 형편없는 시골 아가씰 따라 다니는 게 아닌가 하고 걱정했거든요.

- 이후 씨와는 어떤 사이신데요?

보영은 마침내 인내력의 한계를 느끼며 숙현을 향해 단도직입적으로 물었다. 숙현은 똑바로 바라보는 보영의 눈을 피해 고개를 숙이고 스스로에게 다짐하듯 낮은 목소리로 말한다.

- 저, 이후 씨랑 결혼할 거예요.

- 결혼요?

- 그래요. 지금 당장은 어려워도. 곧.

보영은 그러면 이 여자가 이후의 약혼녀라도 되는지 모른다고 생각한다. 하지만 차마 그렇게는 생각하기 싫다.

- 결혼이라뇨?
- 이후 씨가 박사 졸업하고 적당한 데 자리 잡으면. 그때까진 제가 도와줄 거고요.
- 그런 게 결혼이랑 무슨 상관이죠?

숙현은 말을 이어가려다 말고 무엇인가를 생각하는 눈치다. 이윽고 숙현이 다시 입을 열었다.

- 내겐 마지막 남자가 될 거 같아요, 이후 씨가. 보영씬 아직 어리니 기회가 더 있어요.

나이라니. 남자와 여자가 만나고 안 만나고를 선택하는데 나이라니. 보영은 숙현이야말로 나이에 어울리지 않게 치졸한 명분을 들이밀고 있다고 느꼈다.

- 이후 씨에게 말씀하시지 그러셨어요?
- 그래볼까도 생각했어요. 하지만 그 사람 지금 논문 막바지예요. 곧 마지막 심사가 시작된다고 제출본 준비에 밤낮이 없어요.

보영은 숙현의 말에서 그녀가 이후와 늘 같이 생활하다시피 하고 있음을 느낀다. 이후는 자기에게 이런 여자의 존재 같은 것은 암시조차 하지 않았다.

- 생각해 보겠어요. 하나, 분명히 하고 싶은 게 있어요.
- 뭐죠?
- 이후 씬 제게 민숙현 씨 같은 여자 얘기는 한 번도 한 적이

없어요. 처음엔 물론이고요.

보영은 자신이 남의 남자나 가로채는 나쁜 여자는 아니라는 사실을 숙현에게 납득시키고 싶다. 이후의 문제는 그 다음인지도 모른다. 자기는 분명 자기만 정리하면 모든 복잡한 관계가 정리될 것이라고 생각해 왔다.

- 그럴지도 몰라요. 내게도 보영 씨 얘기는 하지 않았으니까요.

- 그쪽도, 이후 씨도, 이건 아닌 거 같아요.

보영의 목소리는 가늘게 떨렸다.

- 미안해요. 저도 이러고 싶지는 않아요.

- 이후 씨에게 확인해 보겠어요. 저도.

- 그러진 말아요. 부탁예요. 이후 씨가 화낼 거 같아요. 논문도 쓰고 있고.

- 그런 거 몰라요, 전.

보영은 이후를 걱정하는 척하는 숙현 쪽이 몹시 가증스럽게 느껴졌다. 그녀는 보영에게 마치 자신이 이후의 보호자라도 되는 것처럼 굴었다.

- 무엇보다도 난, 이후 씨를 도와줄 수 있어요.

보영은 이 대목에서 숙현이 자기를 '나'라고 지칭하는 것을 예민하게 느낀다.

- 어떻게요?

- 이후 씬 자리를 잡아야 해요. 학교에요.

- 그래서 그쪽이 줄이라도 대줄 건가요? 돈은 좀 있으신가 보죠? 이따위 외제 찰 타고 무슨 시위라도 하러 오셨나요?

저, 내리겠어요. 오늘 말씀은 못 들은 걸로 하겠구요. 잘 살펴 가세요.

보영은 차 문을 거칠게 열고 밖으로 나왔다. 덕분에 차 문이 담벼락에 부딪히는 소리가 났다. 보영은 아랑곳하지 않고 문을 도로 쾅 소리가 나게 닫고는 차 뒤쪽으로 걸어갔다. 숙현이 백미러로 보고 있을 것 같아 불쾌하지만 그렇다고 차 앞으로 걸어갈 수도 없다. 보영이 한참을 걸어가도록 차 떠나는 소리는 들리지 않았다.

어떻게 해야 하나.

이후 씨에게 정말 물어보아야 하나?

보영은 어딘지 알지 못하는 낯선 곳을 헤매는 심정으로 길을 따라 자꾸 걸어갔다. 한낮의 태양이 내리쬐고 있었지만 보영은 더운 것도, 뜨거운 것도 의식하지 못했다.

#16. 길고 뜨거운 여름날은 가고

뜨거운 여름이 어느덧 다 흘러가 버렸다. 그렇게 뜨겁던 햇볕이 어느새 한결 누그러졌음을 깨닫자 숙현은 불현듯 허무를 느꼈다.

순식간에 모든 게 변해버린 것 같아.

문주가 출근하고 나자 숙현은 오늘은 이후에게 꼭 가봐야겠다고 생각했다. 구월도 벌써 두 주나 흘렀건만 아직까지 이후를 만나지 못했다.

올해는 추석이 유난히 빨리 닥친 데다 연휴도 몹시 길었다. 6일, 7일, 8일, 9일, 10일. 자그마치 토요일부터 그 다음 주 수요일까지.

그 사이에 숙현은 남편을 따라 속초 시댁에 가 머무르기도 했다. 아주 오랜만의 시댁 방문이었고 몹시 반겨주는 시부모님이었다. 하지만 숙현은 아무런 감흥도 느끼지 못했다. 평창동 큰아버지댁에 가 인사를 드리기도 했다. 마침 그 댁 장남인 연수 오빠와 마주치는 바람에 숙현은 더욱 울적해졌다. 마음의 동요가 예전만큼 크지는 않았지만 막상 마주치자마자 솟아난 불안감은 평창동을 빠져 나오고 나서도 길게 남았다.

몹시 지루하고도 초조한 연휴를 보내며 숙현은 이후와의 즐거운 만남의 순간들을 자주 떠올렸다. 그럴수록 남편과 함께 보내는 나날은 더욱 길게 느껴졌다. 문주와 함께 같은 공간에서 숨 쉬는 것을 더 이상은 견딜 수 없을 것 같았다.

왜 연락이 없는 걸까.

숙현은 문주 앞에 앉아서도 이후를 생각했다. 전화를 받지도 않고 아무런 응답도 보내오지 않았다. 예민한 숙현은 무슨 일이 생겼음을 직감했다. 연휴가 끝난 후에도 이후는 감감 무소식이었다.

급하게 올라와야 할 일도 없으니까.

숙현은 이후의 편에서 생각해 보려 했다. 연휴 다음날은 목요일이다. 월요일, 수요일에 시간 강의가 있는 이후는 굳이 상경을 서두르지 않아도 되었다.

설상가상, 문주는 연휴 후에도 저녁만 되면 일찍 집으로 돌아왔다. 곧 토요일과 일요일이 닥쳤건만, 집안에 틀어박혀 꼼짝도 하지 않는 문주였다.

일요일 아침. 숙현은 거실에서 텔레비전 화면에 눈을 던지고 있는 문주의 눈치를 살폈다.

- 오랜만에 일이 한가한가 봐요. 양재천에 산책이라도 나갈래요?

- 형욱일 하와이 보내길 잘 했지.

문주는 숙현의 말을 듣지 못한 것처럼 갑자기 여름 막바지에 하와이로 떠나보낸 아들 얘기를 꺼냈다. 그러면서도 문주의 시선은 텔레비전 화면에 고정되어 있었다.

텔레비전은 폭식 투쟁인가 뭔가를 한다는 일베 청년들의 모습을 비추고 있었다. 세월호 유족들이 진상 조사 요구 단식을 하자 그네들은 많이 먹는 투쟁을 벌인다고 했다. '자유시간'이라는 초콜릿바를 쌓아놓고 시위를 벌이는 젊은이들 중에는 군복을 입은 축도 있었다.

숙현은 텔레비전 화면을 외면하며 문주가 상체를 묻고 있는 소파 쪽을 향해 앉았다.

- 난 아직도 뭔가 잘못한 거 같아요.

숙현은 차마 형욱을 그렇게 멀리까지 보내고 싶지 않았다. 문주는 하루라도 빨리 아들을 미국에 보내야 한다고 주장했고, 뜻밖에도 형욱 자신이 적극적인 의사를 표명했다. 용인의 기숙사 생활이나 외국 생활이나 다를 게 없다는 것이었고, 또 고등학교 일학년을 다시 다니는 한이 있더라도 미국에 가서 공부를 하고 싶다는 것이었다. 그런 형욱이 숙현은 대견스러웠다. 살갑지 않은 엄마에, 바깥으로만 도는 아빠 밑에서도 씩씩하게 자라주는 아들이었다. 다른 아이들보다 한 해 일찍 학교에 들어갔지만 무엇 하나 빠지는 데가 없었다.

형욱의 뜻을 받아들여 숙현은 강남의 유학 센터를 통해 미국 전역을 동쪽부터 서쪽까지 샅샅이 살폈다. 모든 준비 과정은 전적으로 숙현의 몫이었고, 숙현은 이것저것 꼼꼼히 따진

끝에 하와이 쪽으로 방향을 잡았다.

하와이 같이 아름다운 곳에도 형욱이 다닐 만한 고등학교가 있다는 게 무척 다행스러웠다. 이올라니라는 아주 전통적인 학교, 그리고 오바마 대통령이 나왔다는 푸나호우 같은 학교는 아이비 리그로 통하는 필수 코스 중의 하나라고 했다.

두 학교 다 전학 절차가 몹시 까다로웠고 그나마 여석이 없으면 불가능했고 심지어는 기숙사조차 없었다. 유학에 필요한 서류들도 하나둘이 아니었다. 입학 원서, 재학 증명서, 추천서, 영어 능력 평가 성적표, 그리고 재정 증명서까지, 열거하기도 바쁜 서류들을 숙현은 하나부터 열까지 섬세하게 챙겼다.

형욱은 운이 좋았다. 푸나호우에서 입학해도 좋다는 통지가 온 것이다. 여느 때보다 늦은 오월경이었다. 그 학교에 다니던 한국 학생이 스스로 목숨을 끊는 바람에 갑자기 자리가 생겼다고 했다.

여름 방학을 맞으면서 숙현은 이후의 일에도 불구하고 형욱을 하와이로 보내는 일에 매달렸다. 이제 떠나보내고 나면 영영 엄마 품안에서 떠나는 셈이었다. 아들에게 마지막 사랑을 베풀어 주고 싶었다.

여름의 하와이는 아름답기 그지없었다. 숙현은 형욱과 함께 하와이 오하우섬 큰아버지 소유의 아파트에 머물렀다. 와이키키 해변에 나가 산책을 하기도 하고 다이아몬드 헤드 같은 곳에 올라가기도 했다.

형욱을 위한 추억을 만들어 가면서도 숙현은 불쑥불쑥 솟아

나는 슬픔을 느꼈다. 외탁을 한 형욱은 일찍 세상을 뜬 숙현의 아빠처럼 외국 생활에 대한 두려움이 없었다. 잘 웃고 마음껏 먹는 형욱이 믿음직스러웠다. 하지만 이것으로 형욱도 숙현의 품을 떠나게 되는 것이었다.

어느덧 두 주가 흘러 숙현 혼자 하와이를 떠나야 할 때가 다가왔다. 숙현과 형욱은 마지막 날을 와이키키 해변에 있는 할레쿨라니 호텔에서 보내기로 했다.

형욱은 하루 종일 수영장에서 살았다. 숙현은 형욱이 풀에 들어가 있는 동안 하얀색 긴 썬베드에 몸을 묻고 썬텐을 했다. 우연히 들른 서점에서 잡지를 사왔지만 아무것도 보고 싶지 않았다.

날이 저물자 숙현과 형욱은 '하우스위드아웃어키'에 나가 선셋을 감상하며 저녁 식사를 했다. 이 비치 레스토랑에서는 하와이 민속춤을 보여주는 루아우 쇼를 열었다. 숙현은 흥겨워하는 사람들 속에서 평화롭게 흐르는 밤의 시간을 즐겼다.

그때 숙현에게 작은 사건이 생겼다.

- 한국 분이신가요?

- 네.

민속춤을 보던 숙현은 자기 앞에 와 서 있는 남자를 올려보았다. 그는 해변에 어울리지 않게 싱글 정장에 넥타이까지 완벽하게 차려입은 남자였다. 남자는 숙현의 시선을 의식한듯,

- 오늘 하루 종일 콜로키움이 있었거든요. 하와이대에서요.

하고, 묻지도 않은 말을 했다.

- 교수신가요?

- 경제학과에 있죠. 이수인이라고 합니다.

남자가 익숙한 솜씨로 명함을 내밀었다.

- 저쪽 분들이 다 일행이신가요?

숙현은 레스토랑에 들어와 있는 한 무리의 한국 사람들을 아까부터 의식하고 있었다.

- 예. 저 친군 아드님인가요?

남자가 해변으로 나가고 있는 형욱을 가리켰다. 숙현이 고개를 끄덕이자 남자는 양해를 구하지도 않고 의자를 당겨 숙현 옆에 앉았다.

- 여기서 공부하게 됐어요. 푸나호우에서요.

- 잘 되었군요. 그럼, 기러기 엄마 신센가요?

남자가 웃었다. 남자의 얼굴은 햇볕에 그을리고 각이 져 무척 다부져 보였다.

- 아이는 친척집에 머물기로 했어요.

- 서울에는 언제 가십니까?

- 내일요.

- 내일이라. 아쉽네요. 오아후 섬이라도 돌아보시면 좋을 텐데요.

- 이미 여러 날 있었어요. 빅 아일랜드도 가봤고.

- 제가 해드릴 수 있는 게 없군요.

- 아들아이에게 좋겠네요. 친구가 되어주시면.

- 그거, 좋으네요.

숙현의 말에 남자가 가지런한 이를 드러내며 활짝 웃었다.

수인은 숙현을 위해 칵테일을 주문해 주고 이 호텔에 머무는지 물었다. 숙현이 그렇다고 하자 그는 자기도 오늘 밤은 한국 손님들과 함께 이 호텔에 투숙한다고 했다.

수인이 일행에게로 돌아가자 숙현은 비로소 안정을 되찾았다. 아들과 함께 룸으로 돌아왔지만 잠이 오지 않았다. 하루종일 수영을 한 형욱이 곯아떨어진 후 숙현은 수인의 전화를 받았다. 스카이라운지에서 한 잔 하자는 수인의 제의를 숙현은 밤이 늦었다는 이유를 들어 거절했다. 수인은 조르지 않고 아침에 식당에서 볼 수 있겠다며 전화를 끊었다.

그날 밤, 숙현은 이후의 체온이 무척 그리웠다. 숙현과 함께 그녀가 사준 쿠페를 시승하던 날 이후는 보영과 만나지 않겠다고 했다. 숙현이 떼를 쓰는 것을 받아준데 가까웠지만 약속은 약속이었다. 숙현은 만족스러웠다. 새 차를 타고 기뻐하던 이후의 생기 있는 얼굴이 떠오르자 숙현은 서울에 돌아가면 이후를 더 기쁘게 해주고 싶어졌다. 그러면 자기도 조금은 더 행복할 수 있을 것 같았다.

다음날 아침 숙현은 식당에서 수인과 다시 마주쳤다. 아침 햇살을 받고 서 있는 그는 더 건장하고 핸섬하게 느껴졌다. 그는 숙현에게 다가와 쾌활한 표정으로 잘 돌아가라고, 하와이에 오면 연락하라고 했다. 숙현은 형욱을 위해 그러겠노라고 했지만, 자기가 정말 그에게 연락을 하게 될지는 알 수 없었다.

- 저런 놈들이 판치는 세상에서 어떻게 애를 키워.

숙현이 하와이에서 생긴 일을 떠올리는 사이에 문주는 다시 혼잣말을 했다.

숙현은 그것이 광장에 나와 있는 어느 편을 가리키는 말인지 알 수 없다. 종잡을 수 없는 문주의 말을 들으며 숙현은 그가 어떤 혼란 속에 들어 있음을 느꼈다.

문주는 지난 초여름부터 인천에 본부를 둔 청해진 수사팀에 합류해 있었다. 숙현은 늘 문주가 모험을 하지 않기를 바랐지만 문주는 인천행을 권력의 심부로 들어갈 수 있는 마지막 기회로 여기는 듯했다. 입이 무거운 문주는 직장에서 벌어지는 일들에 대해서는 아무 말도 하지 않았다.

텔레비전 화면은 광화문 광장을 비추다 말고 토론 프로그램의 패널들 쪽으로 옮겨갔다. 아나운서 옆에 둘러앉은 패널들은 제각기 조리에 맞지 않는 의견들을 내놓고 서로 다투었다.

문주는 시선은 여전히 텔레비전 화면을 향하고 있었지만 생각은 다른 곳에 가 있는 듯했다. 순간순간 표정이 변하는 문주의 얼굴을 옆으로 바라보며 숙현은 그가 무척 나이 들어 보인다고 느꼈다. 불과 한 달 사이에 피부빛이 한층 바래버린 문주였다.

- 대단히 명석한 친구다. 골치 아픈 일을 깨끗하게 처리할 줄 알아. 집안이 좀 처지고, 나이가 층이 지는 게 흠이라면 흠이다만.

남편 문주를 숙현에게 소개해 준 것은 큰아버지였다. 집안에 법조계 인물이 하나쯤은 있어야 한다고 생각한 그는 숙현을 이를 위한 지렛대로 삼으려 했다. 그때는 대학도 미처 마치지 못한 때였지만 숙현은 아버지나 다름없는 큰아버지의 뜻에 따라 드리고 싶었다.

숙현은 먼 지난 날 문주를 처음 만나던 날을 떠올렸다. 아주 오래된 그날, 이태원 경리단길 끄트머리 하이얏트 호텔 일 층 커피숍에서 숙현은 약속 시간을 이십 분이나 넘기며 오지 않는 사내를 기다렸다. 테라스쪽 창가에 앉은 숙현은 자기도 모르게 보들레르에게 배운 프랑스 말을 중얼거렸다. 그것은 한국말로는 권태라고나 옮겨야 할 어휘였다.

그러고 보면 자기는 이제부터 만나려는 사람에 대해 아무런 호기심도 품고 있지 않았다. 남자는 사법 연수원을 거쳐 바야흐로 서울지검의 초임 검사로 일하고 있다 했다. 대단히 명석한 사람이라고, 큰아버지는 몇 번씩 힘주어 강조했다. 나이가 층이 지는 게 다소 흠이라고, 하지만 속초 태생이니 나쁘지만은 않다고도 했다.

숙현은 이 나라에서 출세하려면 영남이나 서울 출신 아니면 안 된다는, 큰아버지의 평소 지론을 잘 알았다. 그에게 강원도 출신의 문주는 마지못해 선택한 차선일 뿐이었다.

- 늦었습니다. 일이 밀리는 바람에 그만.

창밖을 바라보며 생각에 잠겨 있던 숙현은 어느새 자기 앞에 와 있는 남자를 올려 보았다.

급하게 달려온듯 남자의 뺨이 발그레했다.

짧게 깎은 그의 머리칼은 바람에 날린 듯 흐트러져 있었다. 회색빛 싱글 정장도, 남빛 넥타이도 모두 풀기가 없었다. 숙현은 그가 몹시 지쳐 보인다고 생각했다.

숙현과 남자의 눈빛이 짧게 오갔다. 남자의 눈은 어떤 갈망 같은 것으로 빛이 났다. 숙현 자신을 향한 것만은 아닌 그의 눈빛에서 숙현은 어떤 불순함을 느꼈다.

어떻게 해야 하나.

자신을 영리하고 이지적이라고 여겨온 숙현이었다. 하지만 숙현은 지금 이 남자를 어떻게 처리해야 할지 알 수 없었다. 그래도 숙현은 천천히 자리에서 일어났다.

- 처음부터 이러시면 곤란해요.

숙현은 아무 미련도 없다는 듯 그를 남겨두고 커피숍을 빠져나왔다. 문주는 허둥거리며 숙현을 따라나섰다. 하이얏트 호텔을 빠른 걸음으로 나서 아래쪽으로 방향을 잡으며, 숙현은 동정은 금물이라고 생각했다.

숙현은 좁은 차도를 따라 빠른 걸음으로 언덕을 내려갔다. 뒤에서 자동차 클랙션 소리가 들렸다. 고개도 돌리지 않고 인도 쪽으로 한 발짝 비켜 주었다. 외제차가 숙현을 지나쳐 가며 윈도우를 내리고 나쁜 말을 내뱉었다. 숙현은 아무런 응대도 하지 않았다.

언덕길을 서둘러 내려온 문주의 기척이 느껴지는 순간, 숙현은 옆에 아무데나 보이는 문을 열고 들어가 버렸다. 그곳은 영어로 'pell-mell market(뒤죽박죽 마켓)'이라고 휘갈겨 써놓은 스낵코너였다.

숙현은 음식점 안쪽으로 들어가 눈에 보이는 의자에 털썩 주저앉았다. 여러 사람이 어깨를 나란히 하고 앉을 수 있는 긴 탁자의 끄트머리 의자가 마침 둘 비어 있었다.

- 미, 미안합니다.

문주는 숙현의 옆에 와 앉으며 미처 마치지 못한 사과를 끝내려 했다.

- 배고파요, 몹시.

숙현은 문주 쪽으로 잠깐 고개를 돌려 용서의 뜻을 나타냈다. 그러고는 비로소 시끄러운 음식점 안 풍경을 둘러보았다. 사각의 코너마다 각기 다른 메뉴를 파는 가벼운 음식점이었다. 일본 우동에 스시, 베트남식 볶음밥, 돈가스와 햄버거 같은 것들을 코너에 가 직접 주문하고 번호표를 가지고 기다려야 했다.

보나마나 조미료가 듬뿍 들어간 불량 식품일텐데.

숙현은 자기도 모르게 웃음이 나왔다. 이런 곳에서 선을 보리라고는 상상하지 못했다.

문주는 숙현에게 더 묻지 못하고 일식 코너에 가 한참 있다 다시 베트남식 코너로 갔다. 주문을 하려는 것이다.

묻지도 않고!

숙현은 문주의 무례함에 기가 막혔다. 잠시 후 문주가 숙현의 곁으로 돌아왔다.

- 되는 대로 시켰습니다.

- 고마워요. 그치만 왜 그렇게 늦으셨죠?

- 일이 좀 오래 걸렸습니다.

- 무슨 일이셨는데요?

- 식사 전에 얘기하긴 곤란합니다.

- 말씀해 주세요.

숙현은 어느새 그에게 말려들고 만 자기를 느꼈다.

- 유쾌하지 못한 소재라서요.

- 전 이미 몹시 불쾌한 상탠걸요.

숙현은 자신이 어리광을 부리는 말괄량이 숙녀처럼 군다고 생각했다.

- 검시가 예정보다 길어졌습니다.
- 검시라뇨?
- 변사자의 상황을 조사하는 거죠.
- 변사자요?
- 검사가 해야 할 일이죠. 형사소송법 222조 1항에 따라.
- 끔찍할 거 같아요.
- 처음엔. 하지만 자꾸 보면 그렇지도 않죠.
- 어떤 사람이었어요, 오늘은?
- 평소보다 좋지 않았습니다.
- 어떻게요? 아, 아네요. 묻지 않는 게 좋을 것 같아요.
- 아무래도 그렇겠죠? 야산에서 변사체로 발견되었는데, 알고보니 수배중인 대학생이었어요.
- 쫓겨 다니다 지친 건가요?
- 자살로 단정하기에는 상황이 좋지 않습니다. 여기저기 구타 흔적도 있고.
- 끔찍해요.
- 숙현 씨 같은 여성이라면 힘든 직업이죠.
- 그쪽은 괜찮구요?
- 이겨내야죠.
- 풋. 이겨내신다구요? 무슨 싸움이라도 하시나요.
- 싸움이라기보다는.

문주는 무슨 말을 덧보태려다 말고 숙현을 정면으로 바라보았다. 숙현은 그의 강렬한 눈빛에서 문득 일찍 세상을 떠난 아버지의 눈빛을 본 듯 했다.

아버지와 문주.

돌이켜 생각하면, 한 사람이 밝고 명랑한 데 비해 다른 한 사람은 어딘지 모르게 무겁고 우울했다. 하지만, 남자는 서로 너무나 다른 사람도 어느 순간 거짓말처럼 같은 눈빛을 발하는 때가 있다.

그때 숙현이 문주에게서 발견한 아버지의 눈빛은 결과적으로 착각에 불과했는지도 몰랐다. 하지만 이후라고 해서 다르지 말란 법이 있을까. 그 또한 아직 어린 아버지일 뿐이요, 미처 나이 들지 못한 문주일 수도 있다.

- 양재천에라도 가요, 우리. 네?
- 사람들 마주치는 게 싫어.
- 다 우리 같은 사람들인데, 왜요? 휴일에는 쉬고, 평일엔 일하고. 저는 매일 놀지만.

숙현은 오늘만은 이 숨 막히는 아파트 안에 둘이 마주 앉는 있는 일을 피하고 싶었다. 옷을 갈아 입으러 일어서는 숙현을 향해 문주가 혼잣말을 했다.

- 사람들이 날 보는 게 싫단 말야, 내 말은.

그것은 마치 아내인 자기를 향한 도움의 요청처럼 들렸다. 무슨 일인지 몰라도 요즘 들어 문주는 부쩍 외로움을 탔다.

그런데도 숙현은 이상하게도 냉정해졌다. 어쨌거나, 오늘까지만 문주의 시중을 들어주면 그만이다. 요일이 바뀌면 그때는 이후도 서울로 돌아와 있을 테고, 그러면 즐거운 나날이 이어질 테니까.

17. 잠든 컴퓨터에서 찾아낸 남자의 근황

드디어 지루한 연휴의 나날이 끝났다. 새 월요일이 왔다.

숙현은 아침부터 이후에게 전화하고 싶은 것을 꼭 참고 오후가 되기를 기다렸다. 마침 문주는 오늘 늦게나 돌아올 수 있을지 모른다 했다. 수화기 속 문주의 지친 목소리를 듣자 숙현은 한결 마음의 여유가 생겼다. 숙현은 춘천 강의에서 돌아오는 이후를 놀라게 해줄 놀이를 상상했다.

연휴 기간 내내 연락 한 번 없던 이후가 야속하기도 했지만 그를 보고 싶은 마음이 미움보다 더 컸다. 자기에게 때때로 냉정해지는 이후는 숙현으로 하여금 일상생활에서 느낄 수 없는 스릴을 맛보게 했다. 그의 전화를 틀림없이 기다리고 있음을 알면서도 일부러 무심함을 가장하곤 하는 이후에게서 숙현은 단순한 미움을 넘어선 감정의 유희를 느끼곤 했다.

오후가 되자 숙현은 더 이상 참지 못하고 평소보다 가벼운 옷차림으로 이후가 사는 동네 쪽으로 향했다. 계절에 어울리지 않게 너무 짧게 입은 것은 아닐까 걱정하면서도 그 때문에 이후가 즐거워졌으면 좋겠다고 생각했다.

점심 때를 넘겨 느지막이 나섰건만 홍대입구역에 내리고 보니 다섯 시도 채 못 되었다. 숙현은 방향을 잡지 못하고 젊은 애들이 흘러가는 대로 지상으로 올라왔다. 나오고 보니 9번 출구라는 표지판이 보였다. 아직 저녁이 안 된 때인데도 출구 앞 느티나무 아래에는 인파라고 해도 좋을 사람들이 모여 있었다. 혹은 앉아서 혹은 서서 약속한 사람을 기다리고 있는 사람들 틈에 서서 숙현은 자기도 누군가를 기다리고 있기나 한 듯 잠시 머물렀다.

혹시 9번 출구 계단으로 올라오는 사람들 틈에 이후가 끼어 모습을 나타낸다면 너무나 반가울 것 같다. 하지만 이렇듯 오가는 이들이 많고서야 이후가 정말 나타난다 해도 알아볼 수조차 없다.

그나저나 이후가 이곳으로 돌아오려면 넉넉잡고 두어 시간은 더 있어야 한다. 이후는 자기가 사준 쿠페를 몰고 곧장 오피스텔로 돌아올 것이다.

이후에 따르면 지금은 박사 학위를 가지고도 시간 강의조차 얻기 어려운 때였다. 이후도 열심히 자리를 찾아보았지만 서울 안에는 어떤 자리도 나지 않았다. 일본으로 가 행방불명이 된 작가의 내면세계를 추적한 학위 논문은 높은 평가를 받았다고 했다. 하지만 그것과 강사 자리를 얻는 일은 아무 상관도 없었다.

이후의 새 학기 강의 자리는 아주 우연히 굴러 들어온 것이나 다름 없었다. 서울은커녕 지방에서도 강사 자리를 얻을 수 없게 된 이후는 그날 학과 연구실 앞에서 서성거리고 있었다. 방학 기간이 거의 끝나가던 때였다. 이후는 그날 마침 알고 지내던 출판사 사장을 만나기로 되어 있었다.

말이 사장이지 지독히 영세한 수준으로, 간간이 학술 서적이나 영인본 자료집을 내는 것으로 연명하는 출판사의 영업 사원 겸 사장이었다. 설상가상으로 칠월에 캠퍼스에서 아주 오랜만에 마주쳤을 때 그는 대장암 수술을 받은 지 얼마 안 되었다고 했다. 그가 유난히 늙고 수척해 보인 것은 바로 그 때문이었다. 이후는 자기 처지를 잊고 그를 깊이 동정했다. 공부하는 사람도 책을 사지 않는 시대에 제법 무던하다며 평소에 이후를 무척 아껴주던 사장이었다.

이지적이려고 애써도 매번 감정에 휩쓸리곤 하는 이후는 그 자리에서 자신의 학위 논문을 그의 출판사에서 출간하기로 결정해 버렸다. 더 크고 이름난 출판사일수록 자신의 진로에 유익할 수 있음을 이후도 모르지 않았다. 하지만 그는 약하고 불리하고 낮은 처지에 있는 사람들에게 천성적으로 이끌리는 체질을 타고난 것이었다.

그날 학위 논문 정리한 것에 그동안 간간이 써온 작은 논문들을 저장한 유에스비를 들고 사장을 기다리고 있던 이후는, 학과 일을 하고 있는 후배의 눈에 띄였다.

– 이후 형!

– 오, 순규!

- 방학인데, 뭐, 처리할 일이라도 있어요?
- 없다. 여기서 창문사 사장님을 만나기로 했거든.
- 책 내려고요?
- 그렇게 됐다.
- 그나저나 강의 자린 구하셨어요?
- 없다.
- 잘 됐어요. 금방 춘천에서 전화가 왔어요. 기수 형이 강의 전임 자리가 나서 못 간다고 했나 봐요.
- 그래? 그래도 그 강사 자린 김철하 교수님 제자들한테 물어봐야 하지 않나?
- 두 사람한테 해봤는데 방학이라 그런지 연락 안 돼요. 핑계 좋은데요, 뭘. 춘천에서도 급하게 됐다 하고.

하필 기수 선배의 시간 강의를 대신하게 된다는 것이 꺼림칙했다. 더구나 월요일과 수요일의 일 교시, 육 교시는 여간 힘든 자리가 아니다. 동교동에서 춘천 강의실까지 가려면 어떤 교통편으로도 왕복 여섯 시간은 잡아야 한다. 더구나 일 교시라면 아침 아홉 시고, 여유 있게 가려면 새벽 다섯 시 반에는 일어나야 한다. 옛날에 북한에 있었다는 새벽별 보기 운동이 따로 없는 격이다.

하지만 강좌를 한꺼번에 두 개나 준다니 반갑지 않을 수 없다. 이후는 감지덕지했다. 쿠페를 몰고 경춘고속도로 주변 풍경이나 구경하며 오가는 것도 나쁘지 않을 것 같았다.

그렇게 숙현은 들었다. 두 시부터 시작하는 육 교시 강의 한 시간 반을 끝내고 일 보고 사람 만나고 도중에 휴게소에서 쉬면서 서울로 돌아오려면 빨라도 일곱 시는 되어야 할 것이다.

이후의 오피스텔이 있는 동교동 로터리 쪽으로 걸음을 옮기며 숙현은 오늘 자기가 아무 것도 준비하지 못했음을 깨달았다. 여유를 부린다고 부렸지만 자기도 모르게 몹시 조바심을 쳤다.

아무렴.

숙현은 아무러면 어떻겠느냐고 생각한다. 저녁이야 근처 아무 데서나 해결해도 되고 그것보다 젊은 애들 가는 곳에서 와인이나 수제 맥주를 마시는 것도 나쁘지 않겠다. 홍대입구역 7번 출구 앞 행상 꽃 가게에 핑크빛 장미가 만발해 있는 것을 적당히 사들고 숙현은 이후의 오피스텔 빌딩으로 갔다. 경비실 아저씨에게 명랑한 목소리로 인사를 하고 일 층 현관문을 열어달라고 했다.

막상 육 층 오피스텔 도어의 비밀번호를 누르려다 말고 숙현은 이후가 안에 누군가와 함께 있기라도 한 것 같은 불길한 예감에 사로잡혔다.

조심스럽게 인터폰을 눌렀지만 다행히 오피스텔 안에는 아무도 없다. 숙현은 안도하는 심정으로 오피스텔 안으로 스며들 듯 들어갔다. 사람 없는 이후의 방은 어두컴컴한 정적에 물들어 있다.

여름이 시작될 때 숙현은 사람을 불러 이후의 방에 코발트빛 차광 커튼을 쳐놓았다. 낮의 햇살을 받으며 육체의 쾌락을 나누기란 쉽지 않은 일이다.

숙현이 전등 스위치를 누르자 오랫동안 비워둔 것 같은 방의 풍경이 빛살 아래 드러났다. 여자라면 쉽게 감지할 수 있을, 방에 흐르는 기운에 의하면 이후는 오늘 새벽에 이곳에 있지 않았다.

아직 대전에서 올라오지 않은 걸까.

하지만 숙현이 아는 이후는 그렇게 대범한 성격의 소유자가 아니다. 새 학기 시작하고 두 주도 채 지나지 않았는데 결강을 하기는 어려울 것이다. 아니면 대전에서 곧장 춘천으로 올라가 강의를 했는지도 모른다. 연휴 마지막 날을 고등학교 동창들과 밤늦게까지 어울렸다면 충분히 그럴 수 있는 일이다. 어찌 되었든 오늘밤이면 뭐든지 다 밝혀질 것이다.

숙현은 석연찮은 기분을 애써 돌이켜 명랑함을 되찾으려 했다. 탁자 위의 빈 꽃병에 장미를 풀어 예쁘게 꽂아놓자 방안 분위기가 한결 화사해진 것 같다. 숙현은 내친 김에 샤워를 하기로 했다. 얇은 옷가지들을 훌훌 벗어버렸다. 이후를 위해 산 진홍빛 얇은 속옷을 던져버리고 나자 숙현의 기분은 한결 가뿐해졌다. 욕실로 들어가 오피스텔에 어울리지 않는 전신 거울에 자기 몸을 비춰보았다.

거울 속의 자기를 이리저리 몸을 돌려가며 훑어 보는 숙현의 얼굴에 만족스러운 웃음이 떠올랐다. 몇 년만 있으면 자기도 마흔이 되련만 거울 속의 자기는 이제 서른을 갓 넘긴 듯 싱싱해 보였다. 고등학생 아이를 둔 엄마라고는 아무도 생각하지 못할 것 같다. 흰빛 타올로 세이런의 머리칼 같은 숱 많은, 가느다란 퍼머넌트 머리를 올려매고 샤워기에서 쏟아지는 미지근한 물줄기에 몸을 맡겼다. 숙현은 자기도 모르게 얼마 전에 보았던 오페라 가곡의 한 소절을 읊조렸다.

> 라싸 꼬 피앙가
>
> 라 두라소르테 에 께 소스피리 라 리베르타
>
> 에 께 소스피리 에 께 소스피리, 라 리베르타

가사를 읊조리다 말고 숙현은 갑자기 키드득 웃음을 터뜨렸다. 노래 가사가 도무지 자기와는 어울리지 않는 것 같다.

비참한 나의 운명, 저에게 자유를 주소서, 라니. 이미 자기는 너무나 자유롭건만, 여기서 더 어떤 자유가 필요하단 말인가. 자기에게 필요한 것은 자유가 아니라 구속이다. 자기로 하여금 그렇게 하지 않고는 견딜 수 없게 해줄 필연적 운명 같은 것 말이다.

숙현의 표정이 심각해졌다. 서둘러 샤워를 마치고 나온 숙현은 타올로 몸의 물기를 씻어내며 불안한 눈빛으로 탁자 위에서 깜박이고 있는 컴퓨터 화면의 표시등을 바라보았다. 조그만 녹색 불빛은 컴퓨터가 죽어 있지 않음을, 다만 잠들어있을 뿐임을 알려주었다. 숙현은 물에 젖은 집게손가락으로 키보드의 엔터키를 가볍게 눌렀다.

이후의 컴퓨터가 잠에서 깨어나 기지개를 켜는 소리가 들렸다. 윙, 하는 소리와 함께 컴퓨터 화면에 불이 들어오고 암호를 요구하는 창이 떴다. 숙현은 그것을 이미 오래 전에 이후의 어깨 너머로 알아 두었다.

바야흐로 이후의 세계로 들어가는 문이 열리자 숙현은 자기도 모르게 몹시 긴장했다.

이후는 아래아 한글 문서 창을 여러 개를 한꺼번에 열어놓고 쓰는 버릇이 있다. 숙현은 잠들어 있던 그 창들을 하나하나 화면 위로 띄워 올렸다. 숙현의 눈빛이 그중 한 문서에 가 꽂혔다. 그것은 이후가 컴퓨터로 써서 저장해 두는 일기였다. 숙현이 마우스를 움직이자 이후가 써놓은 일기 문장들이 모습을 나타냈다. 그는 일기를 매일 쓰는 사람은 아니었다. 일기는 며칠씩 끊어졌다가 이어지기를 반복했다.

숙현은 타올로 몸을 감싼 채 의자에 앉아 타인의 사생활을 아무런 죄의식도 없이 들여다보았다. 그것은 남자의 알몸을 훔쳐보는 것이나 다름 없었건만 숙현은 그런 것쯤 아무렇지도 않았다.

이후의 일기를 스크롤바로 스캔하듯 훑어보던 숙현의 시선이 보영이라는 이름이 스쳐 지나가는 곳에 급히 고정되었다.

보영이라니. 아직도 그 여자를 잊지 않은 걸까.

2014년 7월 4일. 서울. 덥다.

보영의 휴대폰이 끊어져버렸다. 없는 국번이라니. 어제까지만 해도 아무 일 없다고, 며칠 있다 볼 수 있으면 보자고 하지 않았던가. 업소 그만두고 옷 가게 차리면 서울에서도 볼 수 있겠다고, 새벽에 남대문에서 소주 한 잔 하자던 것을.

전남편? 아니면 동민이라는 그 사업가?

이러다가는 내가 미국 영화의 주인공처럼 보영의 남자들을 차례로 제거해 버리고 마는 건 아닌지 모르겠다.

하기는 영화 속의 그자나 현실 속의 나나 꽤나 한심한 상황에 떨어져 있는 것은 같다. 천국은 멀고 현실은 수렁이다. 사랑만이 해답이겠지만, 도대체 그 사랑이란 것의 실체는 뭔가? 소유욕인가, 동정인가, 절망인가.

2014년 7월 9일. 대전에 비.

무턱대고 대전에 내려 갔지만 갑자기 어디론가 사라져 버린 보영은 흔적이 없다. 강남지도, 플뢰르에서도 잡아떼듯 모른다는 말뿐이다. 남지는, 인연이 거기까지인 것 같으니 찾지 않는 게 좋겠다고도 한다.

논문을 마지막으로 수정해야 한다. 손에 잡히지 않아도 해내야 한다. 대학원, 이 가짜 사회를 떠나 진짜 사회로 나아가기 위해서.

2014년 7월 13일. 대전에 또 비.

다시 대전에 갔다. 순수는 초희 씨와 동거에 들어갔다고 한다. 순수는, 초희 씨 혼자 밤에 일하는 걸 두고만 볼 수 없어 며칠 새벽부터 공사판에 나갔다던가. 온몸이 멍투성이가 된 것 같다고 한다. 하지만 어떤 때는 사람은 육체를 탈진시키는 것도 좋다.

2014년 7월 18일. 대전, 폭우. 85.5mm

대전역에 내리자 폭우가 쏟아져 내렸다. 나는 무작정 걸었다. 숙현에게서 전화가 왔다. 비가 오냐고, 어디 간 거냐고 물었다. 알려주고 싶지 않았다. 하지만 이미 알아차렸는지도 모른다. 영리한 여자. 하지만 그때문에 탕진이라는 것을 알지 못하는 여자. 보영이라면 숙현과는 확실히 다르다. 그녀의 가슴에 새겨진 주홍글씨가 그 징표겠지. 어디로 가버린 걸까. 아파트를 옮길 정도로 무서운 일이 생겼다면, 오히려 내 도움을 필요로 하는 게 아닐까.

무작정 역 앞 중앙시장 골목을 따라 걸었다. 옛날 생각이 났다. 고등학교 다닐 때 소설책 사보려고 늘 가던 헌책방 거리. 지붕을 씌워 놓은 중앙시장통을 가로질러 수예점들, 옷 가게들 늘어선 거리를 지나치자 빗속에 청양서점이라는 책방 간판이 보였다. 옛날에는 이름을 기억할 필요가 없었다. 그냥 책을 보고 살 수 있으면 되었으니까. 이제는 책은 더 이상 살 게 없다. 대신에 옛날의 기억을 사러 그곳으로 들어갔다. 그런데, 있다. 한 권의 책. 니체. 이 사람을 보라. 지금은 사라지고 없는 출판사에서 나온, 휘황찬란한 유고집. 단돈 삼천 원에 초인적 인간의 이력서를 손에 넣고 서점을 나왔다. 첫 문장을 읽기도 전에 벌써 배가 불러왔다.

2014년 7월 28일. 서울. 30도가 넘었다.

아무 것도 믿지 않는다. 썩을 대로 썩어버린 세계. 유병언? 풀밭에서 혼자 죽었다고? 한 달도 안 돼서 백골만 남았다고? 하지만 키도, 손가락도, 치아도 다르단다. 믿을 수 없다.

2014년 7월 30일. 체온에 근접하는 33도.

나로부터 그렇게 먼 거리에 떨어져 있는 인간이 어떻게 이렇게 내 마음을 격동시킬 수 있는 것일까. 예를 들면 다음과 같은 문장. 자유 정신은 스스로 자기 자신을 다시 소유하는, 자유롭게 된 정신이다.

2014년 8월 7일. 밤이 깊다.

아무 것도 믿을 수 없다. 티비도, 라디오도, 인터넷도, 점잖은 사람들도, 옳은 말을 하는 사람들도. 숙현도, 보영도, 나 자신도. 진실은 어디에도 존재하지 않는다. 나 자신조차 믿을 수 없는 세상을 견뎌내야 한다는 진실만이 남았을 뿐. 끔찍하다.

니체는, 자기는 자기 자신의 신용에 의해서만 살아간다고 했다. 나는 나 자신조차 믿을 수 없다. 그는 얼음박힌 높은 산에서 자기 자신의 철학으로 살아간다고 했다. 내게는 나 자신을 끌고 갈 나 혼자만의 별빛조차 없다. 수렁에 빠진 채 서서히 잠겨 들어가는 삶. 이 상태를 얼마나 견뎌낼 수 있을까.

2014년 8월 8일. 계속해서 니체.

이런 문장도 있다.

내 과제는 인류 최고의 자기 성찰의 순간인 위대한 정오를 준비하는 것이다. 이때 인류는 과거를 회고하고 미래를 내다보면서, 우연과 사제의 지배에서 벗어나, 왜? 무슨 목적으로? 라는 질문을 최초로 전체적으로 제기할 것이다.

이 과제는, 필연적으로, 인류가 그 스스로 옳은 길을 가지 않고, 전혀 훌륭하게 신적으로 관리되지도 않으며, 그들의 가장 신성한 가치 개념들 밑에는 오히려 부정 본능과 부패 본능과 데카당스 본능이 유혹적으로 군림하고 있다는 통찰에서 나온다.

난잡한 번역투 문장. 그러나 무슨 말인지 알아내는 기쁨이 있는문장.

2014년 8월 9일.

구역질이 난다. 이제 겨우 니체라니. 나란 존재가 이렇게 시대착오적이라니. 다들 라깡이나 지젝을 찾는 시대에 니체라니. 이 사제 같은 냄새를 피우는 안티 사제에 빠져 허우적거리다니.

그런데도 나는 그의 문장을 써넣는다. 그 이상한 프로이트주의자들보다는 훨씬 믿을 만하니까. 지식을 지혜로까지 승격시키려는 사람은 고전에 귀의해야 하니까.

그는 썼다.

불멸하기 위해서는 비싼 보상을 치러야 하는 법이다. 즉 불멸을 위해서는 살아생전에 여러 번 죽어야 한다.

2014년 8월 10일. 폭우. 42.5mm

숙현이 왔다, 일요일인데도. 빗속을 뚫고. 아양을 떠는 게 차라리 예쁘면서도 가증스러웠다. 나한테 보여주는 시간 말고는 아무것도 보여주지 않는 여자. 아무 것도 가진 게 없는 것 같은데, 모든 것을 가진 것처럼 한가로운 여자.

내일 하와이에 간다고 한다. 언젠가 형욱이를 본 적이 있다. 첫눈에도 마음에 드는 아이였다. 지난번에 가르친 윤서도 미국 유학 쪽으로 방향을 틀었다고 했다.

이 주라. 그렇다면 내게도 기회의 시간이다. 보영을 그 사이에 찾아내야 한다.

다시 보영의 이름이 등장하는 대목에서 숙현은 잠깐 일기에서 눈을 떼었다. 쳇, 아무 것도 보여주지 않는다니. 숙현은 당장이라도 이후를 앞에 세워두고 따져묻고 싶었다. 애인이 어디서 무슨 짓을 하고 다니는지 모르는 것은 정작 자기 쪽이 아니더냐고.

하지만 이후는 아직 돌아오지 않았다. 숙현은 갈증을 느끼며 지난번에 냉장고에 채워둔 수입산 쥬스병을 가져다 벌컥벌컥 들이켰다. 갈증이 가시자 없던 배짱이 생겨나는 듯하다.

어디, 이 작자가 얼마나, 어디까지 갔는가 보자는 심산으로 숙현은 다시 일기장 속을 들여다보기 시작했다.

2014년 8월 15일. 광복절.

니체의 문장이 내가 갈구했던 것이 무엇인지를 깨닫게 해준다.

나 또한 내 종족을, 내 학문을, 그러니까 국문학을, 그리고 고색창연한 스승마저 부인해 버리고 싶다.

독일인들은…… 오늘날의 모든 것에 대해 책임이 있다. 즉 지금의 비할 바 없는 반문화적인 병증과 비이성, 유럽을 병들게 한 국가적 노이로제인 민족주의, 그리고 유럽의 소국 분립과 작은 정치의 영구화에 책임이 있다. 독일인들은 유럽의 의미를 없애버리고 유럽의 이성마저 없애버렸다. 그들은 유럽을 막다른 골목으로 몰고갔다. 이 막다른 골목에서 나오는 길을 나 외에 누가 알고 있는가? 여러 민족들을 다시 엮는다는 과제는 충분히 위대하지 않는가?

이 문장들의 독일인의 자리에 무엇을 대입시켜야 하는가? 나는 그것이 무엇인지 안다. 차마 입 밖에 내고 싶지 않은 말. 오늘의 한국의 독일인들. 그 일부는 건국의 아버지를, 민족중흥의 전도사를 숭배한다. 또 다른 일부는 곧 다가온다는 하나 된 조국을 숭배한다. 그리고 이 숭배주의자들을 모조리 경멸해 마지않는다는 제삼의 부류는 자신들이 한국의 니체라도 되는 양 잘난 체들을 한다. 하지만 그들은 니체와 달리 절대로 자신들을 체제 바깥에 내놓지 않으려 한다. 교수는 교수직을 버리지 않고 국문학자는 국문학을 버리지 않는다. 오직 그 이름을 한국 문학으로 바꾸고, 그 이론을 제국에서 민첩하게 빌려오는 아량으로 열등감을 감춤으로써 모든 문제를 해결했다고 믿는다.

나는 이 모든 것에서, 국문학이라는 이름의 숭고와 한국 문학이라는 이름의 의사객관성 모두에서 벗어나야 한다. 그럴 수 있을까? 그런 좋은 날이 올 수 있을까?

2014년 8월 24일. 흐리다.

사흘 내내 몹시 앓다 오늘 점심때가 되어서야 겨우 깨어났다. 감기였을까? 더위를 먹은 걸까? 일어나기만 해도 토할 것 같은 사흘 동안 하와이의 숙현은 아무 소식이 없다. 기어가듯 오피스텔 지하의 사우나탕으로 내려갔다. 사우나탕도 싫고 지하도 싫지만 살아나야 하니 하는 수 없었다.

한 달 전쯤 새로 생긴 사우나탕 안은 텅 비어 있었다. 점심시간이라서? 하지만 요즘은 워낙 불경기인 데다 이 오피스텔 지하는 사우나탕이 있을 법한 곳은 아니다.

아무도 없는 사우나탕은 한가로운 기쁨을 주었다. 적당히 씻고 욕조에 몸을 기대고 나니 다시 살아날 수 있을 것도 같았다.

수증기가 뭉쳐 방울방울 물이 맺혀 있는 천장을 바라보며 생각했다. 도대체 나는 이런 때가 아니고는 인생이라는 것의 피로에서 벗어날 수가 없단 말이냐. 서른 두 살에 벌써 이렇게 폭싹 늙어 버렸다니, 믿을 수 없지만 인정하지 않을 수 없는 사실이다.

그때, 웬 노인 하나가 문을 열고 욕탕 안으로 들어왔다. 완전히 늙어버려 걷지도 못할 것 같은데, 그래도 한 걸음 한 걸음 조심조심 걸음을 옮기는 노인. 젊었을 때는 꽤 키가 컸을 법도 한데, 이제는 어깨도, 허리도, 원숭이처럼 잔뜩 구부러진 몸체에 피부는 차마 흘러내릴 수 없어 앙상한 뼈에 간신히 매달려 있는 낡아빠진 가죽 같았다. 나는 한눈에도 그에게서 생명의 빛이 거의 다 빠져나가 버렸음을 알았다. 세신 타올을 간신히 움켜쥐고 아주 천천히, 후들거리는 걸음걸이로 샤워 꼭지가 매달린 곳에 당도한 그는 떨리는 손으로 수도꼭지를 틀고 겁을 내면서 물의 온도를 조절했다. 수도꼭지의 빨간 밸브와 파란 밸브를 조절하는 것도 힘들어 보이는 노인은 쏟아져 내리는 물줄기에 머리카락 몇 올 없는 머리를 내밀고 비누칠을 한다.

머리를 감기 시작한 지 얼마 못가 앞 벽에 두 팔을 기대고 가쁜 숨을 고르고 있는 노인을 나는 애써 외면하면서 가능하면 좋은 생각들을 떠올리려 했다.

그 사이에 노인은 어느새 욕탕 쪽으로 다가왔다. 나는 노인과 내가 같은 욕탕 안에 들어있는 것을 참을 수 없었다. 하지만 나는 아직은 예의가 바르다. 욕탕안으로 발을 들이민 노인을 배려하기 위함이라는 듯 나는 좁은 욕탕의 한쪽 옆으로 한껏 비켜났다. 노인을 잠식하고 있는 죽음의 기운에서 벗어나고 싶었다.

욕조 깊숙이, 목이 잠기도록 파묻고서야 노인은 비로소 한숨 돌린 듯했다. 부력이 노인을 지탱하는 것을 도와주었기 때문일 것이다. 노인의 목구멍에서 고양이가 가르릉거리는 것 같은 숨소리가 났다. 금방이라도 멈춰버릴 것 같은 가는 숨소리에 나는 몹시 불쾌해진 나머지 될 수 있으면 즐거운 생각을 하고 싶었다.

요즘 내게는 아무 것도 기분 좋아할 것이 없다. 눈을 감고 보영의 모습을 떠올려 보았다. 어디론가 사라져버린 지 한 달 하고도 스무 날 남짓, 벌써 보영의 모습은 희미해진 것 같다. 은갈치처럼 희디흰 가냘픈 몸에, 하지만 젖가슴만은 마치 세상을 다 품어줄 수 있다는 듯 따뜻했다. 숙현의 육감적인 아름다움, 그녀가 선사하는 끔찍한 쾌락과 다른 사랑이 보영에게는 있다.

도대체 한 여자의 육체의 반만을 접수하는 쾌락이라니. 그녀의 영혼의 껍데기만을 감각해야 하는 교감이라니. 이따위 것들이 요즈음 내 생활의 전부여야 하다니. 나는 이제 막 진짜 생활로 나아가야 하건만, 그러기도 전에 이미 형편없이 부패해 버리고 만 것이다.

머릿속에 떠오르는 숙현의 생글생글 웃는 얼굴을 지워버리기 위해 눈을 뜬 순간, 조금 전까지만 해도 내 바로 옆에서 가는 숨소리를 내고 있던 노인이 온 데 간 데 없다.

좁은 사우나탕 안에 노인의 모습은 찾을 수 없다.

어느 틈에 나가버린 걸까, 그 걸음으로.

문득, 무서운 생각이 났다. 노인이 스며들듯 내 안으로 들어와 버렸는지도 모른다는. 욕조에서 몸을 일으켜 욕탕 문을 열어보았지만 아무도 없다.

몹시 불쾌한 사건이다. 아무튼 사우나 효과인지 몸은 다시 여느 때로 돌아온 것 같다.

2014년 8월 25일. 월요일.

춘천에 갔다 왔다.

이 학교는 팔월 마지막 주에 새 학기를 시작한다. 남들보다 일찍 행동하기 위해서라고 한다. 일 교시 수업에 맞추기 위해 새벽부터 몹시 서둘러야 했다.

교수들은 서울에서 오는 시간 강사에게 맡길망정 절대로 일 교시 강의는 하지 않는다. 교수들은 누구나 같다. 이기적이기 짝이 없는 위선자들.

2014년 8월 27일. 수요일.

오늘도 춘천 강의.

경춘고속도로 대신 일부러 옛날 도로 쪽으로 돌아왔다. 강촌 부근을 지나는데, 강이 아름답다는 생각이 들었다. 서울로 흐르는 북한강 줄기다.

2014년 8월 29일.

졸업. 학위기를 받았다.

아버지와 같이 사진 찍고 중국집에 갔다. 앞으로 어떻게 되느냐고 물으셨다. 당장 취직은 어려움을 아신 것이다. 논문을 부지런히 쓰겠다고 말씀드렸다.

2014년 8월 30일.

순수에게서 전화가 왔다. 보영과 마주쳤다고 한다. 조희와 함께 옷을 사려고 중앙로 지하상가를 걷는데 성심당 쪽 지하에서 걸어오더라고 했다. 옷가지들을 팔에 걸고 있는 것으로 봐, 근처에서 장사를 하는 것 같다고 한다.

언제든지 삶을 찬란하게 끝낼 수 있는 연습을 해야 한다고, 언젠가 보영은 말했다. 왜 이 말이 생각나는 걸까.

2014년 9월 1일. 월요일.

강의에 지각.

쿠페를 버리고 새벽에 춘천 가는 기차 안에서 강의 준비를 했다. 수업 준비를 하면서도 몇 번씩이나 니체를 읽고 싶은 유혹에 시달렸다. 돌아오는 기차 안에서 책의 마지막 페이지를 넘겼다.

니체가 말하는 것이 진리임을 알면서도 이 부조리한 현실 속에서 이 체제가 원하는 방식으로 나 자신을 작동시키고 있음은 내가 그의 위대함에 다다를 수 없는 자이기 때문일 것이다.

강하지 못한 자, 약한 자는 슬퍼해야 한다. 슬픔에서 벗어나지 못할 것이다. 내 발밑의 슬픈 그림자를 본 날이다.

일기는 거기서 끝나 있다. 추석 연휴 이래로 이후는 일기를 쓰지 않았다. 숙현이 이후의 한글 파일들을 더 열어 보려고 할 때, 바깥 복도 쪽에서 발걸음 소리가 들렸다.

이후일까?

하지만 아니다.

숙현은 다시 이후가 열어놓은 아래아 한글 창으로 눈을 돌렸다. 거기에는 그가 지금 새로 쓰고 있는 듯한 논문의 문장들이 펼쳐져 있다. 그리고 소설 문장처럼 보이는 것들도.

#18. 여자가 남자에 대해 아는 것과 모르는 것

이후는 거진 열두 시가 되어서야 오피스텔로 돌아 왔다. 그 사이에 숙현은 문주에게 두번이나 전화를 해서 귀가 시간을 물었다. 문주는 다행히 오늘밤을 직장에서 새워야 한다고 했다. 문주가 그의 말대로 검찰에서 밤을 새우는지, 적당히 일을 끝내고 술집 여자들과 놀아나는지, 아니면 어떤 특별한 여자를 숨겨두고 일을 핑계로 만나고 있는지는 알 수 없었다.

숙현은 문주와의 결혼 생활을 그다지 행복하게 여기지 않았다. 설렘의 순간들은 잠깐이었고, 숙현과 문주는 곧 서로에게 무심해지는 단계로 진입했다. 숙현이 강남 차병원에서 형욱을 낳을 때도 문주는 부산지검에서 올라오지 않았다.

갓난아이가 생겼는데도 일주일이나 이 주일에 한 번 주말에만 올라오는 생활을 문주는 이 년씩이나 버리지 않았다. 남편 대신에 숙현을 돌봐 준 것은 형욱이 중학교 들어갈 때까지 줄

곧 함께 지낸 도우미 아주머니였다. 문주는 서울과 외지 근무를 순환하며 남에 뒤지지 않는 경력을 쌓아 나가려 애썼다. 하지만 처음부터 출발점이 달랐다. 일반 형사범을 다루는 부서는 검찰에서도 한직이나 다름없다. 용의주도한 큰아버지도 그것까지 계산에 넣지는 못한 모양이었다.

결혼 생활이 이어지면서 문주는 술을 마시고 늦게 귀가하는 날이 많아졌다. 늦게 집에 들어와서도 그는 자기 서재 삼아 따로 마련한 방에 틀어박혀 혼자만의 놀이에 몰두했다. 숙현이 보기에 그것은 놀이라기보다 업무의 연장인 것 같았다. 하지만 문주에게 일은 보통 사람이 여가를 즐기는 데서 누리는 기쁨보다 더 깊은 쾌락을 선사하는 듯했다.

직급이 올라갈수록 문주는 살인 사건에 더욱더 탐닉했다. 숙현은 휴일에도 자기 방에 틀어박혀 추리 소설 아니면 살인 사건을 다루는 티비 프로를 보곤 했다. 숙현은 삶이 아니라 죽음에 열중하는 문주를 이해하기 어려웠다. 문주를 처음 만날 때 그를 동정해 마지 않았던 것과 달리 숙현은 점점 더 그가 기이하게 느껴졌다. 그는 살아나가는 일에 열중하고 있을 때조차도 죽음을 친구로 삼고 베개로 삼고 이불로 삼고 있는 것 같았다.

– 이봐. 장난이라도 문고리에도 목을 매면 안 돼.

어느 날 문주는 자기 방에 커피를 가져다주는 숙현을 향해 밑도 끝도 없는 소리를 했다. 그 즈음 문주는 전문 지식이 필요하다며 유명한 퇴직 형사가 썼다는 실전 법의학 책을 책상 위에 펼쳐 놓고 지냈다.

- 무슨 끔찍한 소리예요. 사람이 왜 자기 목을 매요.
- 사람이니까 무슨 일도 벌일 수 있지.
- 이상한 소리 그만하고 이제 그만 자요. 이 깊은 밤에 커피는 왜 마신다고.
- 난 아무 상관없어. 타고나길 둔하게 타고났어.

하지만 숙현이 보기에 문주는 사건들에 민감하게 반응하는, 자기 성벽을 어쩌지 못해 오히려 사건들에 매달리는 사람이었다. 마치 어린 시절에 겪은 공포의 경험을 뿌리치려 그 기억 속으로 아예 몸을 담가버리는 사람처럼.

- 꼭 발이 허공에 떠야 죽는 게 아냐. 화장실 문고리에 목을 매서 엉덩이가 바닥에 닿은 채로도 사람은 얼마든지 숨이 넘어갈 수 있는 거야.
- 밤이나 낮이나 이상한 데만 정신을 팔게 뭐람. 지겹지도 않아요? 밤낮 죽이고 죽는 것만 보는 게.
- 흐흐. 당신은 몰라. 사람은 살아 있어도 산 게 아냐.

그런 때 문주는 이상한 광기에 휩싸여 있는 것 같았다.

- 안 봐도 될 걸 너무 많이 봐서 그래요. 낮이나 밤이나 범죄 속에서만 사니, 사람도 이상해지는 거예요.

문주는 정색을 하고 숙현을 잠깐 바라보고는 다시 펼쳐놓은 책으로 시선을 묻었다. 이런 때 숙현은 자신과 문주 사이에 가로 놓인 보이지 않는 벽의 존재를 분명하게 의식했다.

숙현은 뜻하지 않게 세상을 떠난 아버지로 인해 삶에는 늘 죽음이 깃들어 있음을 알았다. 삶의 운명은 그것에 늘상 스며들어 있는 죽음의 기운을 얼마나 밀쳐낼 수 있는가에 따라 결정되는 것이라 믿었다. 문주는 반대로 삶을 죽음의 기운에 휩싸여 있는 것으로 적극 수긍함으로써 마침내 허무에 익숙해지려 했다. 삶에 대한 두 사람의 인식은 크게 다르지 않았지만 생각의 방향이 다름에 따라 두 사람 사이의 간격은 점점 더 멀어졌다.

언젠가 숙현은 문주가 늘 서재 책상 서랍에 넣어두고 애지중지하는 외장 하드 디스크를 열어본 적이 있다. 처음에 숙현은 하드 디스크를 컴퓨터에 연결하는 것조차 어려웠다. 장치를 들고 한참을 들여다보고서야 숙현은 비로소 외장 하드를 구동시킬 수 있었다.

디스크 안에는 크고 작은 파일들이 빼곡히 들어 있고, 놀랍게도 그것들은 하나같이 끔찍한 장면들을 담고 있었다.

미국 같은 서양 나라의 어두운 뒷골목에서 한 사내가 다른 사내를 뒤에서 덮쳐 칼로 찌르고 후다닥 달아나는 것을 빌딩 위에서 내려다보며 찍은 것, 여러 남자들이 한 여자를 향해 무지막지한 린치를 가한 끝에 급기야 축 늘어진 여자를 번갈아 겁탈하는 것을 남자들 중 하나가 가까이서 찍은 것, 검은 복면을 머리꼭지에서부터 목까지 덮어쓰고 두 눈구멍만 내놓은 거한이 꽁꽁 묶인 수염투성이 인질 남자의 목을 칼로 베어대는 것을 정면에서 찍은 것…….

숙현은 하마터면 구토가 나올 뻔한 것을 간신히 참고 컴퓨터 화면을 닫아버렸다.

나중에 숙현은 그것들이 은밀히 유통되는 스너프 필름임을 알았다. 만연한 폭력, 살인, 전쟁에, 무엇이든 훔쳐보고 남겨두는 데서 짜릿한 흥분을 느끼는 현대인의 병적 심리가 합쳐져 나타난 기이한 현상이었다. 그것들은 숙현의 뇌리에 깊이 박혀 오랫동안 사라지지 않았다. 끔찍한 장면들도 장면들이지만, 그것들을 카메라에 담고 있는 시선의 존재야말로 자신을 괴롭히는 보이지 않는 실체임을 숙현은 나중에서야 깨달았다.

타인의 생명이나 육체를 마음대로 처분할 수 있다고 믿는 새디스트적 쾌락에 빠져 있는 화면 속 남자들과, 그 장면들을 카메라에 담아 기술적으로 편집하며 관음증적 쾌락을 만끽하는 보이지 않는 시선의 소유자는 이 광기 어린 세계의 공모자들이었다.

- 수사상 필요한 자료들이야. 당신은 신경 쓰지 말아.

문주는 숙현이 외장 하드를 열어본 것을 크게 책망하지 않았다. 그만큼 떳떳하다는 뜻이었다. 숙현은 그런 끔찍한 사건들을 일상적으로 다루어야 하는 문주의 처지를 차라리 동정이라도 하고 싶었다.

문주는 점점 더 알 수 없는 남자가 되어갔다. 그는 기회만 있으면 공안 담당 쪽으로 옮기고 싶어 했다. 거기에는 숙현에게 말해주지 않는 어떤 이유가 숨겨져 있는 것 같았다.

문주는 점점 더 술을 많이 마셨고 그럴수록 집안에서는 더욱 과묵한 사람이 되었다. 그러다 지난번에 인천으로 발령을 받으면서 그에게는 드디어 기회가 찾아온 듯했다.

숙현에게 문주는 아무 것도 분명하게 설명하지 않았다. 그러면서도 어쩌다 아침 식탁에서 세월호 이야기가 나올 때면, 이번 수사를 제대로 처리해야 한다고, 스스로를 향해 다짐을 두는 듯한 말을 여러 번 반복하는 문주였다. 숙현은 그런 그를 걱정스러운 눈으로 바라보아야 했다.

이후가 오피스텔로 돌아온것은 숙현이 제풀에 지쳐 침대 위에 쓰러지듯 누워버린 후였다.

숙현은 문주의 일도 잊고 돌아오지 않는 이후를 한없이 그리워하고 있었다. 이후의 발자국 소리가 들리고 비밀번호를 누르는 소리가 나자 숙현은 용수철처럼 튀어 올라 현관 쪽으로 쪼르륵 달려갔다.

- 왜 이렇게 늦은 거야? 무슨 일 있었어?

숙현은 밥상을 차려놓고 남편의 늦은 귀가를 기다리는 아내라도 된 듯 이후를 향해 볼멘소리를 했다.

- 개강 모임을 한다고 해서 저녁만 먹고 나왔어. 언제 온 거예요?
- 저녁때부터 기다렸지. 목이 빠져서 들고 기다리던 참야. 피곤하지? 어서 씻어. 꽃 사왔어. 어때, 예쁘지?

숙현은 일부러 더 명랑한 목소리로 애교를 부리며 이후에게 안겨들려 했다. 이후는 하루 종일 춘천을 오가며 강의에 저녁 회식까지 치러낸 탓인지 몹시 힘들어 보였다. 이후는 달려드는 숙현을 가볍게 외면하며 컴퓨터 화면으로 고개를 돌렸다. 그러면서도 희미하게 웃는 이후가 숙현은 몹시 안쓰러웠다.

이후가 욕실에 있는 동안 숙현은 자기 몸속 어딘가에서 연기가 피어오르고 있는 듯한 느낌에 사로잡혔다. 방금 전까지만 해도 자기는 몹시 지쳐 열두 시라도 되면 집으로 돌아가야겠다고 생각하고 있었다. 그런데 이후를 보자마자 모든 게 달라져버린 것 같다.

가진 것이라고는 박사 학위뿐인 애송이 사내한테 이렇게 끌려 다니다니.

숙현은 혀를 차면서도 기분이 나쁘지 않은 자기를 느꼈다.

샤워를 마치고 나온 이후는 하루 동안의 피로를 말끔히 씻어낸 것 같았다. 그에게 이디오피아산 커피를 내려주면서 숙현은 자기 몸이 부드럽게 변화되어 있음을 깨달았다.

책상 앞에 앉은 이후가 커피를 몇 모금 삼키는 동안 숙현은 자기도 모르게 두 볼이 상기되어 있었다.

- 남편 분은 지금도 형사 사건만 다뤄?

이후는 숙현을 향해 무슨 생각이라도 난 듯 물었다.

- 아니. 자리를 옮긴 것 같아.

- 그럼 잘 모를 수도 있겠네?

- 뭘?

숙현은 지금 문주 얘기를 하고 싶지는 않다.

- 간통죄가 이번에는 폐지된다지?

- 그렇다지, 아마? 왜, 어디서 검사 부인이 간통죄 걸렸다는 얘길 들었어?

농담을 던지면서도 숙현은 이후가 긴 수건만 걸친 채 자기 쪽으로 다가오고 있음을 의식했다. 방금 묻히고 나온 샴푸 냄새, 비누 냄새가 났다. 그렇게 오래 되지도 않았건만, 숙현은 이후에게 익숙해져버린 자기를 느꼈다.

- 누가 물어서. 간통죄가 위헌 판결을 받으면 이미 유죄 판

결 받았던 사람들은 어떻게 되는 거지?

- 다들 사면 되지 않을까? 그나저나 왜 그렇게 전활 안 받는 거야?

- 오늘 힘들었어.

- 교강사 모임이라는 거?

- 교수들도 낯모르는 사람들 뿐이고.

- 그러게. 기수라는 선배는 다행이네. 어느 학교로 갔다나?

- 청주에 중원대라고, 있어.

- 중원대학교?

숙현은 깜짝 놀라서 되물었다. 큰아버지가 몇 년 전에 인수했다는 청주의 대학이 바로 그 학교인 것 같았기 때문이다.

- 중원이라면 들어본 대학 같아.

- 그런 대학이 있어. 학내 분규로 몇 년 전에 새 재단이 들어선. 아직도 신통치는 않은가 봐.

- 그런데 어떻게 교수를 새로 뽑아?

- 정식 교수가 아니라 강의만 맡는 교수. 교수 충원률 때문에 편법으로 숫자만 채워 넣는.

- 음.

숙현은 뭔가 생각하다가 깜빡 잊었다는 듯 화제를 돌렸다.

- 연휴 동안에는 왜 아무 연락도 안 했어? 도대체 대전에서 뭐하고 지냈기에?

숙현은 추궁하듯 이후의 눈을 심술궂게 쳐다보았다.

- 그냥 집에 틀어박혀 있었어. 오랜만에 아버지랑 얘기도 하고.

- 좋았겠네. 순수라는 친구도 만났겠다. 잘 있어?

숙현은 묻는 말과는 달리 무엇인가 졸라대듯 이후의 손을 잡고 가볍게 흔들었다.

이후는 고개를 끄덕이며 숙현의 손을 끌어 창가 침대 쪽으로 데려갔다.

- 야. 지금 늦었어.

숙현은 잠깐 머뭇거리는 몸짓을 했다. 그러나 그것은 시늉일 뿐, 곧 기쁜 표정으로 이후의 따뜻한 손을 꼭 마주 잡았다.

#19. 과거를 현재로 갚을 수 있을까

대전도 십일월의 날씨는 무척 쌀쌀한 듯했다. 방금 대전 역사를 빠져나온 숙현은 역 광장에서 택시를 잡아탈까 하다 생각을 바꿔 걸어서 움직여 보기로 했다.

역에서 연수 오빠가 말한 커피숍까지는 지하철로 불과 한 정거장 거리였다. 쌀쌀한 날씨에 걷기에는 다소 멀지만 이후의 도시를 구경하는 재미도 나쁘지 않을 것 같았다.

약속 시간까지는 아직 두 시간 가까이 여유가 있었다. 숙현은 일이나 약속에 워낙 철저한 데다 긴장하면 몹시 서두르는 버릇이 있었다. 더구나 오늘은 연수 오빠를 만나야 하는 과제를 해결해야 했다.

- 아무래도 청주보단 대전이 낫겠다. 대전에 중앙로역 근처에 가배라고 있어. 대흥동 성당에 붙어 있으니 찾기 어렵지 않을 게구.

연수는 숙현이 청주의 대학으로도, 대전 집으로도 찾아오기를 꺼리는 눈치였다. 숙현은 그런 연수를 얼마든지 이해할 수 있다. 이제 그는 한 대학의 어엿한 총장이었다.

숙현은 어디라도 들어가 차를 마실까 하다 생각을 바꾸어 우선 걷기로 했다. 연수와의 만남을 앞두고 숙현은 아직도 긴장하고 있는 자기를 의식했다. 그를 만나려면 우선 기분을 차분히 가라앉혀 두어야 했다.

에스컬레이터를 타고 대전역사를 빠져나온 숙현은 역 광장을 천천히 걸어 편의점 쪽으로 향했다.

생수라도 사서 목을 축이고 싶었지만 막상 손에 들고 다니려니 엄두가 나지 않았다.

편의점을 그냥 지나쳐 오른쪽으로 꺾어들자 행상 아주머니들이 쪼그리고 앉아 있다. 숙현은 무심코 그네들이 펼쳐놓고 있는 것들을 내려다보았다. 흰떡을 구운 것, 옥수수 찐 것, 알밤 구운 것, 고무 다라이에 쌓아놓은 이름 모를 산약초 같은 것들.

숙현은 자기를 올려보는 주름살투성이 새까만 아주머니를 향해 흰떡을 가리켰다. 흰 가래떡 구운 것은 세 가닥씩 모둠을 이루었다.

- 이거, 얼마예요?

숙현의 말에 행상 여자의 얼굴이 활짝 펴졌다.

- 천 원유.

- 천 원요?

숙현은 내심 놀라며,

- 저, 하나만 가져가도 될까요?

행상 여자의 눈빛이 당장 어두워졌다.

- 하나만? 그럼 얼말 주시려구유?

- 돈은 그냥 드릴게요.

숙현은 핸드백에서 프라다 빨간색 장지갑을 꺼내다 말고 난처한 표정을 지었다. 지갑 안에는 오 만원짜리 신권밖에 없다.

- 죄송해요. 돈이 큰 거밖에 없어서요.

- 그럼, 조기, 헌책방에서 바꿔달라면 돼유.

- 헌책방에서요?

- 그럼, 우린 맨날 바꾸는디.

그러면서도 아주머니는 돈을 바꿔다 줄 생각은 없어 보였다. 숙현은 울상이 되어 길옆에 있는 헌책방으로 들어갔다. 헌책치고는 책들이 아주 깔끔하게 진열되어 있었다. 숙현은 안도하는 심정으로 주인 아저씨가 무표정한 얼굴로 건네주는 만원짜리 지폐 다섯 장을 손에 쥐고 돌아왔다.

- 여기 있어요.

숙현이 가래떡을 받아들고 떠나려 할 때 옆에서 바라보던 할아버지가 한 마디 했다.

- 한껏 잘 차려입구 그걸 워디서 먹겠다구 그려. 여기 앉어. 내가 사주나 봐 줄게.

- 예?

그렇잖아도 이 떡을 들고 어디로 가야 할지 고민하던 참이었다. 숙현은 얼떨결에 관상쟁이 할아버지가 내미는 의자에 엉덩이를 붙이고 말았다.

맙소사. 이게 무슨 일이람.

숙현은 연이어 닥치는 불운에 당황하면서도, 사주풀이에 호기심을 느꼈다.

- 흠. 고생이라곤 한 번도 해본 적 없는 애기씨로구먼.

- 예?

- 그런데도 얼굴에 외로울 고자가 들었어. 아버지나 어머니 중에 일찍 세상 떠난 분 계시지?

- 예?

숙현은 깜짝 놀라고 말았다. 아무 것도 얘기해 주지 않았는데 어떻게 아는 걸까?

- 맞는구먼. 어디, 생년월일 대봐.

- 뱀띠예요.

- 뱀띠라. 그럼 서른여덟이라구? 그러케 나이가 많어?

관상 할아버지가 사주명리책을 펴다 말고 눈을 크게 뜨고 숙현을 쳐다본다.

- 그렇게 됐어요.

숙현은 자기 나이를 새삼 의식하며 수줍게 웃었다.

- 그렇구먼. 그럼, 천구백허구두 칠십칠년생이구. 몇 월생인가?

- 음력 십일월생요. 십칠 일이고요.

- 시는 언제구?

- 진시라고 들었어요.

숙현은 어렸을 때 외할아버지한테 들은 것을 어렴풋이 기억해 냈다.

- 어디, 보자.

할아버지가 네 귀가 다 닳아버린 책을 손가락에 침을 묻혀 가며 넘기는 사이에 숙현은 가래떡 구운 것을 오물거린다.

과연 뭐가 나올까.

숙현은 자기의 운명이란 것이 은근히 궁금해지는 한편으로 이후와는 어떻게 되는지 알고 싶다.

어떻게 되긴 뭐가 어떻게 된담.

숙현은 속으로 쓰게 웃는다. 정작 문주와는 사주고 궁합이고, 아무것도 안 보고 속성으로 결혼했다. 그러고도 그후로 아무것도 궁금해 한 적이 없다.

숙현은 사주쟁이 할아버지가 운명부 속에서 자기의 타고난 일생을 끄집어내기를 기다린다. 할아버지는 숙현이 바쁜지 안 바쁜지 궁금하지도 않은 듯, 사주책만큼이나 낡은 공책을 펴고 모나미 검정 볼펜으로 한자들을 써가며 고개를 끄덕거리기도 하고 갸웃거리기도 한다.

이윽고 궁리를 마친 듯 주름진 눈을 가늘게 뜨고 숙현을 바라보며 노인은,

- 흙이구먼.

하고, 알 수 없는 소리를 던졌다.

- 흙요? 누가요?

- 누군 누구? 새악시 말이지. 흙은 흙인데 진흙여. 밑에, 지지에 큰 물을 깔고 앉았어. 논같이 물 많은 흙여.

- 그게 뭔데요?

- 나쁘잖어. 근디 태어난 달이 임자월이구먼. 겨울에 태어나

서, 추워. 자기 육친하고는 인연이 굉장히 나쁠 팔자구먼. 부모님 중 어느 한 분이라도 일찍 여의었을 수도 있구.

- 맞아요. 아빠가 일찍, 저 어려서 돌아가셨어요.

- 그렇지.

노인은 사주풀이가 맞아 떨어진 탓에 기가 산 듯,

- 사주에 인성이 없으니께. 대신 다른 복은 괜찮어. 재물도 좋고. 관운도 있어. 머리가 아주 좋아 공부도 잘 했구. 어디 직장이라도 다니면 좋을 텐데. 보아 하니, 팔자는 편하신디?

하고, 숙현의 현재를 더듬어 보려는 듯 두 눈이 또 가늘어졌다.

- 새악신 겉으로 보면 굉장히 차분하고 단정해 보이는데, 내면에 수심이 깊어. 우울해. 그걸 고쳐야 사는 게 나아져.

숙현은 뜻하지 않은 노인의 맥 짚는 말에 놀라며,

- 어떻게 그런 것까지 아세요.

하고 물었다.

- 이깟 건 안다고 할 수도 없지.

노인은 내던지듯 가볍게 대꾸했다.

- 할아버지. 궁합도 보세요?

어딘지 모르게 믿음이 가는 노인이다. 장난기가 발동한 숙현은 이후와 자기의 미래를 점쳐보고 싶어졌다.

- 궁합? 아직 결혼을 못혔나?

- 그건 묻지 마시고요.

숙현이 방긋 웃자 노인은 못마땅하다는 표정을 지었다.

- 남자 생년월일 대봐.
- 저보담 네 살이 어려요.
- 그러구?
- 사월 스무이틀이구요. 음력으루. 오후 네 시쯤 태어났다나 봐요.
- 신시구먼, 그럼. 어디 보자.

노인은 숙현보다 어린 남자의 출현에 관심을 드러내며 다시 그 운명첩을 뒤적거리고 공책에 이것저것 적었다. 숙현도 결과가 몹시 궁금했지만, 사주팔자 따위를 그대로 믿을 수는 없다고 생각했다.

- 호오. 인연은 인연여.
- 그래요?

숙현의 얼굴이 예쁜 꽃처럼 활짝 펴졌다.

- 새악시하고 이 남자, 어울려. 생겨나기를 아주 비슷하게, 어울리게 타고났어.
- 남자, 여자는 서로 달라야 좋다는데.

노인은 숙현의 말을 들었는지 못 들었는지 공책에 얼굴을 묻고 듬성듬성 이야기를 엮어갔다.

- 둘 다 물여. 새악시는 니수라고 진흙이고, 남자는 탁수니께, 두 사람이 아주 같은 성분을 갖고 있어. 여자는 흙인데 물이 들어와서 끈끈한 흙이 됐고 남자는 물인데 밑에 니토라고 뜨거운 흙을 깔고 앉아서 탁해져서 빽빽해졌어. 둘이 성분이 같아진 거야. 그래서 서로 끌려. 뭐랄까. 동료의식 같은 거.

- 동료요?

숙현은 노인의 말에 적잖이 실망스럽다.

- 동료면 좋지. 얻는 게 있어. 새악시한테 부족한 걸 남자가 가지고 있어.
- 어려워요.
- 새악시는 기본이 흙이기 때문에, 끈끈해졌든 말든, 내조도 잘할 수 있는 사람야. 내면은 소심하고 우울함이 깊지만 양쪽에 무토를 거느리고 있어서 소심함이 상쇄돼. 정재를 깔고 앉아서 실리도 챙길 줄 알아. 현모양처형이야. 하지만 이 남자는 결혼에는 안 어울려.
- 왜요?

숙현은 자기도 모르게 반발심이 든다.

- 지금은 새악시 자신도 잘 모르겠지만, 마음에 집착이 있는 성격이야. 남자가 좋으니 그 한쪽으로 완전히 기울어지게 돼. 남들 보기엔 결혼 생활이 부드럽고 원만해 보여도 본인은 자주 우울해지고 집착 같은 게 나타날 수 있어.
- 정말 그럴까요?
- 그런데 남자는 겉으로는 냉정해 보여도 신경질이 많아. 새악시를 억압할 수가 있어. 이 사람 일주가 계수야. 계수는 계곡물인데 밑에 뜨거운 흙이 있어 편치는 못해. 뜨거운 흙을 세 개나 깔고 앉았어. 출세는 할 텐데, 그게 지나쳐서 자칫 잘못하면 모든 것을 잃을 수도 있고. 사회적 각도로 보면 관운이 좋지만 내면적으로 보면 자기 자신에 대한 억압도 심하고 여자를 찍어 누르게 되는 성질을 타고 났어.

- 설마. 그럼 어떻게 해야 해요?

숙현은 지금 자기가 듣고 있는 사주의 주인공이 이후 같지 않고 차라리 문주라 해야 맞을 것 같다. 이후는 냉철하다기보다 다정하고 신경은 예민하지만 누구를 짓누를 성격은 되지 못한다. 출세를 한다는 것도 따져보면 문주에게 맞는 말이지 이후에 어울리는 소리는 아니다.

- 둘 다 출세운도, 재물운도 좋아. 새악시가 재를 깔고 남자가 관을 깔았어. 남자는 관을 깔고 관을 추구하고, 여자도 재를 깔고 재를 추구해야 좋거든. 새악시가 경제적인 부분을 담당하고 내조를 잘하면 두 사람이 규모 있게 살 수는 있어. 허지만 그보다 더 중요한 건 실질이야. 지금은 둘 다 상대방한테 끌려도 결혼하면 남자가 달라져. 싫증을 내고 바깥으로 돌게 돼.

- 아이, 참. 그런 사람은 아네요.

숙현은 노인의 말을 덮어놓고 부정하고 싶어졌다. 하지만 노인은 숙현의 심리를 다 안다는 듯 눈을 빛냈다.

- 두 사람 사주가 각각도 좋고 또 지금은 관계도 좋겠지. 허나 사주 여덟글자가 어느 쪽으로 작용하느냐에 따라 뭐든지 달라질 수 있어. 그게 운명이란 거구.

숙현은 시무룩해져서는 복채를 묻고, 삼 만원이라는 말에 아까 헌책방에서 바꿔온 돈을 꺼내주고 일어섰다.

- 떡이 맛있어요.

숙현은 어쩐지 미안해져서 가래떡 파는 아주머니에게도 오천 원짜리 지폐를 쥐어 드렸다. 여자는 아무 말 않고 지폐를 받아들었다.

이제 숙현은 횡단보도를 건너 대전역 앞 오른쪽 인도를 따라 걸어가며 이곳이 이후가 늘 말하는 중앙로라는 것을 알았다. 중국인들, 조선족들을 위한 슈퍼가 나오고 미용 도구를 파는 가게들이 나오고 한의원 골목이 나왔다. 처음 보는 풍경인데도 전혀 낯설게 느껴지지 않는 거리가 숙현에게 어쩐지 정겹게 느껴졌다. 이후가 늘 지나다니던 길이라고 생각되어 그런지도 몰랐다. 목척교 위에서는 잠시 걸음을 멈추고 대전천에 한가롭게 노니는 오리들을 바라보기도 했다.

대우당약국을 지나 신발들을 파는 거리를 지날 때쯤 해서야 숙현은 비로소 현실로 돌아왔다.

그렇지 않아도 자신과 대면하기를 꺼리는 연수를, 자기는 어쩌자고 여기까지 만나러 왔단 말인가.

이후를 위해서라고 생각하면 그만이지만 그렇게만 생각하기에는 그러고도 남는 감정의 여분이 없지 않았다.

가배라는 커피숍은 찾기가 전혀 어렵지 않았다. 도시 계획에 따라 인공적으로 설계한 직교 도시답게 인터넷으로 한 번 찾아봤을 뿐인데도 어디가 어딘지 쉽게 알 수 있다.

가배는 간판도 작고 옛스러웠다. 숙현은 대흥동 성당 옆 골목담의 지하로 통하는 계단을 한 계단씩 세듯 밟아 내려갔다. 그 잠깐 사이에 연수가 나와 있지 않아도 좋겠다는 생각도 스쳐갔다.

숙현이 지하의 현관문을 밀고 들어갔을 때 연수는 문쪽을 향해 앉아 있다 손을 흔들었다. 커피숍 안은 사람이 별로 없었기 때문에 그렇게 하지 않아도 되었다. 숙현은 머뭇거리지 않고 연수 앞에 가 앉았다.

- 오랜만이다.

- 추석에 봐 놓고서요.

- 그건 그냥 스친 거고. 커피 마시지?

- 좋아요. 비엔나커피, 맛있을까요?

- 괜찮더군. 나는 그럼 블루마운틴.

연수는 눈짓으로 서빙하는 여자를 불러 조용한 목소리로 주문을 마쳤다.

- 현 서방은 잘 있지? 지난번에 승진했다고 했지?

- 전근요. 승진으로 통하는 코스라고는 해요.

- 잘 됐다. 그쪽도 요즘은 올라가는 게 보통 어렵지 않다던데.

- 그런가 봐요.

- 형욱이도 하와이 보내길 잘 했다. 여간 똑똑한 애가 아니니 잘 해낼 게다.

- 그집 씨들, 공부는 잘 해요.

연수와 이렇게 단둘이 앉아서 이야기를 나누기는 실로 오랜만이다. 숙현은 알맹이 없는 덕담을 나누는 중에 연수가 예전에 없던 안정을 누리고 있음을 느꼈다. 나쁘지 않은 일이었다.

커피가 오고 연수가 권하는 대로 한두 모금 입술을 축이면서 숙현은 이 사람이 자기의 부탁을 들어주지 않을지도 모른다는 느낌이 들었다. 감색 양복을 아래위 싱글로 빈틈없이 차려입고 넥타이를 반듯하게 맨 데다 불빛 아래 반짝 빛나는 핀까지 꽂았다.

숙현을 부드럽게 반기면서도 어딘지 모르게 긴장한 듯한 그는 숙현 쪽에서 먼저 전화를 걸어온 이유를 알고 싶어 하는 눈치가 역력했다.

- 안정되어 보여서 좋아요.

숙현의 이 말은 진심이었다.

- 바쁘면 다른 일은 다 잊게 마련이지.

연수의 눈이 숙현의 눈과 잠깐 마주쳤다가 다른 곳을 향했다.

- 여기 좋지?
- 분위기 있어요.
- 한 삼십 년 되었다더구나. 나도 우연찮게 알았다. 사람 만날 곳 찾다가.
- 왜 청주에 안 사시고요?
- 총장 일을 맡으라는 바람에 서울을 떠나기는 해야겠는데, 청주는 너무 좁아서 얼굴 알아보는 사람들이 많아. 오송은 서울 오르내리긴 좋아도 사람 사는 동네 틀이 덜 잡혔고, 대전이 편해 보이더구나.
- 서울 교수보다는 청주 총장이 그래도 낫겠죠?

숙현의 말에 연수는 고개를 가로저었다.

- 요즘 대학이 많이 어렵다죠?
- 학생 수는 줄고 나라에선 지원을 줄이기만 하니까. 대학평가라는 게 있어서 여기서 밀리면 끝장이야.
- 대학이 기업 곳간이라는 말은 옛말인가요?

- 그렇잖아도 예산이 부족한 판에 교수들 채용을 늘리잖으면 등급이 떨어질 게고. 간단치가 않아.

연수의 표정이 눈에 띠게 어두워지자, 숙현은 잠시 마음이 흔들렸다. 연수가 천천히 커피 한 모금으로 입술을 축였다.

- 너한텐 늘 죄스러운 마음으로 살고 있다. 네가 내 연락을 거부한 것도 당연한 권리라고 생각하고 있고.

숙현은 연수의 얼굴이 과거의 기억으로 흉하게 일그러지는 것을 보았다.

- 너한테만 아니라 작은 어머니께도 죄스러웠어. 너는 아무 얘기 안 한 것 같았지만.

숙현은 옛날의 기억으로 거슬러 올라가고 싶지 않았다.

- 오빠가 한참 어려우셨을 때라고 생각해요. 제가 별장에 남아 있었던 것도 잘못이라면 잘못이었겠죠.

- 아버지께서 맡아둔 작은아버지 쪽 몫은 나중에라도 내가 해결해 줄 작정이야. 시일은 좀 걸리겠지만.

연수는 내친 김에 가슴속에 묻어두었던 안 좋은 일들을 모다 털어버리고 싶은 듯했다. 숙현은 연수가 진심으로 괴로워한다고 느꼈다. 하지만 연수를 향한 자기의 감정은 오히려 더욱 차가워지는 것 같다.

- 그런 일들은 지금 얘기하고 싶지 않아요. 그보다 오빠. 부탁이 하나 있어요.

연수가 고개를 들어 숙현을 바라보았다.

- 오빠가 총장으로 계신 그 대학에 사람 하나 들여놔 주셨으면 해요.

- 어떤 사람이지? 일반 직원이라면 어렵지 않다만.
- 교수직이에요.
- 교수라면 총장도 쉽지만은 않아. 너는 잘 모르겠지만.
- 한국어문학과예요. 강의전임 교수를 이번에 둘이나 뽑으셨던데요.
- 충원율이라는 게 있어 곳곳에 채워넣어야 할 곳 투성이야.
- 형욱이 아빠 조카딸을 가르치느라 치어 봤는데 괜찮아요. 도와주고 싶은 선생이예요.

이번에는 숙현이 자기를 바라보는 연수의 눈을 외면해 버렸다.

- 학교는? 어디 나왔다고?
- 신촌에서 나왔고 갓 학위를 땄어요.
- 그럼, 더 쉽지 않아.
- 방법이 있겠지요.
- 음.

연수가 뭔가 생각하는 눈치를 보이자 숙현은 잠깐 사이에 심사가 복잡해졌다. 하지만 이내 될대로 되라는 대담한 심정으로 변했다.

- 논문은 몇 편 있는 것 같아요. 겨울까지는 한두 편 더 쓸 것 같고요.
- 지금은 돈을 싸들고 와도 받아줄 수 없는 때야.
- 오빠 때하곤 다르겠죠. 하지만 유망한 사람이 직업도 없이 떠도는 건 온당치 못해요.
- 그런 사람이 대학 사회에 한둘 아니지. 그건 옛날에도 그

랬어. 지금 더 심해지긴 했지만.

숙현은 논쟁으로 끌고 가서는 오늘의 목적을 달성할 수 없음을 직감했다. 큰아버지가 인수한 학원의 총장으로 일하는 몇 년 사이에 연수는 그 자신이 비판하고 공격하던 큰아버지의 세계 속으로 몇 걸음은 더 깊숙히 들어가버린 것 같다.

- 오빠와 사회 문제를 논하고 싶진 않아요. 그냥, 그렇게 버려지는 사람들 중에 어느 한 사람쯤 구원해 주고 싶은 거죠.

- 넌 원래 동정심이 많으니까.

- 지난 날 대부분을 저는 어느 누구도 동정할 수 없는 처지에서 지냈어요. 그건 오빠도 잘 아실 거예요. 이번엔 오빠가 절 도와 주세요.

- 너를? 그 친구가 아니라?

- 그 사람을 도와주시는 게 저의 동정심을 위해주는 것이겠죠.

연수는 잠시 커피숍 벽의 로코코 양식 무늬를 바라볼 뿐이다.

- 과거는 과거, 현재는 현재. 공적인 위치에 있는 나로서는 교수 채용 문제만큼은 함부로 다룰 수 없다. 그 친구 이력서나 한 통 내게 보내라고 해. 학교 총장실로. 비서실에 얘기는 해두지.

- 고마워요.

- 식사는 어떡할까?

- 바쁘신 거 알아요.

- 실은, 여기 오는 도중에 급한 일이 생겼다. 웬만하면 같이 하면 좋겠지만 아무래도 안 되겠어.

연수의 말투가 처음과 달리 한결 사무적이 되었음을 깨닫자 숙현은 문득 깊이 묻어두고 있던 악의가 발동하려 했다.

- 올케 언니는 잘 계시죠?

- 그 사람 밤낮 어디서 뭐하는지도 몰라.

연수는 퉁명스럽게 대꾸하고는 일어서자는 눈치를 보였다.

- 잘해 드리세요. 오빠 때문에 올케 언니도 힘드실 거예요.

어디까지인지 몰라도 사촌 올케는 언제부터인지 숙현을 늘 석연찮은 눈빛으로 대하곤 했다.

- 언제 같이 식사라도 하기로 하고. 일어서자꾸나. 그 건은 어느 쪽이든 답신을 주마.

자리에서 일어난 연수는 카운터 쪽으로 가 계산을 마쳤다. 숙현은 연수의 뒷모습이 무척 지쳐 보인다고 느꼈다. 그것은 마치 문주의 뒷모습과도 흡사했다. 그 순간 숙현은, 남자들은 앞모습보다 뒷모습이 훨씬 더 진실에 가까움을 깨달았다.

- 가요.

숙현이 연수에게 다가가자,

- 조심해라. 계단이 좀 가팔라.

하고, 연수는 한결 누그러진 목소리로 숙현을 돌아보았다. 그러고는 잠깐 머뭇거리는 듯 하다 품에서 흰 봉투를 하나 꺼내어 숙현의 손에 쥐어 주었다.

- 그 동안 너한테 아무것도 못 해줬구나.

연수는 숙현이 뭐라고 말할 사이도 없이 혼자 가파른 계단을 성큼성큼 밟아 올라갔다.

숙현은 그가 쥐어준 봉투를 핸드백에 가만히 넣고 지상으로 올라왔다. 땅위 세상에는 이미 어둠이 내려앉았다.

- 기차 예약은 했어?

- 그냥 역에 가볼게요.

- 그럼. 건강해라.

- 오빠도요. 먼저 가세요.

- 그러자.

숙현은 좁은 골목의 젊은 인파 속으로 사라져가는 연수의 뒷모습을 바라보며 그대로 한동안 서 있었다.

그렇게 나쁜 만남은 아니었건만, 몹시 지쳐버린 탓에 이대로는 걸을 수조차 없을 것 같다. 그때, 핸드백 속에서 휴대폰이 울렸다.

후훗. 숙현은 자기도 모르게 웃음을 지었다.

요, 양반 되기는 글러먹은 사내.

숙현은 너도 속 좀 끓여 보라는 심정으로 이후의 신호음이 길게 울리다 마침내 멎도록 방치해 두었다.

어쨌든 서울행 기차를 타기 전에 무엇이든 요기를 때우고 싶다. 벌써 밤의 공기는 차가워져 있다. 숙현은 연수가 사라져 간 곳과는 반대 방향으로 무작정 걸음을 옮겼다. 큰 거리 바로 앞에 지하도 출구가 있다. 숙현은 지하보도를 건너 반대편 쪽으로 나와 젊은이들이 훨씬 더 많이 지나다니는 골목 속으로 들어갔다.

이 도시는, 나를 끌어당기고 있는 것 같아.

생각해 보면 태어나 자라면서 스치듯 지나치기만 했던 도시다. 그런데 이후를 알고부터 벌써 몇 번이나 이곳을 찾아야 했다.

처음에는 보영이라는 아가씨 때문이었다. 그 당돌한 아가씨를 만나러 직접 차를 몰고 온 게 바로 지난 초여름이다. 당돌하고도 맵찬 데가 있는 보영이 숙현은 마음에 들었다. 이 지상에 발 붙이고 있는 것 같지 않은, 이 세상 사람 같아 보이지 않는 보영은 숙현의 마음을 더욱 안타깝게 했다.

조금만 더 젊고, 조금만 더 세상을 일찍 알았다면.

그렇다면 자기도 그렇게 허무한 이십 대를 보내지 않았을 것이다.

돌이켜보면 아버지 없이 사춘기를 보내고 큰댁 연수 오빠 일을 겪으며 가슴 속 깊은 곳에 웅덩이가 생겨버린 자신이다. 그 웅덩이에 괸 물이 자기를 이른 결혼으로, 권태로운 생활로 이끌었다고 할 수 있다.

그렇다고 말 못할 큰 상처를 입었다고 생각해 본 적은 없다. 분명 자기 쪽에서도 연수를 향해 막연한 연정 같은 것을 품었다. 자기 스스로 두 손 내밀 수 없는 관계에 내심 안타까워했을 수도 있다.

연수의 아내는 이 나라의 소문 없는 알짜배기 기업 총수의 세 번째 부인에게서 낳았다. 연수는 처음부터 아내와의 장식적인 결혼 생활을 불행하게 여기는 듯했다.

그런 연수는 조숙한 숙현의 가슴을 설레게 했다. 근 팔구 년이나 나이 차이가 났지만 초등학교 때나 중학교 때부터 연수는 숙현의 풋사랑의 대상이었다.

동해안 삼척 근처 바닷가 별장 같은 데서 큰댁 식구들과 여름을 보낼 때면 숙현은 다른 뭣보다 연수를 만나는게 좋았다. 서울 소재의 어느 대학에서 영문학과를 졸업할 때만 해도 연수는 쾌활하고도 멋진 청년이었다. 하와이로 떠난 그가 칠 년 만에 박사 학위를 따고 아내와 함께 귀국할 때 숙현도 어찌어찌 해서 큰댁 식구들과 인천공항까지 마중을 나갔다.

오랜만에 만난 연수는 어딘지 모르게 우울해 보였다. 옛날의 따뜻한 정겨움 대신 고독한 그림자가 짙게 깔린 연수에게 숙현은 내심 불안을 느꼈다.

그러고 나서 그 일이 생겼다. 차마 누구에게도 발설하고 싶지 않은 사건이었다.

아무래도 좋아.

숙현은 뜻없는 혼잣말을 중얼거리며 현란한 네온사인과 젊은 사람들의 골목 속으로 자꾸만 걸어 들어갔다.

#20. 옛날로 거슬러 오르는 물고기

무궁화호 기차가 서대전역에 가까워지면서 이후는 불현듯 아버지 혼자 지키고 계실 태평동 집이 보고 싶어졌다. 이후네가 오랫동안 살아온 태평동 집은 서대전역 가까운 호남선 기찻길 옆에 있다.

이후네는 처음에 공주에서 살다 아버지가 대전으로 직장을 옮겨 오면서 태평동 변두리로 이사를 했다. 그 집에서 난생 처음 본 기찻길은 이후의 깊은 추억으로 남아 있다. 어린 이후는 세들어 사는 집 옥상에 올라가 화물을 싣고 가는 새까만 기차가 도대체 몇 량이나 되는지 세어 보곤 했다. 스무 칸은 예사였고, 어느 날에는 마흔한 칸이나 되는 차량들이 연이어 매달린 화물 열차를 본 적도 있다. 빨래가 나부끼는 옥상 위에서 철길 쪽을 보노라면 신탄진 쪽에서 새까만 화물 열차가 달려오곤 했다. 이후는 셈을 틀리지 않으려고 무척 애를 쓰며 기차 머리가 달고 가는 꼬리의 숫자를 헤아렸다. 육중한 차칸들을 힘차게 끌고가는 화물 기차의 위용은 매번 어린 이후를 압도하곤 했다. 그 신탄진 너머 먼 곳에 서울이 있다고 했다. 어린 이후에게 미지의 서울은 동경의 대상이었는지도 모른다.

서울의 대학에 들어간 후에도 태평동 집은 언제까지나 목가적인 추억의 공간으로 남아 있을 것 같았다. 어머니가 그곳에서 폐를 앓다 유명을 달리하기는 했지만, 바로 그 때문에 태평동 집은 더욱 애착이 갔다.

그런 이후도 그 집이 아주 낯설게 느껴진 때가 없지 않았다. 대학원 석사 때의 어느 날 이후는 한밤에 자취방에서 대전일보와 중도일보 인터넷 기사들을 번갈아 읽던 몇 년 전 일을 기억했다.

신문들에 따르면 이후의 태평동 집 바로 옆에 석면을 취급하는 슬레이트 공장이 있었고, 그 때문에 주민들 가운데 유난히 폐암 환자들이 많이 생겼다. 기사들을 훑어보면서 이후는 폐암이며, 석면폐증이며, 중피종암 같은 어휘들을 몇 번이나 곱씹었다. 이후의 어머니는 우연의 일치인지 몰라도 자주 기침을 하고 가슴의 통증을 호소하다 폐에 종양이 들었다는 판정을 받았다.

돌아가신 어머니를 생각하자 이후는 자기도 폐에 돌멩이가 들어 앉은 것처럼 가슴이 답답해졌다. 바람결에 석면 알갱이들이 실려오는 것도 모르고 날마다 아침밥을 짓고 옥상에 흰 빨래를 널며 짧은 일생을 순하디 순하게만 살다간 어머니. 하지만 석면이 어머니의 생명을 앗아가 버렸다고 믿기는 싫었다.

이윽고 아버지가 지키고 계신 집이 보였다. 하마 밖에 나와 계시거나 옥상에 올라와 계시기라도 하면 키가 껑충 큰 아버지의 마른 몸을 볼 수도 있으리라.

하지만 아버지의 모습은 보이지 않았다. 대신에, 자기 집에서 철길 쪽으로 바로 이웃한 집 옥상에 웬 새까만 작업복 같은 옷을 걸친 사내가 대낮인데도 술에 취한 듯 옥상 난간에 몸을 기댄 채 이쪽을 바라보고 있다.

이후는 술에 취했을지언정 긴장해 보이는 사내의 몸을 무심코 바라보다,

- 태상이다!

하고, 외마디 소리를 토해냈다. 이후는 달리는 차창 뒤쪽으로 서둘러 고개를 돌려 보았지만, 그 사이에 사내의 모습은 벌써 시야에서 멀어져버렸다.

태상이였다고, 이후는 다시 한 번 생각했다. 어렸을 때 나이가 같아 서로 어울리며 온갖 개구진 놀이를 함께 하던 친구, 하지만 중학교 때 벌써 집을 나가 외지로 떠돌기 시작했고, 나중에는 부산에서 막일한다는 소문이 들려온던 친구. 그러고는 한번도 그 친구를 만난 적이 없다.

아니겠지.

많이 변했을 텐데.

그래도 이후는 어쩐지 그 사내가 태상이인 것 같다.

어느새 기차는 서대전역에 도착했다. 역에는 순수가 마중을 나왔다. 언제 만나도 반가운 순수다. 순수도 이후를 언제나처

럼 반긴다.

- 어여 와.

- 오랜만에 서대전역 쪽으로 오는 것도 나쁘지 않네.

- 나쁘잖다는 게 다 뭐여. 여기야말로 대전이지.

- 대전의 뒷면이라고나 할까.

- 어라. 사람도 앞으로만 보면 모르는 거 물러?

- 흠.

딴은 그럴 수도 있을 것 같다. 이런 때 이후의 눈에 비치는 순수는 자기와는 완전히 다른 생각으로 살아가는 사람 같다.

이후가 그토록 오래 잊고 있었건만 서대전역은 여기 그대로 있다. 아주 오래전 이후와 순수가 대낮에 두부김치 접시에 달라붙는 파리를 쫓으며 막걸리를 마시던 선술집도 아직은 버티고 있는 중이다. 이후의 기억에 의하면 서대전역은 지금의 새 역사가 지어지던 그때 단 한 번 모습을 바꾸었을 뿐이다.

서대전역 앞에서 왼쪽으로 가면 태평동이고 오른쪽으로 틀어 얼마간 걸어가면 서대전 사거리가 나오고 거기서 또 더 올라가면 옛날 충남대학교 병원 자리가 나온다. 거기서 대사동 순수네 집은 무척 가깝다.

- 점심은 어떻게 했나?

- 글쎄.

- 가만 있자, 어디 좋은 데 없던가?

순수는 잠깐 궁리를 하더니,

- 아, 있다. 얼마 전에 초희랑 같이 간 데.

하고 즐거운 비명을 질렀다.

- 밥 생각 없어.

- 아녀. 나, 시장혀. 근데 좀 걷자. 맛있는 데가 있어. 참, 추워?

- 이 정도야.

- 걷다 보면 괜찮을 겨.

순수는 점심밥보다 보영의 소식이 궁금한 이후를 서대전 사거리 거쳐 옛날 시민회관 있던 자리까지 끌고 갔다.

- 평양냉면, 함흥냉면 말고 속초냉면도 있나?

이후는 '속초 코다리 냉면'이라고 커다랗게 써 붙인 간판을 바라보며 물었다.

- 있지. 내가 서울서 핵교 다닐 때 속초서 올라온 친구가 하나 있었어. 여름방학 됐다고 거길 한 번 놀러갔는데, 자기네 동네 냉면이 맛있다고 데려가더라구.

- 그게 속초냉면집?

- 그 집 이름은 강원냉면였어. 근데 얼마 전에 초희랑 저녁 먹을라구 맛집 없나 허구 찾는데, 이 집이 눈에 딱 뜨이는 겨.

이후는 순수를 따라 냉면집 안으로 들어가 자리 안내를 받았다. 순수는 코다리 냉면 두 그릇에 만두 한 접시를 시키고 싱글벙글이다.

- 뭐가 그렇게 좋아?

- 이 집 냉면이 여간 맛있어야지. 강원냉면집에선 냉면에 가자미식해를 넣었던 것 같은디 여긴 코다릴 넣어.

- 그래, 보영인 저녁에 확실히 나온다구?

이후는 순수가 보영의 얘기를 아껴두는 것에 내심 조바심이 쳐졌다. 순수는 고개를 크게 끄덕였다.

- 안 보겠다는 걸 마음 돌려 세우느라 힘들었댜.
- 초희 씨한테 감사해야겠네.
- 두말 할 것 없지.
- 그나저나 초희씨는 어떻게 해서 대사동 집에 들어오게 됐어?
- 그냥 초희가 착해서 그렇지, 뭐.

주문한 냉면과 만두가 왔다. 순수는 가위를 들고 냉면을 두 번 자르고 이후의 냉면도 똑같이 잘라 주었다.

- 옛날에는 가윌 안 썼는디.

순수는 정말 옛날 사람처럼 늘 지난 시절 얘기를 하고 술을 마셔도 막걸리를 마시고 노래를 불러도 흘러간 옛노래만 부른다.

- 원랜 옷 장살 헐라구 했지, 중앙로 지하상가에서. 근데 막상 할라구 보니 돈이 여간 들어가는 게 아녀. 권리금 이천에, 보증금 오백, 여기에 월세가 백씩 들어가는 겨. 손바닥만 한 다섯 평짜리 점포가 말여. 월세라 그렇지 다 합치면 칠팔 천 들어가야 허는 셈여. 초희는 거기까진 돈이 없구. 근디 마침, 왜 지난번에 갔던 막걸리집 알지?
- 광출인가 하는 사람 단골이라는 집?
- 나두 늘 가지. 그집 아줌마가 마침 재혼을 허게 됐다구 장살 넘긴다는 겨. 내가 허면 좋겠더라구. 초흰 만들구, 난 나르구.

순수는 초희가 옷 장사하려고 푼푼이 모은 돈으로 막걸리집을 인수할 작정이라고 했다. 이후는 아직도 젊은 두 사람이 막걸리집에 인생을 투자하는 것이 안 돼 보였으나 꾹 참고 아무 말도 하지 않았다. 순수가 결혼도 하지 않은 채 홀어머니만 계신 집으로 초희를 데려와 살려 하는 것에 대해서도, 어린 초희가 무슨 마음에서 순수의 뜻에 고분고분 따를 뿐 아니라 오히려 적극적으로 나오는지도 캐묻지 않았다.

- 이복동생들에 치이는 게 싫어 나온 몸이라 의지할 데 없이 고단했던 모양여.

순수는 이후의 속마음을 아는지 모르는지 만두를 베어 문 입으로 초희 쪽 사정을 들려주었다.

- 그 사이에 보영인 어디로 사라졌던 건가?
- 사라졌다기보단 수난을 겪었어.
- 수난?
- 초희가 옷 가게 하려구 한 것도 다 보영 씨 따라 그런건데. 보영 씨도 혼자 하긴 벅차 그랬는지 그전에 카페 같이 다닌 후배랑 동업을 하기로 했다나 벼.
- 그래서?

이후도 보영이 옷 가게를 내기로 한 것까지는 알았다. 하지만 동업을 할 만한 후배가 있다는 얘기는 금시초문이다.

- 그 후배란 여자애가 권리금에 보증금까지 들고 하루아침에 튀어 버린겨.
- 음. 그렇다고 본인까지 없어질 건 없잖아?

이후는 무심한 듯 가장해 보았지만 마음이 쓰이는 것까지

어찌할 수는 없다.

- 엎친 데 덮친다고, 그간 요양원에 계시던 아버지도 돌아가시고, 딸이 하나 있는데, 데려오려구 해두 애 아빠가 기어이 보내질 않아 무진 애를 태웠다.
- 요즘 여자들, 애 안 맡으면 외려 잘 됐다 하지 않나?
- 애 엄마든 아빠든 서로 안 맡겠다고 떠밀고 야단인 시대에, 보영 씬 웬걸, 극구 맡겠다고 실갱일 벌이니, 원. 세상엔 별의별 사람 다 많어. 나 같은 놈도 있는가 하면 너 같은 놈도 있구.
- 내가 어때서?
- 너나 내나 미친 놈이지. 멀쩡한 직장 내팽개치구 막걸리집이나 하려는 내나, 아무도 안 읽는 글 쓰겠다구 허구헌 날 시간 갖다 버리는 너나.
- 애는 왜 데려 오려고 했담. 애 아빠가 의사니, 오죽 잘 키우려고.
- 자꾸 눈에 밟혔던 게지.

이후는 더 이상 묻지 않고 순수를 따라 냉면을 먹는다. 평양냉면이나 함흥냉면에서는 맛볼 수 없는 시원한 느낌을 주는 냉면이다. 하지만 이후는 처음 맛보는 속초식 냉면의 맛을 충분히 음미할 수 없다.

미래에 관해서 아무 것도 정해 놓은 게 없다 해도 그 자신은 보영을 사랑할 수 있다고 믿지 않았던가. 이후는 보영 쪽에서도 자신을 그렇게 여긴다고 생각했다. 그런데도 보영은 아이를 데려다 키우려 했다고 한다. 이후는 자기와 보영과 보영의 딸로 이루어진 가족이라고는 한 번도 상상해 본 적이 없다.

- 만약 그런 일이 생기면…….

- 무슨 일?

순수는 냉면을 먹다 말고 젓가락을 든 채 이후를 쳐다봤다.

- 아냐. 초희 씬, 그래 너네 집에 있어, 지금?

- 그렇지. 어머닌 늘 출근하시니까 나가시고 나면 넓은 집이 우리 독차지야. 세도 내보냈으니까.

- 퍽도 좋겠다.

- 좋지. 집이라도 있으니 망정이지, 그거나마 없었으면 초희가 내 옆에 붙어 있었으려나 싶어.

- 착하니까 그래도 붙어 있었겠지.

- 그렇지?

순수는 다시 얼굴 가득 희희낙락한 표정을 지었다.

이후와 순수는 냉면에 만두까지 맛있게 먹고 초희의 얘기도 더 들어둘 겸 대사동 순수네 집으로 갔다.

순수네 집은 산비탈 밑일망정 그런 대로 넓은 대지에 납작하면서도 제법 넉넉하게 지은 구식 기와집이다. 처음 지어진 이래 한 번도 제대로 된 수리나 보수를 받아보지 못했건만, 사람이 떠나지 않고 매일같이 쓸고 닦는 바람에 제법 윤이 난다.

초희는 언제 술집에 나갔더냐는 듯 부끄럼 타는 새댁 같은 태도로 이후를 맞이했다. 초희가 골목 아래 슈퍼마켓에서 막걸리라도 사오겠다고 대문을 열고 나가자 이후는 순수의 방에 그대로 누워 버렸다. 손깍지 베개를 베고 천장을 바라보고 있으려니까 오래 전 고등학교 다닐 때 놀러왔던 생각이 났다.

- 천장 벽지가 그대론가 보다.

- 그렇지.

순수도 이후 옆에 와 똑같이 누웠다. 이후는 아랫목에 개어 놓은 이부자리 밑에 두 발을 묻었다. 기름 보일러 방바닥의 따뜻한 기운이 등줄기에 그대로 옮겨지는 것 같았다.

- 좋다.

- 좋지.

순수도 아마 옛날 생각을 하고 있는 모양이다.

- 뭐가 좋아?

이후는 모르는 체 순수에게 묻는다.

- 고등학교 때로 돌아간 것 같아 좋지.

순수는 말하나마나 한 대답을 한다.

- 그땐 너 축구 참 잘했는데.

- 축구만 잘했남?

- 하긴 농구도, 탁구도. 당구까지. 넌 공 갖고 노는 건 못하는 게 없었지.

- 공이라서가 아니라.

- 공이라서가 아니라?

- 규칙 있는 건 난 다 잘했어.

- 규칙?

- 서울 가고, 사회 나가보니, 이건 그렇게 어지러울 수가 없어.

이후는 서울에서 자기가 자기대로 싸우는 사이, 순수도 순수대로 무진 고생을 했음을 새삼 깨닫는다.

- 쉽진 않은 곳이지.

- 다들 자기가 옳다는 겨. 내 눈엔 하나도 맞는 게 없는데. 왜, 그 만인 대 만인의 투쟁이라는 말 있지?

- 토머스 홉스?

- 그려. 다들 짓밟고 올라서려고만 하고. 밑에 남아 있으려는 치들은 없지.

- 우리 대학 들어갈 때부터 심해졌다고들 하지.

- 난 그때도 안 믿기더라구. 말은 격차를 줄인다 해놓고 외려 재벌 위주 정책만 펴구, 국토 균형 개발 한다면서 전국의 땅값이나 죄다 올려놓구. 없는 사람 더 힘들어진 게 그때부터야. 그뿐여? 지역주의 없앤다고 설치면서 독재 세력이나 득세하게 만든 건 또 뭐여. 그때부터 뭐가 잘못되도 한참 잘못된 겨.

이런 때면 순수는 판단력이 멀쩡한 것 같다. 대학 나와서 회사라고는 이삼 년 다녀본 게 전부인 순수건만, 세상 돌아가는 이치는 손바닥 들여다보듯 환할 때가 많다.

이후도 순수가 말하고 싶어하는 게 뭔지 안다. 이상하게 자기도 늘 친구들과 판단이 달랐다. 특히 기수 선배하고는 사사건건 의견이 부딪쳤고 그럴 때마다 이후는 기수 선배와 같은 의견을 가진 친구들에 둘러싸인 자기를 의식해야 했다. 그럴 때 자기는 차라리 수많은 기수'들' 틈에 끼어 있는 것 같았다.

이후가 생각하기에, 자기의 대학 시대는 설익고 어설픈 이상이 사람들을 갈라놓고 좌절에 빠뜨린 때였다. 자신을 진보주의자라고 믿어 의심치 않는 이들은 스스로 소수파의 길을 열어 민주주의를 위기에 빠뜨렸다. 입으로만 외친 복지가 헛것이 되자, 사람들 모두를 부자로 만들어 주겠다는 사람이 나타나 물욕에 빠진 사람들을 현혹했다. 위선의 시대가 가니 교활의 시대가 닥친 것이었다. 그리고 이제는 멀쩡한 아이들이 수장을 당해도 하소연할 곳이 없는 끔찍한 살육의 시대를 만나고 말았다. 야만이 군림하는 시대에 진실은 빛을 잃고 숨을 죽였다.

이후는 눈을 감은 채 자신이 통과해 온 이십 대를 추억했다. 시간이 흐르는 사이에 자신은 고독한 섬처럼 외로운 존재가 되어 있었다. 자기의 시대가 예외이거나 특수해서가 아니라 그것이 세상살이의 근본적 조건임을 깨달은 것은 그로부터 몇 년이나 지나서였다.

그러나 이후는 스스로 섬으로 변해버린 후에도 섬과 섬을 연결하는 다리에 대한 상상을 버리지 못했다. 끝내 실현될 수 없는 꿈에 몽롱하게 취한 채 고집스럽게 자기만의 어두운 길 위에 서 있었다.

- 그런데, 어쩔 셈여?

- 뭘?

이후는 짐짓 시치미를 뗐다.

실은, 자기도 지금 자기가 왜 이러는지 알 수 없다. 오늘은 수요일이다. 예정대로라면 새벽에 춘천에 갔어야 했다. 단풍이 지쳐 낙엽이 내리는 경춘가도의 산야를 멀리 바라보며 쿠페의 엑셀레이터를 가볍게 밟고 북쪽으로 향했어야 하는 것이다. 하지만 자기는 지금 대전에 와 있다. 어제 학과 조교를 통해 휴강을 알려 놓았다지만 학생 몇몇은 아침 강의실에서 오지 않는 자기를 기다렸을 것이다. 이번 학기에만 벌써 네 번째 휴강이니, 학과 교수들에게도 이미 문제 강사로 낙인 찍혔을 것이다. 요즘에는 학생들의 강의 평가도, 교수들의 눈매도 다 무서웠다. 생각보다 쉽지 않은 일 교시 강의였지만, 쉽게 이해해 줄 것 같지 않았다.

- 될 대로 되라지.

이후는 순수가 듣고 있는 것도 잊고 또 혼잣말을 했다.

- 보영 씨?

- 아니.

- 시치미 떼도 소용 없다. 좋으면 그냥 밀어붙여.

- 뭘?

- 뭐긴 뭐여. 술집 다녔으면 어떻고, 이혼 했으면 어떠. 애 있으면 또 어떻구.

- 글쎄다.

이후는 생각해 본다. 보영이 소미를 데려오면 셋이서 한 식구가 될 수 있을까. 자기 아이 아니라도 아낌없이 사랑해 줄 수 있을까. 이 나이에 벌써 결혼이라니. 자기도 남들 하는 결혼이라는 것을 할 수 있으리라고는 생각해 본 적없다. 그런 것을 하면 영영 이 속악한 세상에 붙들리고 마는 셈이 아니겠는가. 그보다, 이후는 보영이 왜 자기를 만나지 않으려 했는지, 왜 일방적으로 연락을 끊고 숨어버리려 했는지 알 수 없다.

이윽고, 초희가 막걸리를 사왔다. 가파른 골목을 올라오느라 숨을 몰아쉬는 초희의 손에 든 검정 봉지에서 원막걸리 두 병이 나왔다.

순수가 부엌으로 가 작은 소반에 배추김치와 오이소박이를 내왔다. 이후와 순수와 초희, 셋이 밥공기에 막걸리를 서로에게 나란히 따라주었다.

- 자, 드세요.

- 건밸 해야지.

- 오빤, 아무 때나.

- 아녀. 오늘 저녁이 아무래도 갈림길여.

- 좋아요. 이후 오빠와 보영 언닐 위해서요.

이후는 순수와 초희의 소꿉장난을 씁쓸히 웃어 주었다. 셋이 밥공기를 부딪치는 소리가 경쾌하게 났다. 그래도 이후는 밥공기에 입술만 댔을 뿐이다.

- 잘 보살펴 주세요, 우리 보영 언니.

이후는 대답 대신 고개만 천천히 끄덕였다. 그러자 초희는 이후에게 보영의 이야기를 조근조근 풀어놓기 시작했다. 대부분은 이미 순수에게 들은 일들이었다. 초희는 이에 더하여 보영으로 하여금 막다른 골목에 다다르게 한 사내가 최근에 다시 나타났노라 했다.

- 어라, 그건 나도 모르는 얘기 아냐?

- 차마 말씀 못 드렸죠.

- 그거, 너도 알고 있었냐?

순수가 이후 쪽으로 고개를 획 돌렸다. 이후가 눈을 감은 채 아무 말도 하지 않자 순수는,

- 알았구먼. 하고 많은 죄 중에 간통죄가 뭐여.

하고 볼멘소리를 했다.

- 그게 죄에요?

초희가 이후의 눈치를 보며 순수의 입을 틀어막았다.

- 잠이 와. 한숨 자면 좋겠다.

이후는 초희를 따라 아무렴 어떠랴 생각했다.

- 그려? 그럼 잠깐 눕자. 아무래도 피곤한가 보다.

하고 이부자리 속에서 베개를 꺼냈다.

- 한숨 자면 모든 게 달라질 것 같다.

보영을 만날 때까지는 아직 두어 시간이 남아 있다. 이후는 머리속이 서서히 아득해짐을 느끼며 잠 속으로 까무룩 밀려 떨어졌다.

#21. 늦가을 윤달 보름 달빛은 밝고

이후가 반짝 눈을 떴을 때 순수의 방에는 시나브로 어둠이 스며들었다. 계절이 깊어져 낮이 벌써 많이 짧아진 것이다.

몇 시나 되었을까.

아직 어둠이 두터워지지 않은 이른 저녁은 이후로 하여금 먼 옛날의 감각을 불러 일으켰다.

초등학교 다닐 때, 이른 봄이나 늦은 가을 같은 때, 수업이 끝나고 집에 돌아오면 아직 한낮인데도 몹시 지치고 힘이 들었다. 어린아이의 몸에 스며든 찬 기운이 졸음을 만든 탓이다.

- 엄마. 나, 잘래.

어린아이가 투정을 부리면 엄마는 방에 요를 깔아 눕혀주고 이불을 덮어 주었다. 그러면 어린아이는 금세 깊은 잠에 빨려 들어갔다.

한숨 잘 자고 나면 아이는 다시 힘을 되찾을 수 있었다. 아주 긴 잠을 잔 것 같은데도 아직 어둠이 깊지 않아, 아이는 아침이 왔나보다고 생각할 때가 많았다. 엄마는 아이 옆에서 빨래를 개거나 부엌에서 밥을 짓고 있고, 아이는 잠들기 전과 자고난 후 사이에 아무 것도 변한 게 없음을 확신했다.

하지만, 아주 가끔 엄마가 곁에 없을 때가 있다.

- 엄마?

- 엄마!

아이는 어둠이 스며드는 고적한 방에서 아무런 인기척도 느껴지지 않는 바깥을 향해 엄마를 찾았다. 하지만 그런 때 엄마는 없고, 아이는 어린애답게 참을 수 없는 무서움에 휩싸였다.

꼭 그런 날 같은 이른 저녁의 기운을 느끼며 이후는 순수도, 초희도 어디론가 가버렸음을 깨달았다.

다들 어디 갔을까.

보영과 만날 곳을 초희가 알려주기로 한것을.

이후는 불현듯 무섭고 막막해졌다. 불안을 이기려고 이후는 방문 옆 벽에 붙어 있는 형광등 스위치를 찾았다. 방안이 밝아지자 방바닥에 뭐라고 몇 자 적어놓은 종이쪽지가 보였다. 순수가 남겨놓은 메모였다.

- 고단한 것 같아서 안 깨우고 나가. 시장에 사둘 게 좀 있어. 울 어머니는 야근여. 너 깰 때까진 안 들어오실 겨. 그리구 보영 씨는 보문산 전망대에서 여섯 시에 보자누만. 옛날에 우리 놀러가던 데, 알지? 거기 무슨 커피숍이 있대. 무슨 짓인지, 원.

이후는 몇 줄짜리 메모를 무슨 귀한 사연이나 담겨 있는 듯 한 번 더 읽었다. 하지만 약속 장소는 역시 구체적으로 나와 있지 않았다.

이후는 휴대폰으로 시간을 확인했다. 아직 시간이 안 된 것이 다행스러웠다. 휴대폰에 마침 문자가 들어와 있다는 표시가 떠 있었다. 이후는 무심결에 문자함을 열었다.

- 이후씨. 저예요, 보영. 지난 여름으로 끝이라 생각했는데, 다시 만나게 되네요. 여섯 시에 보문산 전망대 거의 다 오시면 숲이랑이라는 카페가 있어요. 올라오시려면 조금 힘드실 거예요. 갈림길에서 딴 곳으로 가셔도 안되고요. 일방적으로 약속 정해서 미안해요. 기쁜 마음으로 기다릴게요.

보영이다. 휴대폰 번호는 바뀌었지만 문자 내용은 분명 보영의 것이다. 문자 속에서 보영의 차분하고도 고운 목소리가 그대로 흘러나오는 것 같다.

기쁜 마음으로 기다릴게요.

이 말은 어떻게든 자기를 받아들이겠다는 보영의 확실한 의사 표현으로 들렸다. 가슴에 차오르는 기쁨을 느끼며 이후는 서둘러 나갈 채비를 했다.

백팩에서 여행용 세면도구를 꺼내 수돗가로 나가 양치를 하고 꽤 차가운데도 찬물로 세수를 하고 초희가 선물해 주었다던 순수의 화장품을 얼굴에 발랐다. 그러는 사이에 이후는 자기가 하고 있는 짓이 우스워 키득거리기까지 했다. 방금 전까지만 해도 낮잠의 서글픔에 빠져 있던 자가 갑자기 엄청나게 일 바쁜 사람 흉내를 내고 있었다.

어떻게 가지?

보문산 오거리라면 택시 타기에는 너무 가까운 거리다. 하지만 전망대 거의 다 올라가서라면 걸어서 쉽게 갈 수는 없다.

마음이 급해진 이후는 순수네 집 골목을 빠른 걸음으로 빠져 내려와 큰길가로 나왔다. 마침 충남대학병원 쪽에서 택시가 한 대 달려왔다. 택시는 슬금슬금 테미고개를 넘어 오거리에서 우회전을 해서 보문산으로 접어 들었다.

택시는 이후에게도 어린 시절의 추억으로 남아 있는 케이블카 탑승장을 지나쳐 산쪽으로 올라갔다. 이후는 길 오른편으로 스쳐지나가는 가게들 이름을 무심히 스쳐가며 읽었다.

천수용장군, 청운암, 우석암, 공주 애기보살, 신통 점술원, 덕대산 장군보살, 18세 선녀보살…….

점집들이 유난히 많은 것이 이후로서는 새삼스러웠다. 그러고 보니, 오른편에는 불칼 장군이라는 이름을 단 점집도 있다. 기태가 보문산의 용한 할머니한테 기어코 고시에 합격할 거라는 점사를 들었다고 한 얘기가 생각났다. 하지만 벌써 서른두 살이건만 기태는 올해도 시험의 이차 관문을 통과하지 못했다.

- 여까지 오려면 좀더 주셔야는디.

택시 아저씨가 혼잣말 비슷하게 사정을 말하는 것도 이후는 알아듣지 못했다.

- 더는 못 가유. 아쿠아리움 앞이 끝이유..

다소 통명스러운 듯한 말에도 이후는 아무런 대꾸도 하지 않고 만 원짜리 지폐를 내밀고 그대로 내렸다.

이후는 택시 기사가 차를 돌려 내려가는 것을 예의 삼아 기다렸다 전망대 쪽을 향해 걸음을 옮겼다. 그러나 얼마 가지 않아 무슨 비석이 서 있는 곳에서 이후는 잠시 멈춰 섰다. 마치 간절히 원하던 일이 너무 쉽게 성취되는 허전함을 두려워하는 사람처럼.

이후는 벤치에 앉으려다 말고 비석 가까이 다가갔다. 거기에는 다음과 같은 이야기가 조각되어 있었다.

옛날 옛적에 병든 노부모를 모시고 사는 착한 나무꾼 하나가 살았다. 효성 지극하기로 이웃마을에까지 소문이 자자한 그 나무꾼에게는 늘 술이나 마시고 주정을 일삼는 형이 있었다. 형은 부모를 모시기는커녕 이따금씩 찾아와 행패나 부리기 일쑤였다. 어느 날 나무꾼이 산에서 나무를 한짐 해서 내려오다가 옹달샘 옆에서 쉬게 되었다. 그때 그 샘 옆에서는 물고기 한 마리가 따가운 햇볕을 받고 아가미를 헐떡이며 죽어가고 있었다. 나무꾼은 두 손으로 물고기를 가만히 들어 옹달샘에 도로 되돌려 주었다. 물에 든 물고기가 나무꾼을 향해 고마워하는 눈빛을 보내고 사라진 후 물고기가 있던 흙바닥에 웬 주머니 하나가 생겨났다. 나무꾼이 신기해하며 주머니를 들어보니 거기에는 보은이라는 두 글자가 쓰여 있다. 주머니를 가지고 집으로 돌아온 나무꾼이 집에 단 하나 있는 동전을 집어넣었다. 그러자 맙소사, 순식간에 주머니 속에서 동전들이 쏟아져 나왔다. 나무꾼은 단박에 큰 부자가 되어 병든 어머니, 아버지를 더욱 지극하게 모시고 살았다. 그 소문이 못된 형의 귀에까지 들어갔다. 형은 탐이 난 나머지 동생에게 찾아가 주머니를 한

번만 보여달라고 했다. 착한 나무꾼이 마지못해 주머니를 가져와 보여주자 형은 그것을 가지고 문지방을 넘어 토방으로 뛰어내려 대문 밖으로 달아났다. 깜짝 놀란 나무꾼이 서둘러 쫓아가자 다급해진 형은 주머니를 그만 땅에 떨어뜨리고 말았다. 심술이 난 형이 땅바닥에 떨어진 주머니를 발로 세게 걷어차 버리자 그 틈에 흙이 주머니 속으로 들어가 버렸다. 그러자, 주머니가 마치 나무꾼의 동전을 토해내듯 흙더미들을 토해내기 시작했다. 걷잡을 수 없이 불어난 흙더미들이 쌓이고 쌓여 커다란 산을 이루었고 주머니는 그만 그 흙더미 산 속에 파묻히고 말았다. 이 산을, 보물 주머니가 묻혀 있다 해서 보물산이라 불렀는데, 세월이 흐르고 흘러 보문산이 되었다..

비문을 보고 이후는 한숨을 쉬었다. 이야기 속에는 언제나 민중들의 염원이 담겨 있다. 사람들은 늘 악에 대한 선의, 힘 있는 자에 대한 억눌린 자들의 해원을 원하건만 그런 바람이나 응징은 늘 이야기 속에서나 실현될 뿐이다.

- 이후 씨?

자기를 부르는 여자의 목소리에 이후는 깜짝 놀라 고개를 돌렸다. 거기에는 그가 그토록 찾아 헤매던 보영이 자기를 바라보고 서있다.

- 뭐예요. 다 올라와 놓고 딴청이나 피우고.

- 아직 시간이 안 된 것 같아서. 잘 지냈어?

- 보기 싫은 사람 억지로 오시랬나보다.

- 아, 아냐.

이후는 보영에게 잇달아 꼬집히고서야 정신이 돌아온 듯했다.

- 가요. 이 근처라고 했지?

- 참. 손에 든 거 안 보여요?

그러고 보니 보영은 커피를 들고 서 있다.

- 숲이랑에 안 들어가구?

- 전 벌써 한 시간이나 있었거든요.

- 그래? 그럼?

- 오랜만에 전망대에나 가요. 커핀 받으시고요.

이후가 보영이 하라는 대로 커피를 받아들자 보영은 씽긋 웃음을 지었다.

달라졌다, 몇 달 사이에.

이후는 어딘지 모르게 한결 성숙되어 보이는 보영의 모습을.새삼스럽게 감각했다. 웨이브 단발머리는 밝은 브라운빛으로 물을 들였다. 가을답게 카멜색 케이프 코트에 데님 바지를 코디한 것은 보영 특유의 의상 감각을 드러냈다.

- 가요.

보영이 돌아서 걷자 이후도 뒤를 따랐다.

- 저기만 올라서면 전망대죠. 이후 씨도 알죠?

어린 시절 어머니, 아버지와 함께 케이블카를 타고 올라 전망대까지 와 놀던 이후가 모를 리 없다. 두 사람은 아기자기한 보문사와 노란 불빛으로 빛나는 '숲이랑' 사이를 걸어 전망대로 향했다. 경사진 둔덕을 오를 때 비로소 두 사람은 서로의 손을 다시 맞잡았다.

- 금방이죠?

이후가 고개를 끄덕였다.

보운대라.

이후는 전망대라고만 알고 있던 이곳이 그런 이름을 가지고 있다는 게 신기했다.

이미 날은 어두워져 버렸다. 산 나무 사이로 내려다보이는 시가지는 노란 불빛들을 점점이 달았다.

- 야구장도 보여요.

- 여기서 보니 조그만하네. 한화 이글스지?

- 그런가 봐요.

이후도 어렸을 때는 야구 중계를 곧잘 보았고, 두세 번은 저 아래 보이는 경기장으로 이글스를 응원하러 갔던 적도 있다. 뿐만 아니라 이후는 한일 월드컵 때만 해도 한국과 이탈리아의 경기를 순수와 함께 대전 축구장에서 직접 관전하기도 했다.

모두 옛날 일이다. 자기도 모르는 사이에 이후는 뭇 사람들이 즐거워하고 기뻐하는 일들에서 멀어져 버렸다. 언제 이렇게 식어버린 걸까? 스포츠 경기나 연속극을 보고 웃고 눈물 흘릴 수 있는 능력을 잃어버린, 그러기 위해서는 너무 많은 예열이 필요해진 그였다.

- 아빠랑 여기 많이 와 봤어요.

- 나도 어머니랑.

이후는 보영의 아버지가 얼마 전에 세상을 떠났음을 생각했다. 하지만 보영이 부모와 함께 살던 옛날의 보문맨션으로 돌아온 것은 알지 못한다.

보영은 이후의 손을 잡은 채 대전 시가지를 말없이 내려다본다.

- 춥지?

- 괜찮아요. 대전역도 보이죠?

보영이 멀리 쌍둥이 빌딩이 서 있는 쪽을 가리켰다. 이후도 고개를 끄덕였다.

- 멀리 떠나고 싶어요.

- 어디로?

- 어디로나. 몇 달 사이에 너무 힘들었어요.

- 그래서 숨었어?

- 그냥 수족관 속에 가만히 있었어요.

그렇게 말하는 보영은 이후에게 정말 가엾은 작은 물고기처럼 보였다.

보영은 자기를 괴롭혀 온 편시욱에 대해서는 차마 이야기하고 싶지 않았다. 그는 주소를 어떻게 알았는지 매일 찾아오다시피 했고, 보영이 그를 받아들이지 않자 보복에 가까운 끔찍한 일들을 벌였다.

어느 날에는 주차장에 세워둔 자동차의 앞유리를 박살을 내놓는가 하면, 맨 꼭대기층 보영의 아파트 복도쪽 유리창을 깨뜨려 놓기도 했다.

처음에는 사랑처럼 보이는 행위도 끝내는 치졸한 자기애에 불과한 것으로 판명될 때가 많다. 편시욱은 보영을 향해 그녀로 인해 망가져 버린 자신의 인생을 보상받고 싶어 했다. 그의 모든 파괴 행위는 보영이 보문맨션을 담보로 삼아 얼마간의 돈을 건네준 다음에야 끝이 났다. 이것으로써 보영이 저지른 간통이라는 죄도 대단원의 마감을 이룬 것 같았다.

- 이제 내려가요. 갑자기 배고파졌어요.

문득 보영이 이후를 재촉했다.

편시욱의 일을 끝으로 보영은 모든 괴로운 일들이 멀리.떠나 버렸으면 했다. 자기는 아직 살아가려는 의지를 버리지 않았다.

두 사람은 음력 보름 가까워 달빛 밝은 산길을 손을 잡고 천천히 내려갔다. 가을 깊어 겨울에 다다른 보문산 숲 활엽수들은 어느새 저마다 걸친 아름다운 옷을 벗었다.

- 지금 윤달인 거 알아요?

- 윤달?

- 네. 음력으로, 구월 윤달. 구월 윤달은 자그마치 백팔십이 년만이라나.

- 윤달은 뭐든 좋다던데.

- 결혼도, 이사도 윤달에 한다죠.

- 그럼, 우리도 결혼이나 할까?

- 흠. 안 속아요.

보영은 그렇게 버텼지만 이후는 자기가 정말로 보영과 맺어지기를 원하는지도 모른다고 생각했다.

보문산 유래 비석이 있는 곳까지 내려오자 길가에 음식점들이 보였다.

- 통일식당?

- 저 집. 오래됐어요.
- 어떻게 알아?
- 아빠 따라다니며 알았죠. 저 아줌마 아버지가 강원도 이북 정선 출신이라나요.
- 정선이면 남쪽 아닌가?
- 삼팔선 북쪽 정선도 있어요. 둘로 나뉘었다나 봐요.
- 저 꽃은 예쁘네.

이후가 '옛날전주식당'이라는 이름을 가진 음식점 앞에 아름답게 피어 있는 꽃을 가리킨다.

- 골드트럼펫이에요.
- 흠. 트럼펫 같이 생겼네.
- 꽃이 예쁘니, 여기서 먹어요.

두 사람이 전주집에 들어가 나란히 앉아 백반을 주문하자 주인 할머니가 식탁 가득 온갖 반찬을 내놓았다.

- 남는 게 없겠다.
- 그러게요.

이후와 보영은 같이 탄복하며 오랜만에 밥에, 두부 김치국에, 맛있는 반찬들로 차려진 조촐하면서도 소담스러운 저녁식사를 했다.

식당 안에는 두 사람 말고도 여러 사람이 들어와 밥을 먹고 있었다. 그네들이 서로 아무 거리낌 없이 쏟아 놓는 말들이 이후의 귀에 코러스로 들렸다.

- 걔가 시집가서 자식을 둘을 낳았는디. 어쩌다 걔 동생하고 남편하고 좋아지냈다네벼.

- 그렇다고 목 매달 건 머여.
- 동생이 그 자식들 키우며 산다누만. 지는 자식 안 낳고. 친정에도 못 간댜.

하는 소리는 등산객 차림으로 앉은 아주머니들 얘기고,

- 삼성이랑 붙었다 허면 깨지니께.
- 그러니 어쩌.
- 어! 쪼금 신경 쓰니께 안타 치네.
- 어뗘? 오늘은 이길 것 같어유?
- 어. 어쩐 일여. 저게. 도루도 할 줄 알았나베.
- 저 친구, 오늘 사고 치네. 네 번 나와서 세 번 출루여.
- 물 들어올 때 배질해야지, 암만.
- 이제, 원아웃이니께.
- 난 야구 안 봐. 한국시리즈나 볼까.
- 별종이네이.
- 갈게유.

하는 얘기들은 마침 한창 진행 중인 야구 중계를 바라보는 아저씨들 얘기다.

- 언니가 언제 순대 안주에 맥주 한 잔 허재유.
- 그래야쥬. 늙은이들은 먹을 날이 얼마 없으니께. 그런디 둘이 친자맨가?
- 야. 아버지도 같고 어머니도 같고.
- 하나 또 있슈. 우린 딸만 셋유.
- 오빠가 없슈.
- 그러고 보니 두 사람이 비슷허네. 허는 행동도 그렇게 둘

다 조심성스럽고. 저는 애 하나 낳고 끝냈슈.

- 전 딸만 둘유. 우덜 셋 중에 나만 술 혀유.

- 아까 보니께 아래서 음주단속 허더라구.

- 요즘 막 잡어들이대유?

- 세금 없다구 난리여.

- 왜 없어. 있는 놈들은 안 걷으니께 없지.

- 맞어. 우습지두 않어.

- 죄다 죽일 놈들여.

- 아유. 그런 소리 말어유. 그러나 다치면 어쩔려구.

자매하고 중노의 사내 하나가 막걸리를 놓고 세상 품평을 하다 말고, 아랫 여자가 주위를 살폈다.

- 음식은 역시 간을 잘 맞춰야 돼.

- 그렇주. 세면 안 되쥬.

- 심심해야 혀.

세 사람이 갑자기 입을 맞추듯 딴소리를 하는 통에 이후는 자기도 모르게 쓴웃음이 났다. 세 사람은 또 무슨 얘기들을 이어가다 옛날 이야기로 접어든다.

- 옛날에 삼십 대에 신랑이랑 같이 나이트를 갔는데, 웬 남자들이 나한테만 그렇게 붙어댕기는겨유. 그 다음부턴 신랑이 절대 안 데려 가더라구.

- 지금 봐두 미인은 미인이네.

- 마흔쯤까지두 신랑 몰래 다니긴 다녔슈. 젊은애들이 막 들러붙는데 아들 같은 생각이 나더라구. 그담부턴 영 못가겠어.

- 애가 이쁘긴 이뻤어.

- 그럼 신랑은 지금 무얼 허구?

- 벌써 죽었쥬. 고생만 허다.

이후는 오가는 말을 들으며 생각했다. 아마도 저 나이든 자매들은 다들 홀몸인가 보다. 노인은 시간 많은 한량, 오늘 처음 산에서 만났는지도 모르겠다.

식사를 마치고 값을 치르고 바깥으로 나오니 이젠 완연히 밤이다. 이후와 보영은 누가 먼저랄 것도 없이 손을 잡고 걷는다. 조금 내려가니 옛날에 케이블카 타던 데가 보이고, 고등학생 시절에도 놀러와 방망이를 휘두르던 야구 배팅 연습장이 나타난다.

한 번에 오백 원, 공은 열두 개를 던져 준단다. 이후의 기억이 맞다면 십오 년 전에도 오백 원이었다. 다만 공은 그때는 스무개였다.

- 한번 해볼까?

이후가 턱짓으로 야구 연습장을 가리키자 보영이 웃는다.

- 할 수 있어요?

- 옛날엔 잘 했어.

- 피, 그럼 해봐요.

보영이 핸드백에서 오백 원짜리 동전 하나를 꺼내준다.

- 난, 왼손잡이야.

- 어머.

- 저 쪽 끝에서만 할 수 있어.

이후는 보영을 끌고 가장자리 코너로 갔다. 마침 그곳은 비

어 있다. 이후가 연습장 안에 들어가 방망이를 몇 번 연습 삼아 휘둘렀다. 보영이 바깥에서,

- 오빠, 화이팅!

하고 응원을 했다. 머신에 동전을 넣고 이후는 바짝 긴장을 하고 타석에 들어섰다.

철컥, 하는 소리와 함께 야구공이 무서운 속도로 이후를 향해 날아왔다. 이후는 있는 힘껏 방망이를 휘둘렀다.

딱!

이후의 방망이에 정통으로 얻어맞은 야구공이 직선을 그리며 그물망 쪽으로 시원스럽게 날아갔다.

보영이 환호성을 질렀다. 운이 좋았다. 이후는 금방 다시 철컥, 소리를 내는 투수석을 향해 입을 앙다물고 공을 기다렸다.

#22. 깊은 밤의 옐로우 서브마린

보문산 오거리 앞 횡단보도 앞에 서서 이후와 보영은 신호등이 바뀌기를 기다렸다. 이후는 보영 앞에서 멋진 스윙을 보여주지 못한 것이 못내 아쉬웠다.

- 왜 그렇게 안 맞지? 옛날엔 잘 쳤는데.

- 흠. 첫 번째 공은 제대로 때렸잖아요.

- 방망이가 좀 무거운 것도 같고.

- 명필이 붓을 가리시나?

- 공도 엄청 빠르고.

- 그렇더라구요. 고장 난 거 아닌가 했어요.

보영은 짓궂음을 버리고 이후를 위로해 주었다. 한밤의 보문산 오거리는 한가롭다. 자동차들이 적은데도 신호등은 오거리 길 횡단보도 하나하나를 여유 있게 지켜준다.

- 대전 오면 신호등 바뀌는 게 그렇게 느릴 수 없어.

- 그런가요?

- 그래서 좋아. 시내버스 정류장에서 버스가 저만치서 오는 노인을 기다려 주는 여유.

- 아직 옛날을 살고 있나 봐요.

- 이 동네도 시간이 안 흐르는 것 같아. 대사동 전당포에 극동제과, 할매순대, 그리고 저 보문맨션.

- 리모델링을 한 번도 안했어요. 외벽에 페인트 칠하고 각자 알아서 고치는 거 말고는.

보영은 아직도 이후에게 자기가 그곳에 산다고는 말하지 않는다. 드디어 신호등이 바뀌었다.

- 가요.

- 어디로?

아까부터 이후는 두 사람의 행선지가 궁금하던 참이다.

- 조오기, 좋은 데가 있어요. 옐로우 서브마린이라고, 카페예요.

보영은 이후를 대흥동 쪽으로 이끈다. 두 사람은 한밭 칼국수집, 보문산 빈대떡집을 스쳐 걸어간다.

- 이 길 아니면 건너편 길로 초등학교 다녔어요.

- 대흥초등이라 했지. 집이 어디였는데?

보영은 이후가 자기가 해준 말을 용케 잊지 않았다고 생각한다.

- 저기 당산나무 밑에서 쉬어 가기도 했어요.

- 저 나무가 당산나무?

- 큰절골 당산나무라고 해요.

- 큰절골이면 대사동이란 뜻이군.

도시 한 가운데 당산나무가 버티고 있는 풍경은 쉽게 보기 힘들다. 두 사람은 '지호네 신발 가게'를 지나쳐 걸어간다. 예스러운 상호들이 그대로 남아 있고, 벽에 타일을 붙인 오래된 상가 건물들이 아직도 버티고 있는 거리다.

이후는 문득 이 길을 언젠가 걸어본 적이 있다고 느낀다. 언제였을까? 이후는 누군가와 함께 이 길을 걸었던 기억을 떠올리려 애쓴다.

희연. 그렇다. 희연이 바로 이 거리 어느 골목엔가 살았다. 이후는 희연의 일을 완전히 잊고 있었음을 깨닫는다. 서울로 가면서 그는 희연의 일도 어디엔가, 누구에겐가, 아주 싼값에 팔아버린 것이다.

희연은 굳이 집에까지 바래다주겠다는 이후를 그때 이 부근에서 애써 돌려보냈다. 이 골목, 아니면 저 골목, 그도 아니면 이미 지나친 골목 안 어딘가에 희연의 집이 있었을 것이다. 희연은, 지금, 어디서, 무얼 하며 살까?

먼 곳에 가 살다 혹시, 무슨 일인가로 지금 집에 돌아와 있는 것은 아닐까?

- 무슨 혼자만의 생각?

잡은 손을 가만히 흔드는 보영은 이후를 가볍게 나무라는 듯하다.

- 멀리 객지로 떠도는 사람은 오랜만에 집으로 돌아오면 무슨 생각을 할까?
- 생각은 무슨 생각을 하겠어요. 아무 생각도 하고 싶지 않

도록 마음이 편안해지겠죠.

- 난 아직도 돌아올 수 없는 것 같아. 고향 같은 곳인데도.

- 전 지금 이대로가 좋아요. 곧 다시 변하겠지만. 모든 것을 새로, 처음으로 돌아가 되풀이하고 싶진 않아요.

이후는 보영의 말속에 자기와의 관계에 대한 암시라도 들어 있는 것 같아 신경이 쓰인다. 그런 이후의 심리를 아는지 모르는지 보영은 맑고 경쾌하다.

- 관사촌예요.

- 관사촌?

- 네. 우리 저쪽으로 가요.

보영은 제법 넓은 골목이 보이는 곳에서 이후를 잡은 손을 오른쪽으로 끌어당긴다. 길 안쪽으로 꺽어들자마자 주위는 갑자기 더 깊고 고요해진다.

- 어렸을 때 놀러와 봤어요. 여기, 친구가 살았거든요.

이후는 플라타너스 골목길을 걸으며 대흥동 길 안쪽에 이런 세계가 있었던가 한다. 나무도, 집도 모두 오래 살아온 것 같은 곳이다.

- 봐요. 충남도지사 공관.

이후가 유 내과라고 간판을 단 고색창연한 건물에 시선을 준 사이에, 보영이 이후의 주의를 반대편으로 돌렸다.

- 흠.

이후는 대전 변두리에서 자라난 사람으로서 지금껏 보지 못한 풍경에 한껏 흥미를 느낀다.

- 앗. 문이 열려요.

굳건히 닫혀 있을 것 같은 문을 장난스레 밀던 보영이 낮게 탄성을 질렀다.

- 정말.

- 들어가 봐요, 우리.

- 이렇게 달빛이 밝은데 도둑질을 다 들키지 않을까?

- 훔쳐갈 게 남았을라구요. 어서요.

보영은 이후가 뭐라고 대꾸할 틈도 주지 않고 문을 밀고 안으로 들어갔다.

- 뭐라도 나올 것 같아.

- 와. 여긴 저도 첨 들어와 봐요.

- 일제 시대 건물인데?

이후는 첫눈에 이 집이 화양 절충식으로 지어졌음을 깨닫는다. 화양 절충식이란 서양식에 일본식을 덧댄 양식으로 일제 시대에 즐겨 채택된 건축 스타일이다. 한때 일제시대 문학에 관심을 가졌던 이후는 옛날 잡지에 나오는. 이런 집들에 관해 익히 알았다.

- 일제 시대부터 이 동네가 있었단 얘길 들었어요.

- 지금은 쓰지 않는 모양인데?

- 현관문은 닫혔네요.

보영은 대담하게 현관문을 열려다 말고 실망스러운 표정을 지었다.

- 저쪽으로는 정원인가 보다.

- 그런가? 가 봐요, 우리.

달빛에 비친 보영의 얼굴이 다시 환해졌다. 두 사람은 아름

드리 나무들이 서 있는 정원 쪽으로 걸음을 옮겼다.

- 비밀의 정원 같아요.

- 나무들이 나이가 들어보여.

- 백 년은 된 것 같아요.

- 얼추 그쯤 되겠어.

맞다. 이 관사는 충남 도청이 공주에서 대전으로 옮겨지던 1932년 9월에 지어졌고, 충남 도청 소재지가 내포로 옮겨진 2013년까지 사용되었다. 6.25전쟁 때는 이승만 대통령의 임시 거처로도 쓰였고, 그 마지막 입주자는 안희정 지사였다고 한다. 그러니 백년은 못 되어도 팔십 년은 넘은 곳이라고 할 수 있다.

- 어머. 석등도 있어요.

이후도 보영을 따라가 돌을 쓰다듬어 본다. 십일월의 차가운 기운이 돌 깊이 스며들어 있다.

- 벤치도 있고.

보영이 오래된 벤치에 털썩 앉아 본다. 이후도 보영 곁에 가 앉는다. 두 사람이 앉은 곳에서 관사 건물이 정면으로 보였다.

- 옛날 건물인데도 커요.

- 한 지역을 통치하는 자가 머무는 곳이었으니까.

이후는 현대 건축물치고 유서 깊은 관사를 보며 하나로 풀어낼 수 없는 복잡한 심정에 사로잡혔다.

저 근사한 건축물이 여기 이렇게 서 있기 위해 얼마나 많은 사람들이 고통을 겪었을까. 일본인들은 이민족 위에 군림하기 위해 저항하는 이들을 총칼로 살육하고 그들의 혼의 형식인 말과 글을 빼앗아 흩어버리려 했다. 저 유서 깊은 건물 벽에는 일본인 밑에 짓눌려 있던 사람들의 피와 고름이 배여 있을 것이다.

그토록 야만적인 통치의 유적이 저토록 고풍스러운 운치를 품을 수 있음은 무슨 지독한 아이러니란 말인가? 그러나 이 역사의 함정은 비단 먼 과거의 일이라고만 할 수 없다. 오늘 이후 자신이 살아가는 세상도 그 시대와 다르지 않다면 다르지 않다. 아니, 동족 집단이라 믿어지는 사람들 사이에 가로놓인 증오와 혐오이기에 상처는 더 깊게 패여갈 수 있다.

- 또 무슨 생각? 틈만 나면 딴청 피우시기예요?

투정 부리는 사이에 정신이 돌아온 이후가 보영을 돌아보자 보영은,

- 이제 뭐라고 좀 해보세요.

하고, 이후를 바라본다.

- 뭘?

- 왜 저를 다시 만나시려는 거죠?

- 다시가 아니지. 당신이 사라져버린 것뿐.

- 그럴 만한 이유가 있다면요?

- 힘든 일이 있으면 말해 줄 것이지.

이후는 보영을 향해 힐난을 담은 눈빛을 보냈다. 사태의 원인을 자신에게서는 찾지 못하는 청년적 습관을 버리지 못한 탓이라고나 할까.

- 처음엔 말하려 했어요. 하지만 나로 인해 이후 씨가 기회를 잃어버리게 하고 싶지 않았어요.

순간, 이후는 보영이 자기에 관해 무엇인가 알고 있음을 직감했다. 숙현에 관해서 굳이 감추려 한 것은 아니었지만 자기는 결과적으로 이중적인 관계를 맺어온 셈이었다. 이후는 그것이 옳다거나 옳지 못하다거나 생각할 수 있는 윤리 감각을 아직 갖추지 못했다.

- 이후 씨 곁을 떠나는 게 최선이라고 생각했어요. 그런데 여름과 가을이 지나는 사이에 다시 마음이 변했어요. 만나고 헤어지는 건 사람의 의지로 할 수 있는 게 아닌 것 같아요. 우연히 만났는데도 이상하게 자꾸 필연처럼 느껴져요.

이후는 차분하게 말을 이어가는 하는 보영을 바라보았다. 늦가을의 한기 때문인지 보영의 입술이 떨리는 듯했다. 언제나 자기 마음을 다 말하지 않았지만, 그러면서도 늘 이후의 입장을 배려해 주는 보영이었다.

여자가 자기를 주장하고 자기 것을 억척스럽게 챙기려 할 때 이후는 위화감을 떨쳐버릴 수 없다. 숙현에 끌리고 그녀가 선사하는 온갖 편리와 쾌락을 향유하면서도 자기는 결국 숙현의 세계에 속하지 않는다고 다짐하곤 했다. 늘 자기 본위인 그녀의 행동 방식을 멀리하고 싶은 까닭이었다.

이후는 코트를 걸쳐 놓은 것 같은 보영의 가냘픈 어깨를 부드럽게 감싸 안았다. 보영은 추위 때문인지 몸을 심하게 떨었다.

- 함께 가요, 우리.

이후가 보영의 어깨에 입술을 갖다대자 보영은 이후의 품에 안긴 채 고개를 끄덕였다. 이후는 감싸 안은 보영의 어깨를 풀어 주었다. 보영의 두 눈에 보일 듯 말듯 물기가 어렸다. 이후는 그것을 자기를 사랑하는 마음의 표시로만 알 뿐 여름 사이, 그리고 그보다 먼 과거로부터 온 고통의 소산으로 이해하지는 못했다. 때문에, 그가 찾을 수 있는 위로의 방법은 떨고 있는 보영의 입술에 입을 맞추어 주는 것뿐이다.

그때다.

- 거, 누구요?

이후와 보영은 갑작스러운 노인의 출현에 놀라 일어섰다. 노인은 들고 있던 랜턴을 두 사람을 향해 비추려다 말고,

- 어떻게 여길 들어오셨소, 밤에, 아직 공개도 안 했는데.

하고, 목소리가 다소 누그러졌다.

- 문이 열려 있어서요. 죄송합니다.

- 하필 담배 사러 다녀온 새. 어여들 나가요.

- 죄송해요.

- 죄송합니다.

두 사람은 노인에게 머리를 조아리고 서둘러 공관을 빠져나왔다.

- 그래도 혼은 안 내시네.

- 도둑치고는 운이 좋았네요.

- 그나저나 날 어디까지 끌고다닐 셈? 대체 그 옐로우 서브마린은 어디 있는 거지?

- 이제 곧 나와요.

보영과 이후는 개축한 관사 건물들이 넓직하게 늘어서 있는 골목을 천천히 걸어 관사촌을 빠져나왔다.

이제 길은 대전고등학교 오거리로 통한다. 이후는 잠자코 보영의 발걸음에 보조를 맞추었다. 보영은 대고 오거리에서 오른쪽으로 방향을 틀었다. 아까 관사촌 쪽으로 들어가지 않았다면 곧장 이리로 왔을 것이다.

- 여기에요.

보영은 노란 간판이 서 있는 곳에서 오똑하니 걸음을 멈추었다.

- 옐로우 서브마린?

이후는 까만 배경색 위로 선명하게 떠올라 있는 노란 글자들을 읽었다.

- 들어가요.

- 지하네?

- 그럼 어때요.

보영이 이후의 손을 잡아 끌고 지하 계단을 내려갔다. 지하 카페의 은빛 문은 마치 잠수함의 출입문처럼 보였다. 이후가 힘을 주어 두꺼운 철문을 열어젖히자 문이 의외로 가볍게 열렸다.

- 와!

이후는 자기도 모르게 환성을 질렀다. 문이 열리자 나타난 땅속 세상은 온통 노란 빛으로 빛나고 있다. 형광등도, 벽도, 소파도, 테이블도, 배튼도 모두 노란빛으로 빛나는 별세상이다. 하지만 이 딴 세상 속은 아무도 없이 텅 비었다.

- 주인은 어디 갔지?

- 글쎄요. 아무렴 어때요? 올 때까지 기다리죠, 뭐.

- 아무렴.

이후도 보영을 따라 홀 한가운데 자리잡은 노란 소파에 앉아 몸을 기댔다.

그때, 마치 작동 감지 장치라도 설치되어 있는듯 사방 노란 벽 네 모서리에 달린 스피커에서 이후도 잘 아는 노래가 흘러나왔다.

제가 태어난 마을에
바다를 떠돌던 사람 하나 살았죠
그가 자기 삶을 들려 주었어요
잠수함 세상 속에서 살던
그래서 우리도 해를 향해 길을 떠나
이윽고 초록빛 바다를 찾아냈죠
그래서 우리도 물결치는 저 아래
우리들 잠수함 속에서 살았어요

이것은 이후가 고등학교 시절에 몹시 좋아했던 귀에 익은 비틀즈의 노래였다.

그리고 우리의 친구들도 모두 탔어요
가까운 곳에 사는 많은 친구들까지
그리하여 한 무리가 놀아대기 시작했죠

- 누가 틀어주는 거지?

- 그러게요.

- 주인이 어디 잠깐 나갔는지도 모르겠다.

이후는 아까 도지사 관사에 이어 또 다시 아무도 없는 곳에 들어온 것이 불안해 했다. 하지만 보영은 그렇지 않은 듯했다.

- 진짜 노란 잠수함 속 같군. 테이블보도, 컵도 온통 노란 색이네.

- 훗. 그럼, 바깥은 이제 물속이겠네요. 꼼짝없이 갇혀버린 신세.

- 물이 안 들어오는 게 다행인가?

- 안 들어올 것 같아요. 너무 예쁜 곳이라.

두 사람이 상상의 날개를 펴는 동안에도 음향기에서는 노랫소리가 계속해서 흘러나왔다. 보영이 흥겨운 리듬과 가락에 몸을 가볍게 흔들기까지 하는 것을 보면서 이후도 불안에서 점차 벗어났다.

우리는 아무 어려움도 없이 살죠
원하는 것이라면 뭐든지 가졌죠
푸르른 하늘 초록빛 바다
우리들의 노란 잠수함 속에 든

우리 모두 노란 잠수함 속에 살았어요
노란 잠수함 노란 잠수함
우리 모두 노란 잠수함 속에 살았어요
노란 잠수함 노란 잠수함

일단 경쾌한 음악 소리에 몸을 맡길 수 있게 되자 이후는 예전에는 막연하게만 느껴지던 노랫말이 완전히 새롭게 다가왔다.

빛나는 태양 아래, 눈부시게 빛나는 바다, 그 아래 물속 세상을 유영하듯 헤매어 다니는 노란 잠수함 한 척.

육지 세상의 고통과 억압, 우울과 좌절, 폭우와 해일이 없는 눈부신 노란 잠수함 세상 속.

동화 속 세상 그대로, 노란 잠수함 속에서는 원하는 것이라면 뭐든지 구할 수 있어, 마치 푸르른 하늘과 초록빛 바다를 즙을 짜서 잠수함 속 세상에 들여놓은 것 같다.

위선도, 교활도, 야만도 없는 세상. 타는 불도, 세월호도, 물대포도, 시간 강사도, 관사도 필요치 않은 세상. 오로지 영원히 계속될 것 같은 어린 아이의 꿈과 웃음소리만 있는 세상.

그리고 지금 자기와 보영은 그 노란 잠수함 속 세상에 들어 있다. 처음부터 이 세상의 주인은 없었는지도 몰랐다. 주인도 손님도 아무도 없는데, 금방 나간 주인을, 언제라도 찾아올 수 있는 손님을.기다리고 있는 잠수함 속 세상, 노란.

이후는 이제까지 볼 수 없었던 가장 편안한 모습으로 흐르는 음악에 몸을 맡기고 있는 보영을 느꼈다. 육지 세상과 절연한 채 노란 잠수함 속 세상을 세상의 전부로 알고 자유롭게 헤엄치는 물고기들. 그렇게 둘만의 세상을 살아갈 수 있다면 현실은 제 아무리 험해도 좋을 것 같다.

이후가 잠깐 생각에 잠겨 있는 사이에 보영이 이후의 몸을 자기 쪽으로 끌어당겼다.

- 안아줘요. 어서요.

보영의 말이 신호라도 된듯 이후는 그녀를 품안에 너그럽게 받아들였다. 보영이 고개를 들어 이후를 올려다보았다.

- 행복해지고 싶어요.

이후가 고개를 끄덕였다. 보영의 얼굴에는 필사적이면서도 어딘지 모르게 몹시 관능적인 표정이 어렸다. 보영이 가느다란 손가락으로 이후의 차콜그레이빛 재킷 버튼을 가볍게 열어주자 이후는 드디어 불안의 손아귀에서 완전히 풀려났다.

두 사람은 이제 누가 먼저랄 것도 없이 서로를 끌어안고 푹신한 소파 위를 뒹굴었다. 이후는 한동안 못 본 사이에 보영이 무척이나 다른 여인이 된 것 같은 변화를 느꼈다. 시련은 여자를 정신적으로 성장시킬 뿐 아니라 육체적으로도 한결 더 아름답게 만들어주는지도 몰랐다.

- 잠이 와요.

몇 번씩 이후를 자기 몸 위로 끌어당기며 기쁜 신음 소리를 토해낸 끝에 보영은 마침내 이후를 풀어 주었다.

- 조금 자. 주인이 오면 깨워줄게.

두 사람이 이곳에 들어온 지 벌써 한참이나 시간이 흘렀건만 이 노란 잠수함에는 아무도 찾아오지 않았다. 이후는 다행이라고 생각하며 씽끗 웃음을 지었다. 그런데도 두 사람이 사랑을 나누는 동안 노란 잠수함 속에서는 비틀즈의 같은 노래가 그치지 않고 되풀이되었다.

- 이후 씨도요.

보영은 마치 마약이라도 먹은 사람처럼 맥이 풀린 듯하다.

이후는 꿈결에 든 보영을 감싸주며 자기도 잠깐 눈을 붙여야겠다고 생각했다.

그래도 좋을 것 같았다. 이 밤에는 영영 아무도 찾아오지 않을 것 같으니까. 이곳은 정말 뜨거운 태양빛을 받는 열대의 바닷속 따뜻하고 아름다운 노란 잠수함 속이니까. 보영과 자신, 둘만의 세계니까.

#23. 다른 빛깔로 빚은 마음의 상자들

그날 보영과 어렵게 다시 만난 후 이후는 어떻게든 사태를 결말지어야겠다고 마음먹었다. 보영은 곧 아버지의 사십구재 날이 다가온다고 했고 위패는 어머니를 모시기도 한 산내 쪽 고산사에 모셨다고 했다. 보영은 아버지를 마지막으로 떠나보내는 한편으로 많지 않은 재산을 정리하고자 했다. 아버지, 어머니의 일가친척들을 만나기도 하고 몇 달 동안 흩어져 버린 일들을 갈무리하겠다고 했다.

- 부탁이 있어요.

- 뭐지?

그날 밤 늦게 옐로우 서브마린에서 빠져나온 후 보영은 이후를 마침내 보문맨션으로 데려갔다. 이후와 만나면서도 마음 속 갈등을 완전히 풀지 못했건만, 마지막 순간에 결국 보영은 이후와의 미래를 그려보게 된 것이다.

이후는 보영의 새로운 거처를 마음에 들어 했고, 마치 두 사람만의 보금자리를 만든 것처럼 기뻐했다. 아파트 맨 꼭대기 층에서 바라보는 한밤의 대전은 행복한 두 사람에게 아름답게 보였다.

아침에 이후가 아파트를 떠나려 할 때 보영은 이후를 향해 뜻하지 않은 당부를 했다.

- 숙현 씨와 헤어져 주세요. 저를 만나시려면.

이후는 지난 일들에 관해 많은 것을 직감했다. 영리할 뿐 아니라 주도면밀한 숙현이 사태의 배후에 놓여 있었던 것이다. 그렇다면 보영은 파국을 피하려고 자기에게서 멀어지려 한 것이리라.

이후는 변명 대신 고개를 끄덕였다. 얼마든지 숙현과 헤어질 수 있기에. 어차피 숙현에게 자기는 무료한 삶의 장식품에 지나지 않았다.

보영은 이후에게 작은 선물 상자를 하나 내밀었다.

- 만년필예요. 어제 백화점 갔다가 눈에 뜨이길래.

보영이 수줍은 표정을 지었다. 이후는 작은 함을 받아 재킷 주머니에 그대로 넣었다.

서울로 돌아온 이후는 어떻게든 숙현에게 이별을 통보하겠다고 작정했다. 하지만 십일월이 다가도록 이후는 날을 만들지 못했다.

숙현은 하루이틀이 멀다 하고 이후의 오피스텔에 스며들었고 그때마다 이후를 위한 작은 사건들을 준비했다.

숙현은 그날그날의 특별한 레시피로 이후의 미각을 새롭게 해주었다. 남편 문주를 위해 무엇인가를 해줄 때마다 이후를 위해서도 꼭 일을 벌였다.

십일월 하순경 숙현은 이후를 종로에 있는 탑클라우드로 초대했다. 이왕이면 좋은 곳에서 멋진 식사를 즐기며 연수 오빠에게서 따낸 과실에 관해 이후에게 알려주고 싶었던 것이다.

종로타워 맨 위 삼십삼 층에 있는 레스토랑 창가 자리에서 숙현은 이후가 선사하는 장미꽃을 받았다. 가끔 이후는 숙현을 놀라게 했다.

- 와, 정말 예뻐!

숙현은 스칼렛빛 장미 다발을 안고 기쁜 나머지 눈물을 글썽이기까지 했다.

- 마음에 든다니 다행예요.
- 후후. 자기는 내게 정말 축복이야. 자길 위해서라면 나, 무슨 짓도 할 수 있어.
- 이혼은 하지 말아요.

이후는 때가 좋지 않더라도 오늘은 숙현에게 이야기를 꺼내겠다고 마음먹었다.

- 훗. 자기 날 너무 띄엄띄엄 본다. 내가 그렇게 쉽게 이혼할 것 같아? 글구, 그 사람, 아주 나쁜 남잔 아냐. 요즘 무척 고민하는 눈치야. 며칠 전에는 술이 떡이 돼서 들어오더니 현관 앞에 주저앉아 넥타일 풀다 말고 눈물을 뚝뚝 흘려대는 거야. 세상이 잘못 되었다나. 참내, 그걸 인제 알았나. 요즘 죽겠나봐. 위에서는 빨리 종결하라고 난린데 자고나면 새

건이 터지니 정신 차릴 수가 없다나. 그래도 청해진인가 뭔가 하는 데 수사는 이제 끝나가나 봐.
- 실종자 수색은 벌써 끝내더군요. 아직 못 나온 애들이 많은데. 시작부터 끝까지 감춰진 게 너무 많아.
- 나도 하도 이상해서 남편한테 물어보긴 했는데, 그 작자가 뭐래는지 아니?
- 뭐라고?
- 너무 알려하지 말래. 다친다나.
- 차라리 솔직한 표현인지도 모르지.
- 자기 딴엔 뭔가 깊이 고민하는 것 같아서 걱정은 걱정이야, 하지만 곧 정상화 되겠지. 늘 그러니까.

이후는 숙현이 자기 앞에서는 더 냉소적으로 말한다는 것을 안다. 숙현도 이를 의식했지만 한편으로는 그것을 이후를 향한 예의로 여겼다. 이후가 와인 잔을 들고 마시지 않는 것을 보고 숙현은,

- 여긴 와인 전문은 아니에요. 대신 음식이 좋고. 뭣보다 바깥에 풍경, 괜찮지?

하고 분위기를 밝게 만들려 애썼다.

이후도 고개를 끄덕였다. 넓은 유리막 스크린에 비친 바깥 풍경은 밤이어서 그런지 더욱 환상적인 분위기를 연출했다.

- 일개미들 같아요.

숙현이 저 건너편 환하게 불을 밝힌 빌딩에 오가는 사람들을 손가락으로 가리켰다.

- 밤늦게까지 일하는 데가 많죠. 그래도 정규직이라면 감지

덕지들 하죠.

이후는 창밖의 풍경에서조차 시대의 우울을 감지할 수밖에 없을 만큼 예민해져 있었다. 이 빌딩에 들어설 때부터 이후는 대형 유리벽에 감탄하는 숙현과 달리 이곳이 저 옛날에는 화신백화점이었음을 의식했다. 건물들이 역사의 힘에 밀려 나타났다 사라지듯 자신의 삶 역시 역사라는 이름의 거대한 현실에 붙박이 되어 있었다. 그는 자유를 원했지만 이 세상은 개체들을 위한 여유 공간을 허락하지 않았다.

이후가 심각한 표정을 풀지 못하자 숙현은 재빨리 화제를 돌렸다. 그것은 숙현이 오늘을 위해 준비해 둔 이야기였다.

- 그렇겠죠. 참, 내가 얘기해 줄 게 있어. 먼저 우리 짼해요.

이후는 와인 글라스를 들어 숙현의 글라스를 가볍게 부딪혔다.

- 우리 큰아버지가 청주에 있는 대학 이사장이란 얘기 안 했죠?

숙현은 오늘 그동안 이후를 위해 사촌 오빠 연수와 밀고당긴 얘기를 해줄 참이었다.

연수는 처음에는 난색을 표명했지만 결국 숙현의 바람을 들어주었다. 대신에, 단번에 학과 교수를 만들어주기는 어렵고 그 전에 한 일 년은 총장 부속실에서 자기를 위해 일해야 한다고 했다. 국문과라면 글은 곧잘 쓸테니 학교 분위기도 익힐 겸 큰아버지 회사의 약사나 쓰면서 자기를 위해서는 행사용 연설문도 써주면 좋겠다는 것이다. 숙현이 교수는 꼭 만들어 주어야 한다고 다짐을 두자, 연수는 자기에게도 가까운 교수가 측

근으로 필요한 상황이니 염려하지 말라했다. 일 년 후 공고를 낼 테고 최소한의 요건만 갖추면 무조건 임용해 주리라는 것이었다.

숙현의 이야기를 들으며 이후는 생각이 아주 복잡해졌다. 숙현은 물론 자기를 도와주려는 것이지만 사촌 오빠라는 총장까지 같은 생각인지는 확실치 않았다. 더구나 부속실이라면 비서실 같은 곳일텐데, 가까운 곳에서 일하다 보면 오히려 눈밖에 날 가능성도 컸다. 그 뿐 아니다. 재단 모회사의 약사를 쓰고 연설문, 인삿말 따위를 쓰면서 임용에 필요한 논문 편수를 채울 수 있을지, 이것이야말로 큰 문제라 하지 않을 수 없었다.

이후가 그다지 반겨하지 않는 눈치를 보여서일까.

- 사촌 오빠 믿을 만한 해요. 어렸을 때부터 늘 봐왔어요. 그보다, 춘천까지 시간 강의 다니는 것, 내가 못 보겠어.

숙현은 자기도 모르게 눈물을 글썽였다.

이후는 끝까지 흔쾌하게 고개를 끄덕이지는 않았지만, 결과적으로 숙현의 도움을 받아들인 형국이 되었다.

- 자, 마셔요, 그럼.

숙현은 마치 원하는 인형을 손에 쥔 여자애처럼 기뻐했다.

- 윤이후 교수님이라. 훗. 이름이랑 직함이랑 너무 잘 어울려요.

- 설마.

이후는 직감적으로 이건 바람직하지 않다고 느꼈다. 하지만 숙현의 말마따나 멀리 시간 강의나 다니는 앞이 보이지 않는 나날에 자기를 맡겨두고 싶지는 않다. 더구나, 그곳에 기수 선배가 강의 전임을 꿰차고 있다는 사실은 이후를 묘한 투쟁심리에 사로잡히게 했다. 대학 학부 때부터 대학원 박사 과정을 졸업할 때까지 기수 선배는 늘 자기를 짓누르는 자, 따돌리는 자로 군림해 왔다. 정치를 둘로 나누는 그의 이분법 속에서 자신은 언제나 불투명한 자, 본류에서 벗어난 자가 되어야 했다.

삶을 타인과의 관계 이전에 자기 자신으로부터 사유하는 방법을 이후도 아직은 충분히 터득하지 못했다.

- 자기는 자격 있어요. 얼마든지.

숙현의 음성은 확신에 차 있는 듯했다. 실제로 숙현은 이후가 논문을 써가는 과정을 지켜 봤을 뿐 아니라 그가 일기에 표백해 놓은 생각들을 훔쳐보기도 했다. 이후는 분명 자격이 있었다. 그것이 자기 자신만의 확신인 것이, 제도가 그것을 측정할 수 있는 방법을 갖지 못한 것이 안타까울 뿐이었다.

두 사람은 열두 시가 다 되어서야 탑클라우드를 나섰다. 술이 약한 숙현은 겨우 석 잔 정도를 마셨을 뿐인데도 몸을 제대로 가누지 못했다. 이후는 전혀 취하지 않았다.

- 데려다 줄 거죠?

숙현은 한사코 이후가 운전하는 쿠페를 타겠다고 고집했다. 이후는 마지못해 지하 주차장에 세워둔 쿠페를 손수 몰았다. 차가 한남대교 위를 달릴 때 숙현은 이후와 처음 맺어지던 날을 기억해 냈다.

- 그날, 자기 정말 귀여웠어.

이후는 자신의 무릎을 어루만지는 숙현의 손길에 거세게 치솟는 불쾌감을 느꼈다. 숙현의 손이 스멀스멀 무릎 위로 올라올 때 이후는 더 이상 참지 못하고 브레이크를 밟고 말았다. 뒤따라 오던 차가 급정거를 하며 클랙션을 마구 울려댔다.

– 뭐야?

숙현이 백미러를 바라보며 눈을 흘겼다. 마침 차선이 밀리기 시작했으므로 숙현은 이후의 심사를 알아차릴 수 없었다.

타워빌 앞에까지 다 와서도 숙현은 집에 들어가지 않으려 했다. 양재천 쪽으로 가달라는 숙현을 내려주고 이후는 곧장 차를 돌려 거칠게 차를 몰았다. 동교동 로터리까지 어떻게 왔는지 모를 정도로 이후는 몹시 흥분한 상태였다. 오피스텔에 올라와서도 몹시 불결한 것에 닿은 듯한 느낌을 떨쳐버릴 수 없었다. 만약 숙현의 뜻에 그대로 따른다면 자기는 강 이편에서 저편으로 영영 넘어가 버리게 될지도 몰랐다.

오피스텔 형광등 스위치를 누르자 어지러운 풍경이 한 눈에 들어왔다. 어젯밤에도 숙현과 이후는 이곳에서 사랑을 나누었다. 숙현은 이후를 익숙하게 다루면서도 끝내 바들바들 떨며 나동그라졌다. 오피스텔 안은 아직도 숙현의 향수 어린 체취와 소프라노의 신음 소리가 흐르고 있는 듯했다. 이후는 컴퓨터 앞에 털썩 걸터앉아 무엇인가 잘못되어 가고 있다고 생각했다.

그런 이후의 시선에 컴퓨터 모니터 옆에 놓인 만년필 상자가 보인다. 그날 가져온 그대로 포장지에 싸인 함이 그를 올려다보고 있다. 마치 보영의 차분한 시선이 그를 바라보는듯, 함은 이후를 향해 정다운 말을 건네고 있었다. 이후는 무엇엔가 이끌리듯 함을 열었다.

이후 씨. 고요한 밤예요. 이후 씨는 제 곁에서 주무시고 저는 이후 씨 곁에서 지금 편지를 써요. 오늘 백화점에서 이후 씨 드릴 만년필을 샀어요. 포장까지 했던 것을 풀어서 몇 자 써서 함께 넣어 드릴까 해요.

무슨 말씀을 드려야 할까요. 이후씰 처음 봤을 때부터 좋았다는 말? 맞아요. 가슴에 주홍글씰 새겨 놓고도 이후씰 만나니까 좋았어요. 죄를 부정하고 싶었어요. 하지만 이후 씨에게 끌릴수록 제 모습이 더 또렷하게 보이는 것 같았어요. 스무 살도 되기 전에 엄마 애인을 가로채려다 유학을 갔어요. 결혼하고 소미까지 낳고도 다른 남자를 만나서 죄를 만들었고요. 이후씰 만날 때도 제게는 또 다른 남자가 있었어요. 어떻게 해도 이후씰 받아들일 수 없을 것 같았어요.

이후 씨가 남지를 통해서 만나자 하실 때도 아무 미련도 품지 않을 자신도 있었어요. 좋은 사람도 그 한때뿐, 만나면 늘 헤어짐이 있는 법이니까요. 다만, 이후씰 사랑해 드리고 싶었어요. 어쩐지 저보다 더 추워 보였어요. 의지할 데 없는 아이처럼 떠돌고 계신 것 같았어요.

이후 씨 여자가 저를 찾아왔을 때 모든 게 저만의 착각이었음을 깨달았어요. 힘들고 괴로웠어요. 저를 가두고 있는 나쁜 반복에서 벗어나고 싶었어요. 그런데도 이후씬 저를 내버려두지 않더군요. 이제 저는 팔자나 운명 따위를. 믿지 않고 싶어졌어요. 이게 다 이후 씨 때문이겠지만, 지금도 저를 버리고 싶으시면 뜻대로 하셔요. 몹시 힘들어도 결국은 잊혀지겠지요.

겨울이면 헌법 재판소에서 저를 구해줄지도 모른다고 하네요. 하지만 저는 이제 상관 없어요. 위헌 판결이 나도 저는 아무 것도 바꾸고 싶지 않아요. 재판소 따위에 제 삶을 의탁할 순 없으니까요. 이후 씨만 제 곁에 계신다면 다른 것들은 아무래도 좋으니까요.

기다릴게요.

십이월이 오기 전에 결정해 주세요. 하지만 어느 쪽이든 이후 씨 뜻대로 선택해 주세요. 의지를 가질 수 없다면 자유도 없을 테니까요.

십일월 늦은 가을에

보영 드림

보영이 준 함 속에는 노란색 라미 상표 만년필과 함께 이후가 잠든 사이에 보영이 쓴 편지글도 들어 있었다. 보영의 글을 다 읽고서도 이후는 편지지를 그대로 들고 무거운 기분에 사로잡혔다. 편지글 속의 보영은 오늘을 살면서도 먼 과거에서 온 듯 해맑았다.

그러고 보니 보영에게서 지난 사흘 동안 아무 연락이 없다. 자신이 정한 시한이 다가오는 것을 하루하루 힘겹게 기다리며 인내하고 있음에 틀림없다. 이제는 더 이상 보영을 위한 선택을 미루지 말아야 한다.

하지만 막상 보영 쪽으로 저울추가 기울려 하자 이번에는 숙현의 화사하면서도 육감적인 얼굴이 한쪽에서 자기를 바라보고 있는 것 같다. 숙현은 늘 그를 보고 웃었고 그러면서도 어려운 시험 문제같은 일들을 만들어냈다.

숙현은 적어도 겉으로는 나쁘지 않아 보였다. 하지만 그것은 남편 문주와의 생활에서 오는 참을 수 없는 권태를 견디기 위한 몸부림이었다.

이후는 이제 와서 그것들을 완전히 외면해 버릴 자신이 없다. 자신을 향한 숙현의 마음을 사랑이라 부를 수는 없다 해도, 한갓 욕망과 지순한 사랑 사이에 어떤 넘을 수 없는 벽을 세울 수 있을까.

#24. 그날은 모든 것이 다르게 보였다

그날은 모든 것이 심상치 않았다. 새벽에 이후는 평소보다 늦게 일어났다. 춘천으로 강의를 가는 날이었으므로 무척이나 허둥지둥 서둘러야 했다. 요즘 들어 부쩍 논문 쓰는 일에 열을 올리는 이후는 전날 밤에도 늦게까지 책상에 붙어 있었다.

씻는 둥 마는 둥 옷을 챙겨 입고 엘리베이터를 타고 일 층으로 내려와 현관을 나서려는데 이 날 따라 606호실, 이후의 우편함에 우편물이 잔뜩 쌓여 있었다. 각종 고지서에 관리비 통지서 따위가 고작일 텐데 그게 유난히 눈에 거슬렸다.

적당히 들고나가 휴게소 쓰레기통에라도 버려야겠다는 생각에 우편함을 열기 위해 허리를 굽히던 이후는 왼쪽 어깨 바로 아래 팔에 칼에 베이는 듯한 통증을 느꼈다. 경비 아저씨가 드럼통에 거꾸로 박아놓은 커다란 양철 집게 날에 팔을 베인 것이었다.

깜짝 놀라서 보니 초겨울의 두툼한 겉옷이 찢겨 나간 속으로 살갗이 오 센티미터쯤 위에서 아래로 길게 베여 나갔고 그 위로 검붉은 피가 빠른 속도로 배어나왔다. 이후는 벌어진 살갗 사이로 난생 처음 자기 피부 안쪽의 조직을 맨눈으로 살폈다.

얇은 살갗 밑으로 그보다 조금 두텁지만 역시 얇다고밖에 표현할 수 없는 흰빛 지방층이 켜를 이루고 있었고 그 밑으로 다시 빨간 살이 보였다. 처음에는 몹시 당황했건만 곧 정신이 하얗게 맑아졌다. 살갗이 더 벌어지지 않도록 한쪽 팔로 살갗을 모아 쥐고 이제 어떻게 해야 할지 궁리했다.

병원에 생각이 미치자 신촌 로터리 가까운 곳에 있는 종합병원 하나가 떠올랐다. 신촌연세병원이라는 그곳 응급실에 이후는 언젠가 한 번 숙현을 데리고 들러 본 적이 있었다. 저녁 먹을 때부터 체한 증세를 보이던 숙현이 밤이 되자 얼굴이 하얗게 되어 정신을 잃을 지경이 된 것이다. 숙현을 부축해서 급하게 찾은 곳이 바로 그 병원이다.

이후는 성한 오른팔로 쿠페를 운전해서 병원 응급실로 가 상처 부위를 실로 꿰매는 치료를 받았다. 부분 마취를 했건만 응급의가 까만 실을 매단 바늘로 살갗을 꿰어낼 때마다 살이 뚫리는 느낌이 이후의 의식에 또렷하게 전해졌다.

시술을 받은 후 이후는 곧장 쿠페를 몰고 춘천으로 향했다. 이미 꽤 늦을 수밖에 없지만 종강을 앞둔 시점에서 휴강을 할 수는 없었다. 조금이라도 빨리 춘천에 닿으려면 몹시 서두르지 않으면 안 되었다. 병원에서 여의도를 거쳐 88도로를 타고 서울을 빠져나가면서 이후는 격심한 피로감에 사로잡혔다. 경춘고속도로를 타자 마음은 서서히 안정을 되찾았지만 주위의 풍경조차 눈에 들어오지 않았다. 날은 이미 환하게 밝았고 수업 시작인 아홉 시까지는 불과 이십 여분도 남지 않은 시각이었다.

엑셀레이터를 가속해서 앞서 가는 다른 차들을 잇달아 추월하면서도 이후는 보영에게 전화를 했다.

사실, 이후는 숙현의 이야기를 들은 뒤로 무척 혼란에 빠져 있었다. 숙현을 멀리 하고 보영과 함께 노란 잠수함을 타고 험한 육지 세상을 유유히 항해하듯 살고 싶다고 생각했다. 하지만 아직껏 숙현과 깨끗한 결말을 짓지 못 한 상태였다. 숙현에게 이별을 통보함은 곧 숙현의 제안도 따라서 거절함을 의미했다.

보영은 여전히 전화를 받지 않았다. 어쩌면 이후의 어정쩡한 태도에 실망감을 표현하려는 것인지도 몰랐다. 하지만 일주일 전 이후가 대전에 내려갔을 때만 해도 보영은 전혀 그런 기색을 보이지 않았다.

– 엄마가 쓰던 거라 버리지 않으려 했는데 아무래도 장롱을 바꿔야겠어요. 이후 씨 옷들 넣어 두려면.

하고, 보영은 백화점에서 사온 이후의 옷가지들을 장난스레 꺼내 보였다. 점퍼에 청바지에 겨울용 속옷까지 끼어 있는 옷가지들을 보며 이후는 그 속에 스며있는 보영의 마음을 엿보았다.

사랑은 바람 타는 불길과 같아서 풍향이 바뀔 때마다 다른 모양을 짓는다. 하지만 불과 며칠 사이에 그렇게 쉽게 변할 리는 없다. 이후는 보영의 침묵에 막연한 불안을 느끼면서도 다른 한편으로 보영의 마음이 변한다면 그 또한 자기를 위해 아예 나쁜 일만은 아닐 것이다.

일 교시 강의에 늦은데다 새벽에 살갗이 찢어지는 사건까지 겹쳐 이후는 하루 종일 몹시 힘겨웠다. 점심도 먹는 둥 마는 둥 한 채 오후 강의에 들어가서 학생들에게 다음 주 월요일에 종강을 하겠노라 선언해 버렸다.

내친 김에 기말시험 방향까지 알려주고 나자 춘천행을 이번 학기로 끝내야겠다는 결심이 굳어졌다. 이렇게 장거리를 오가는 강의를 하면서는 취직에 필요한 연구 실적을 쌓는 것도, 더 깊은 공부를 하는 것도 불가능했다.

오후 수업을 마치고 좀처럼 들르지 않는 학과 사무실에 들렀다. 다음 주면 종강을 하게 되므로 시험이나 성적 처리 등에 관해서 조교를 만나서 상의해야 했다. 학과 사무실에는 이후의 사물함도 다른 시간 강사들의 사물함과 나란히 비치되어 있다. 이후가 막 사무실에 들어가 먼저 사물함을 훑어보려 할 때 조교가 이후에게 다가왔다.

- 마침 잘 오셨습니다. 학과장님께서 연구실에 와 달라고 하셨습니다.

- 그래요? 무슨 일이실까요?

이후는 학과장의 예기치 않은 호출이 부담스러웠다. 대개 교수들과 시간 강사는 학기 내내 전혀 모르는 사람들처럼 외면하고 지내기 일쑤다.

이후가 학과장실에 노크를 하자 연구실 안에서 굵직한 목소리가 들려왔다.

- 들어오시오.

이후가 조심스럽게 문을 열고 들어가자 학과장이 책상에서 일어나 손님용 응접 소파 쪽으로 와 섰다.

학과장은 지금은 보직을 맡고 행정 일에 바쁘지만 학계에서 한때 이름 높았던 고전 문학 연구자였다.

- 윤이후 선생. 우리 후배시지?

- 예.

학과장은 이후의 학교 선후배들 사이에서 학식으로도, 인품으로도 이름이 높았다.

- 바쁠 테니 길게 얘기하진 않겠네.

이후는 잔뜩 긴장해서 학과장을 따라 소파에 앉아 다음 말씀을 기다렸다.

- 아까 점심 때쯤 학과 홈페이지 게시판에 학생 하나가 불만 섞인 글을 올렸어.

- 무슨 일로……?

- 윤 선생이 휴강이 벌써 네 번째에 지각도 잦다는 건데. 글 올린 학생은 하나지만 댓글이 서너 개 달린 걸 보니 없는 말 같지는 않고.

- 예. 맞습니다.

이후는 쉽지 않았던 이번 학기의 강의 과정을 떠올리며 고개를 끄덕였다.

- 다행히 강의 수준에까지 불만이 있는 것 같진 않았지만.

학과장은 부드러운 눈빛으로 이후를 타일렀다. 학과로서는 한번 강의를 맡기면 2년은 보장해 주려 하지만 이렇게 학생들이 불만을 표명하거나 강의 평가가 나쁘면 쉽지 않다고 했다. 덧붙여, 동문 후배이기도 하니 가급적 이후 편을 배려하겠지만 요즘은 인터넷이나 에스엔에스가 워낙 무서우니 조심해야 한다고 당부했다.

이후는 학과장이 말씀하시는 동안 몇 번씩 고개를 주억거리며 죄송스러움을 표현했다.

끝까지 부드러운 여유를 잃지 않은 학과장 앞을 물러나오자 머릿속이 뒤죽박죽이 된 것 같았다. 자신이 성실하지 못했음을 자인할 수밖에 없었다. 사실, 한 학기 내내 자기는 보영과 숙현 사이를 오가며 갈팡질팡했을 뿐 강의를 위해서는 이렇다 할 노력을 기울이지 못했다. 더구나 숙현의 우산 밑에서 살아가는 자기의 삶의 실상은 대학의 선생으로서는 온당치 못한 처신이랄 수밖에 없었다.

학교 주차장으로 가는 사이에 이후는 심각한 내적 위기감에 사로잡혔다. 자기를 둘러싼 주위 환경에 대해, 세월호 같은 사건에서 부조리한 대학 메커니즘에까지 비판적 시각을 유지할 수 있는 내적 근거가 자기 발밑에서부터 허물어져 내리고 있었다.

몸과 마음이 몹시 지친 탓일까. 서울로 돌아오는 길에 이후는 작은 사고를 냈다. 휴게소에 들어서 커피를 사들고 쿠페를 후진시키다 미처 들어오는 자동차를 보지 못한 것이다. 다행히 큰 사고는 아니었다. 차의 뒷범퍼와 상대방 흰색 소나타 차량의 오른쪽 앞 펜더 부분이 조금 찌그러졌을 뿐이었다. 그나마 후진 중이어서 속도를 내지 않았기 때문이다, 그것만으로도 이후는 더욱 신경이 날카로워졌다. 설상가상으로 서울로 들어와서는 도로가 어찌나 막히는지 무슨 사고라도 난 것 같았다. 브레이크를 수없이 뗐다 밟았다 하며 해가 저물고 나서야 겨우 오피스텔에 도착할 수 있었다. 이후는 온몸이 오슬오슬 추워오는 듯한 한기를 느끼며 그대로 침대에 드러눕고 말았다.

혼곤한 잠에 빠져든 이후가 겨우 눈을 뜬 것은 한밤중인지 새벽인지 모를 시간이었다.

이후는 휴대폰이 울리는 진동음에 겨우 눈을 떴다. 형광등도 켜지 않은 방은 아무 것도 보이지 않았다. 이후는 손을 더듬어 머리맡에 밀려나 있는 휴대폰을 잡았다.

- 아니, 전화 안 받고 뭐하는 겨. 얼마나 전활 했는지 알어?

이후가 휴대폰 통화 버튼을 누르자마자 튀어나온 순수는 대뜸 큰소리부터 냈다.

- 왜 그러셔. 무슨 일 났어?

- 큰일여. 너, 근데, 놀라지 마라.

- 무슨 일인데 그래?

- 그게.

순수는 휴대폰 속에서 잠시 머뭇거리다가,

- 보영 씨가 죽었어.

라고, 마침내 믿기지 않는 사실을 전달해 주었다.

- 뭐라고?

순간 이후는 자기가 혹시 잘못 들은 게 아닌가 했다.

- 세상 떠났다구. 언제 죽었는진 모른다.

- 그게 무슨 말이야?

순수의 말에 따르면 초희가 경비 아저씨와 함께 열쇠공을 불러 보문맨션 보영의 아파트 문을 따고 들어갔다 했다. 하루도 빠지지 않고 서로 전화를 하며 이것저것 상의를 하며 지냈는데 사흘 전부터 아무런 연락도 없었고, 특히 어제는 시내에서 만나기로 한 날인데도 약속 장소에 나오지 않았다고 했다.

초희는 다음날 하루 종일 전화를 해보다 급기야 저녁때쯤 보영의 아파트를 직접 찾았다. 아파트 현관 문 앞에 전단지가 여러 장 흩어져 있었다. 초희는 불길한 예감에 사로잡혔다. 성격 깔끔한 보영 언니가 현관문 앞을 이렇게 방치해 둘리 없었다.

열쇠공에 연락해 오도록 하고 경비 아저씨를 대동해서 아파트 문을 억지로 열고 들어갔다. 그러나 초희를 기다리고 있던 것은 이미 싸늘하게 식어버린 보영의 주검이었다.

- 잠옷을 입고 있는 걸로 봐선 자다가 일을 당한 것 같다. 편안히 잠든 것처럼 얼굴도 그렇게 평온할 수가 없고.

- 경찰은 불렀고?

이후는 한쪽 어깨로 휴대폰을 귀에 걸치고 주섬주섬 옷을 챙겨 입었다.

- 왔지. 외부 침입 흔적도 없고, 그렇다고 자살한 것도 아니라네. 검시의가 와서 보고 아무래도 급성 심근경색 같다고 했다. 요즘 젊은 사람들도 그런 일 많다고. 초희 말에도 보

영 씨가 평소에 빈맥이 심했다고 하고. 여러가지로 봐서 한
사흘 됐다누만.

사흘 전이라면 마침 보영과 연락이 끊긴 시점이다.

- 지금 갈게.

이후의 목소리는 어느새 냉정함을 되찾았다.

- 어딘지나 알어?

이후는 보영이 응당 보문맨션에 있으려니 했다.

- 성모병원 장례식장여. 이제 옮길 참여.

시각을 보니 이제 열한 시를 갓 넘었다. 차를 몰고 가면 서울역에서 떠나는 막차는 잡을 수 있을 것 같다. 서둘러 오피스텔을 나온 이후는 몹시 현기증을 느끼면서도 한밤의 신촌 대로를 바람같이 달려 서울역으로 갔다. 서울역 주차장에 차를 버리다시피 하고 역사로 달려 들어갔다.

과연 열한 시 삼십 분발 막차가 한 대 남아 있다. 하지만 오 분 후면 출발이었다. 이후는 표를 사서 플랫폼을 날듯이 내려가 케이티엑스 아무 칸에나 우선 올라탔다.

이후의 차실은 맨 끝 18호차였다. 좌석을 찾아가는 사이에 기차는 벌써 출발해 버렸다. 수요일 한밤의 기차 안은 승객이 많지 않았다. 이후는 한적한 차실에 자리를 잡고 앉아 겨우 한숨을 돌렸다.

기차가 바야흐로 한강을 건넜다. 이후는 한밤의 강을 물끄러미 바라보며 수심에 잠겼다.

보영이 세상을 떠났다는 순수의 전언은 아직도 믿을 수 없을 정도였다. 이후는 학기가 끝나고 방학이 되면 보영의 아파

트에서 겨울을 보낼 계획을 세워보기도 했다. 비록 숙현의 뜻하지 않은 제안으로 마음이 흔들리기는 했지만 그렇다고 숙현의 세계에서 살아갈 수는 없었다.

- 크리스마스이브에, 우리 같이 밤새워요.

이후를 바라보고 해맑게 웃던 보영의 표정이 떠올랐다. 한쪽 뺨에 보조개가 예쁘게 파인 보영의 얼굴.

이후는 또 이월엔가 언젠가 헌법 재판소 판결이 위헌으로 나오면 자기 돈을 들여서라도 보영의 가슴에 새겨진 주홍글씨를 없애줄 작정이었다. 인터넷이 전하는 소식들에 따르면 이번에는 위헌 판결이 내려질 가능성이 크다고 했다. 그러면 재심 청구를 통해서 깨끗한 신분을 회복할 수도 있었다. 박사 학위 논문을 제출하느라 간간이 저금해 놓은 돈이 바닥을 보이긴 했지만, 그 족쇄만은 자기 손으로 꼭 풀어주고 싶었다. 하지만 보영이 세상을 떠났다면, 모든 일들은 한밤의 꿈으로 흩어져버릴 것이다.

이후는 고개를 가로저었다. 보영은 지금 이렇게 세상을 떠나서는 안 되었다. 비로소 이후의 두 눈에 그렁그렁 눈물이 맺혀, 무거운 방울을 만들어 뺨을 타고 흘러 내렸다. 한번 흐르기 시작한 눈물은 멈추지 않고 흘렀다. 그의 내부에서 오랫동안 응결된 차가운 얼음이 설움의 온기에 녹아내려 눈물이 되어 흘러내리는 것이라고나 할까.

돌이켜 보면 이후가 그렇듯 보영을 찾고 그렇게 그녀에게 매달린 것은 그렇게라도 하지 않고는 쇠와 구리로 지은 이 철세계의 한겨울을 견딜 수 없었기 때문이었을 것이다.

이후는 자기 눈물의 이유를 보영의 죽음에서 찾았지만 기실 그것은 그때까지 그에게 남아있던, 그러나 곧 사라져버릴지도 모를 그 자신의 순수를 안타까워함이었는지도 모른다.

#25. 에필로그
- 지금 이곳 아니라면 다시 언제 어디서

며칠 후, 보영을 영원히 떠나보내는 짧은 절차가 모두 마무리 되었다.

초희와 순수, 그리고 이후에 의해 발견되어 병원 영안실에 앉혀진 보영이었다. 하지만 막상 절차가 시작되자 모든 일이 보영의 전남편인 소미 아빠에게 넘어갔다. 보영의 친척들 중에서도 생전에 보영과 왕래가 끊어지다시피 했던 이모가 나타나 소미 아빠와 무슨 거래들을 했다.

이후의 입장에서 한 가지 다행스러운 것은 보영을 수목장 형식으로 묻어주기로 한 것이다. 마침 동학사 입구 지나 공주 가는 길에 아담한 공원묘지가 새로 생겼다고 했다. 나무는 보영이 평소에 좋아하던 향나무로 정했다. 화장 후 유골을 같은 향나무함에 넣어 나무 밑에 묻어주면 찾아와 나무를 볼 때마다 좋을 것 같았다.

보영을 보내는 사흘은 순식간에 흘러가 버렸다. 그 사이에 이후는 순수 집에 진을 치고 성모병원 장례식장에 드나들었다. 소미 아빠나 보영 쪽 일가친척들의 눈치도 별로 볼 것이 없다고 생각했다. 장례식장에는 초희나 순수는 물론 나중에는 남지와 혜련, 기태와 차현까지 합세해서 장례식장 한쪽 구석을 차지한 채 마지막 밤을 새웠다.

새벽에 발인을 앞두고 모두 잠들어 있는 사이에 이후는 혼자 깨어 또 한 번 보영의 해맑게 웃는 영정 앞에 섰다. 상주랄 사람도 없고 소미 아빠조차 구석방에 들어가 잠을 청하고 없는 텅 빈 침묵 속에서 이후는 한 번 더 흰 국화꽃을 영정 앞에 올렸다.

이때 이후는 보영과 말 없는 긴 대화를 나누었다. 그것은 말로 된 이야기가 아니었다. 말 이전에 마음에서 마음으로 그냥 오가는, 이 세계와 저 세계, 살아 있는 이후와 세상을 떠나고도 여전히 살아 있는 보영 사이의 긴 입맞춤 같은 것이었다.

물끄러미 보영의 영정 속 사진을 바라보는 이후에게 해맑게 웃고 있는 보영은 정말로 살아 있는 것 같았다. 그 정다운 모습을 이제는 사진으로밖에 볼 수 없다는 사실이 무서웠다. 한참 만에 이후는 이제는 물러나야겠다고 돌아서려다 말고 마지막으로 다시 한 번 보영의 얼굴을 바라보았다.

순간, 착각인지 보영이 그를 향해 눈물을 글썽이고 있는 것 같았다.

이후는 무언가 잘못 본 것 같아 가만히 보영의 영정을 다시 살펴보았다. 하지만 착각 같지 않다. 조금 전까지만 해도 해맑게 웃고 있던 보영이 지금 여전히 웃고 있지만 두 눈이 금방이라도 눈물이 흐를듯 눈시울이 붉어져 있다. 그것은 마치 이제 자기를 잊어버릴지도 모를 사람을 향한 애소 같기도 하고 그렇다 해도 모든 것을 받아들이고 떠나보내 주겠다는 용서의 표현 같기도 하다.

- 잊어버리지 않을게. 늘 같이 지내자.

이후는 정말로 살아 있는 사람에게 말하듯 액자 속 보영에게 말을 건넸다. 보영은 눈물을 글썽이면서도 기뻐하는 것 같다. 그러면서도 이제는 되었다고 말해주는 것도 같다.

장례식의 마지막 아침이 왔다.

발인을 마치고 영구 버스에 타거나 혹은 다른 차를 타고 장지로 향했다. 이후와 친구들도 모두 따라가 화장을 하고 향나무 밑에 보영의 유골함을 함께 묻었다. 모든 절차가 끝나고 소미 아빠도, 다른 일가친척들도 떠나고 난 뒤에도 이후와 친구들은 보영 곁에 남았다.

초희와 순수가 가게에서 가져온 막걸리를 바치고 남은 친구들끼리 한 잔씩들 하고 나니 이제는 모든 일이 끝나버린 것 같았다. 이후는 세상의 종막에 다다른듯 깊은 허무를 느꼈다.

- 언니는 이후 오빠를 정말 좋아했어요. 다른 여자가 있다는 게 견딜 수 없었나 봐요.

초희가 그냥 넘어가기 어렵다는 듯 전에 없이 차갑게 말을 꺼냈다.

- 아서, 그런 소리 말어. 그만큼밖에 수명을 안 타고난 걸 어

떻게 혀.

순수가 이후를 위해 초희를 나무라는 시늉을 했다.

이후도 내색은 하지 않았지만 자기가 정말로 잘못했다고 생각했다. 다른 것 말고라도 마지막 일주일 사이에 보영을 한 번이라도 더 만났어야 했다. 그랬다면 이렇게 허무하게 세상을 떠나지는 않았을지도 몰랐다. 단 한 번의 우연한 사건으로도 운명은 얼마든지 다른 방향으로 나아갈 수 있으니까. 아니면, 보영이 그렇게 세상을 떠나려 하던 밤에 전화라도 했다면, 그랬다면, 잠들려 하던 보영의 혼이 깨어나 새로운 생명을 찾을 수도 있었다. 그 숱한 기회의 순간들을 다 놓쳐 버리고 자기는 보영을 영영 먼 곳으로 떠나보내고 말았다.

- 이후 씨는 그 서울에 있다는 여자한테 돌아갈 건가요?

얼마 전에 선화동에서 둔산동 쪽으로 자리를 옮겨 술집을 새로 연 남지다. 하지만 남지도, 초희도, 혜련도 숙현에 대해서는 자세히 아는 게 없다. 보영은 친구들에게 어쩔 수 없이 마음속 괴로움을 내비치면서도 이후를 위하여 자세한 이야기는 하지 않았다.

- 허어. 왜들 이려. 본인이 차차 생각하겄지.

이후는 여자들을 향해 아무 말도 할 수 없다. 차현이 이후와 친구들의 빈 잔에 막걸리를 붓고 남지, 혜련, 초희의 잔에도 술을 더 따랐다.

- 산 사람은 어떻게든 살아야겠죠. 죽은 사람만 안 됐지, 뭐.

혜련이 볼멘소리로 다시 한 번 이후를 타박했다.

- 그만들 합시다. 이 사람도 말은 안 해도 얼마나 괴롭겠어.

여자들만큼이나 남자들도 살기 힘든 세상이야.

기태는 앞이 보이지 않는 고시 공부에 기가 질려 있었다.

- 그나저나 겨울이라 추울 텐데. 보영 씨가 안 되긴 안 됐네.

차현이 보영을 위해 한 마디 한 것이 신호라도 된 듯 초희가 먼저 울음보를 터뜨리고 남지도 혜련도 다들 따라 울었다. 남자들이 여자들을 달래느라 애를 먹는 사이에 해는 뉘엿뉘엿 서쪽으로 넘어가 어느덧 석양빛을 띴다. 여자들이 슬픔을 겨우 추스르자 이제 모두들 일어설 때가 되었다.

일행 모두 버스를 타고 대전 구시가지 쪽으로 돌아오기는 했다. 아무 생각 없이 옛날 중구청 앞 공원 앞에까지 함께 오기는 왔고, 골목 네거리 모퉁이에서 커피며 차를 한 잔씩 마시기까지도 했다. 하지만 더 이상은 같이 있을 수 없는 표정들이다. 모두 지쳤고 각자의 일도 일이지만 무엇보다 착잡한 서로의 얼굴을 마주 대하기 싫다.

- 이후는 서울 올라가야지?

기태는 그래도 이대로 헤어지기는 아쉬운 표정이다. 차현도 기태의 쪽에 동의 하는 듯하다.

이후는 말없이 고개를 끄덕였다.

- 기태 씨, 서운하면 우리 가게로 가요. 오늘은 내가 한잔 살게요.

차현과 남지가 혜련을 보고 웃으며 기태를 끌었다.

- 그럼 도로 수침교 건너가나?

기태는 열없이 웃으면서도 싫지만은 않은 표정이다. 차현이 기태를 바라보며 말없이 웃었다.

- 초희랑 난 집에 들어가 봐야 혀.

순수는 왠지 이후에게 미안한 표정을 짓는다. 이후가 고개를 끄덕였으므로 이제 모두 행선지가 정해진 셈이 되었다.

남지 일행이 중앙로 횡단보도 건너 삼성생명 건물 앞에서 택시를 잡아 떠나고 나자 이후는 나머지 두 사람과도 작별 인사를 나눴다.

- 너무 상심허지 말고 몸조리 잘혀. 그렇잖아도 몸이 엉망인 것 같던디.
- 이후 오빠, 미안해요. 보영 언니가 불쌍해서, 그만.

이후는 천천히 고개를 끄덕였다. 초희에게는 아무 잘못도 없다. 이후는 두 사람을 번갈아 쳐다보며 마지막 인사를 건넸다.

- 곧 또 내려오겠습니다. 둘이 잘 지내.
- 오지 말어. 정리되고 나면, 나중에나 와. 어여 가고. 대전역 가면 기차는 많을 겨.

순수가 이후를 떠다밀듯이 돌려세웠다.

- 그럼, 보자.
- 그려, 우린 대사동까지 걸어갈 겨.

마침내 이후는 돌아섰다.

저녁의 대전 중앙로 쓸쓸한 거리에 이제 이후는 혼자다.

이후는 대전역 쪽을 향해 걸어가면서도 아버지에게 가볼까 생각한다. 하지만 오늘은 역시 서울로 돌아가야 할 것 같다. 중앙로 로터리를 성심당 쪽 횡단보도로 돌아 건너 이안경원 지나 목척교까지, 이후는 너무 많은 것을 생각하며 걸었다.

목척 다리 위에서 이후는 잠깐이라도 쉬고 싶어졌다. 다리

위 난간에 기대어 이후는 어느새 어두워진 싸늘한 초겨울의 바람을 맞았다. 몸살 기운에 보영의 일을 치르는 내내 고생을 한 이후건만 오늘 정신은 좀 더 맑아진 것 같다.

보영은 무슨 까닭으로 이렇게 왔다 가버린 걸까.

하지만 영정 사진 속에서처럼 보영은 그냥 떠나버리지 않고 이 세상에 자신과 함께 머물러 있는 것 같다.

서울에 올라가면 숙현을 다시 만날 수 있을까.

보영을 수습하러 한밤에 대전에 내려온 밤에 이후는 숙현에게 문자를 보냈다.

- 나, 지금 대전에 와 있어.

- 무슨 일로?

- 보영이 세상을 떠났어.

- 그게 무슨 말?

- 농담 아냐.

숙현은 잠시 후 다시 문자를 보냈다.

- 미안해요. 잘 치르고 올라와요. 기다릴게요.

숙현은 그 후로 아무 소식이 없다. 장례를 치르는 내내 이후에게 아무 연락도 하지 않았다. 그것이 예의라면 예의라고 생각했을 테고, 그보다 숙현은 어떤 사태에 관하여 냉정한 판단을 할 줄 아는 여자다. 그러나 분명 자기를 기다리고 있을 것이다.

숙현에 생각이 미치자 이후는 캄캄한 어둠 속에서 작은 빛이 열리는 것 같다. 이후는 고개를 가로저었다. 숙현과의 만남을 지속해 간다면 그것은 보영이 자기에게 다녀간 까닭을 모른 체 하는 일이 될 것이다.

대전천변 어둠을 배경으로 오리 떼가 한가롭게 물위를 노닐었다. 이후는 대전천을 내려다보며 생각에 잠겼다.

세상을 어둠에게서 되돌려 받으려면 먼저 자기를 자기의 어둠에서 되돌려 받아야 한다.

위선과, 교활과, 야만의 세상을 구하려면 지상의 한 사람이 먼저 자기를 구원해야 한다.

무심히 흐르는 시냇물을 바라보는 이후의 머릿속으로 보영의 아름다운 말들이 자막처럼 흘렀다.

- 사랑해요.

- 행복해지고 싶어요.

보영은 살아 있을 때 이후를 향해 이런 말들을 자주 들려주었다. 한번은 이런 말도 했다.

- 우린 모두 이 땅의 표면에서 솟아올라 제각기 다른 모양을 짓고 살죠. 언젠가 그 모양들이 거품처럼 꺼지고 나면 다시 저 땅으로 돌아갈 테구요. 근원에 돌아가면 결국 우리는 모두 하나겠죠.

이후는 마치 보영이 자기 앞에나 있는 듯 그녀를 향해 희미한, 그러나 따사로운 미소를 보내 주었다.

그때 이후의 휴대폰이 짧게 울렸다. 숙현이 문자를 보내온 것이다.

- 당신 없이 살아갈 수 없을 것 같아. 보고 싶어. 꼭 돌아와줘.

이후의 손바닥 위에서 숙현의 글자들이 하얗게 빛났다. 그 환한 빛을 견디려고, 순간, 이후의 얼굴은 험상궂게 일그러졌다.

작가의 말

슬픈 바다 세상과 노란 잠수함을 생각하며

옛날 옛적에, 제가 대전에서 바람 같은 아이로 크고 있을 때, 자전거 타고 고등학교 다니고 밤에 야간자습 끝난 후 책상 이어 붙이고 교실 커튼 걷어 깔고 여럿이 창가에 누워 달빛 아래서 이야기들을 나눌 때, '대고' 오거리에서 보문산 쪽 가는 길가에 '노란 잠수함'이라는 카페가 있었습니다. 지금은 없습니다.

옛날에는 있었으나 지금은 없는 것들이 대전에 많습니다. 옛날의 저도 지금은 거기 없습니다. 저는 서울에서 옛날의 저와는 같지 않은 사람 되어 세파 속에서 시대들을 거치고 고통과 슬픔과 괴로움을 견디며 저 자신조차 알 수 없는 사람이 되어 살아갑니다. 옛날에, 대전에, '르네상스'와 '브라암스'가 있었을 때, 저는 확실히 지금보다 행복했습니다.

이 이야기는, 2014년 초겨울부터 2015년 초겨울까지, 서울과 대전을 오가야 했던 한 '늙은' 젊은이의 사연을 그린 것입니다. 그에게는 두 사람의 아름다운 여성이 있습니다. 둘 다 자기의 세계가 있고 늙은 젊은이도 그렇습니다. 저는 여기서 무엇보다 세월호 참사가 일어나던 2014년이라는 현실세계를 살아가는 사람들의 마음의 세계를 그리고자 했습니다.

위선, 교활, 그리고 야만.

이 간략한 세 단어를 통하여 저는 우리가 살아온 세상에 대한, 지난 십오 년간의 세월에 대한 저의 진단을 표현하고 있습니다. 이 소설의 주인공 '윤이후'는 이 15년 세월을 다 살아낸 후 그 이후에 다다르고자 하는 사람입니다. 새로운 시대는 이 모든 것을 다 뛰어넘어야 한다는 게 제 생각입니다.

마지막으로,
지금은 세상에 없는 그녀에게 생전에 못 다한 작별의 인사를
드립니다.

잘 있어요. 그곳에서. 편히. 슬픔 없이. 너무 외로워 말고.
그대를 위해 우리들의 대전에 '노란 잠수함'을 다시 띄웁니다.

2017년 8월,
뜨거운 여름에 따사로웠던 겨울날을 생각하며
방민호 씀

대전 스토리, 겨울

1판 1쇄 2017년 9월 15일

지은이 방민호
펴낸이 손우리
마케팅 라혜정 황문경 박연진 김명기
관 리 김윤미
디자인 서승연
펴낸곳 도서출판 도모북스
출판등록 2010년 12월 8일 제 312-2010-000055호
주 소 서울시 마포구 독막로 31길 17
전 화 02 324 8220
팩 스 02 3141 4934

이 도서의 국립중앙도서관 출판예정도서목록(CIP)은
서지정보유통지원시스템 홈페이지(http://seoji.nl.go.kr)와
국가자료종합목록시스템(http://www.nl.go.kr/kolisnet)에서
이용하실 수 있습니다.

본 도서는 한국 출판문화산업진흥원의
출판 콘텐츠 창작 자금을 지원받아 제작되었습니다.

ISBN 978-89-97995-33-2

값 14,000원